时习文库

桃花扇

〔清〕孔尚任 著
隗芾 注释
李悔吾 审订

齐鲁书社
·济南·

图书在版编目（CIP）数据

桃花扇 / (清) 孔尚任著 ; 隗芾注释. -- 济南 : 齐鲁书社, 2025. 3. -- ISBN 978-7-5333-5103-8

Ⅰ. I237.2

中国国家版本馆CIP数据核字第2025BL9696号

出 品 人：王　路
项目统筹：张　丽
责任编辑：刘　强
　　　　　周　磊
装帧设计：亓旭欣

桃花扇

TAOHUASHAN

〔清〕孔尚任　著　隗芾　注释　李悔吾　审订

主管单位	山东出版传媒股份有限公司
出版发行	齊魯書社
社　　址	济南市市中区舜耕路517号
邮　　编	250003
网　　址	www.qlss.cn
电子邮箱	qilupress@126.com
营销中心	（0531）82098521　82098519　82098517
印　　刷	山东华立印务有限公司
开　　本	710mm × 1000mm　1/16
印　　张	20.5
插　　页	2
字　　数	199千
版　　次	2025年3月第1版
印　　次	2025年3月第1次印刷
标准书号	ISBN 978-7-5333-5103-8
定　　价	86.00元

《时习文库》专家委员会

出版说明

文化乃国本所系，国运所依；文化兴盛则国家昌盛，民族强大。在源远流长的中华文化长河中，经典古籍宛如熠熠星辰，承载着先辈们的智慧、思想与情感，是中华民族精神内核的深厚积淀。

2017 年以来，中共中央办公厅、国务院办公厅相继出台《关于实施中华优秀传统文化传承发展工程的意见》及《关于推进新时代古籍工作的意见》等重要文件，有力推动了大众对中华优秀传统文化的关注与重视，古籍事业亦借此良好契机，迎来了前所未有的跨越发展，步入了一个崭新的黄金时代。齐鲁书社作为文化传承的重要阵地，始终秉持对中华优秀传统文化的敬畏之心，肩负守正创新之使命，积建社四十余年之精华，汇国内学界群贤之伟力，隆重推出中华经典名著普及丛书——《时习文库》。

“学而时习之，不亦说乎？”文库之名，正是源自《论语》的这句经典语录。“时习”不仅是对知识的反复学习与实践，更是一种对中华优秀传统文化持续探索、深入理解的态度。文库共分为文化类和文学类两大辑，囊括了经史子集、诗词歌赋、戏曲小说等诸多经典，旨在为读者搭建一座通往中国古代文化瑰宝的坚实桥梁。文库的编纂宗旨在于，引导读者在阅读经典著作的过程中，将学习与思考深度融合，不断从古人的智慧海洋中汲取营养，从而得到心灵的润泽与智慧的启迪。通过对经史子集、诗词歌赋、戏曲小说等多元内容的系统整理与精良审校，让中华古籍真正成为可亲、可读、可传的“活的文化”。

为了确保文库的品质，我们除升级广受好评的原有经典版本作为开发基础外，亦精选其他优质底本，以确保版本选择的卓越性；文库会聚文史学界权威，如高亨、陆侃如、王仲荦、来新夏等学界大家，群贤毕至，各方咸集；文库延聘名家成立专家委员会，严格把控丛书质量，确保学术水准；文库针对不同层次读者，精心设计文化类与文学类品种：前者左原文右译文下注释，后者文中加简注评析，实用性强；文库采用纸面布脊精装，正文小四号字，双色印刷，装帧精美，版面舒朗，典雅大方，方便易读。

在习近平文化思想指导下，《时习文库》的出版是对中华优秀传统文化“两创”“两个结合”的一次重要尝试。我们希望通过这套文库，让更多的人了解和喜爱中国古代典籍，让中华优秀传统文化在新时代焕发出新的生机与活力。同时，我们也期待广大读者在阅读文库的过程中，能够与古圣先贤进行跨越时空的对话，汲取智慧，启迪心灵，不断提升自我的文化素养和精神境界。让我们一起在经典的海洋中遨游，感受中华文化的博大精深，共同书写中华优秀传统文化传承与发展的新篇章。

齐鲁书社

2025 年 3 月

导 读

（一）

在我国文学史上，有些现象是非常有趣的。例如，同一时期的文坛，往往会出现齐名的作家。以唐代而论，盛唐时期有“李杜”，中唐时期有“韩柳”，晚唐时期又有“小李杜”。到清初，在剧坛上比肩并立的，则是孔尚任和洪昇。

洪昇和孔尚任写的都是历史剧。当时的观众，看了洪昇取材于杨、李故事的《长生殿》，已是感慨系之，而看到孔尚任以南明历史为题材的《桃花扇》时，更是心潮澒洞。因为，《桃花扇》所写的事情，不少观众都曾耳闻目睹，旧事重提，故臣遗老，便感触万端，禁不住掩袂流涕。正所谓“灯灺酒阑，唏嘘而散”[①]。

孔尚任（1648—1718），字聘之，又字季重，号东塘，又号云亭山人，山东曲阜人，孔子的六十四世孙。孔尚任青少年时，正值明清交替，战乱频仍，他隐居不出，“读书石门山中”，“凭陵俯谷，极生平之快游”。[②] 然而，到清政权基本稳定，康熙南巡曲阜祭祀孔庙时，孔尚任的态度不同了。那时，他被选为御前讲经人员，大受

① 见《桃花扇本末》。

② 见《出山异数记》及《石门山集》的《游石门山记》。

皇帝赏识，康熙还好几次和他交谈："一日之间，三问臣年，直不世之遭逢也。"[①] 从此，他对清廷感恩戴德。

孔尚任 38 岁时，奉召入京，被任命为国子监博士。接着，被派参加治河工作。随工部侍郎孙在丰前往淮扬，在江南一带流连四五年之久。

治河的工作是艰苦的，但也使孔尚任大开眼界。首先，他接触了民众，看到了人民的痛苦。"但见流亡庐，荒础无人扫；何处问游踪，枯骨引鸦噪；登台复登楼，千村哭水涝。"[②] 其次，他了解到官场的黑幕，大员们治河无策，营私有术。或则耽于宴乐，不管人民死活；或则争权夺利，一味互相排斥。孔尚任忧伤地叹息："九重图画筹难定，七邑耕桑户未收，为问琼筵诸水部，金樽倒尽可消愁？"[③] 他又愤懑地指出："今来且三年矣，淮流尚横，海口尚塞，禾黍之种未播于野，鱼鳖之游不离于室，漫没之井灶场圃，漂荡之零棺败胔，且不知处所。而庙堂之上，议论龃龉，结成狱案，胥吏避匿，视为畏途。"[④] 这时候，孔尚任对仕宦登龙的想法又趋淡薄。此外，在江南，他结识了许多明朝遗老，凭吊了故国文物。江南原是富庶之区，清兵南下，这里受害最深，反抗也最烈。康熙年间，战乱渐平，但遗老们故国之思却未能泯灭。孔尚任较多地和遗老们诗酒酬唱，不可能不受到他们的思想影响。凡此种种，使曾经幻想在宦海里显姓扬名的孔尚任，思想上起了激烈的变化。他告诉朋友说："仆阅时事，较当年有天渊之异，去留虽未分明，取舍久已剖断。"[⑤] 显然，他对现实的看法，和当年被召出山，兴奋万分，大书

---

① 见《出山异数记》。

② （清）孔尚任：《湖海集》，《登文游台，同李松岚、端梅菴、徐夔摅》。

③ （清）孔尚任：《湖海集》，《淮上有感》。

④ （清）孔尚任：《湖海集》，《待漏馆晓莺堂记》。

⑤ （清）孔尚任：《湖海集》，《答黄仪逋》。

“异数”之时，很不一样了。

1690年，孔尚任还京，任国子监博士，过了很长一段冷局闲曹的生活。他的剧本《桃花扇》，正是经过了长期酝酿，于1699年左右写成的。那时，他已经是五十二岁了。

据孔尚任自己说，他早就有过把南朝遗事形诸笔墨的想法。“予未仕时，每拟作此传奇，恐闻见未广，有乖信史，寤歌之余，仅画其轮廓，实未饰其藻采也。”[①] 出仕后，经过十余年的辗转奔波，返京多暇，“乃挑灯填词”，“凡三易稿”，终于完成了这部鸿篇巨制。总之，《桃花扇》的胚胎，虽萌发于作者的青年时期，但硕果却是结聚于作者经历种种曲折，思想成熟之后。作者眼界扩展了，思想开阔了，对现实的认识深邃了，当他溺笔研墨，创作历史剧时，就使作品包藏了更巨大的容量。

《桃花扇》写成后，影响巨大，“王公荐绅，莫不借钞。时有纸贵之势”[②]，连康熙皇帝也命令太监连夜索阅剧本。谁知道，就在《桃花扇》传入内府以后，不到半年，孔尚任莫名其妙地被罢了官。据孔尚任《放歌赠刘雨峰》一诗云：“命薄忽遭文字憎，缄口金人受诽谤。”另外孔传铎有《喜乐塘户部归》云：“词坛声价与云齐，名满京华被谪宜。”[③] 可见，孔尚任的被罢和文字问题有关。也许，他还有失检行为，或者与当时派系斗争有所牵扯，数“罪”俱发，遂告落职。但无论如何，文字问题显然是罢官的催化剂。

孔尚任罢官以后，在北京仍居留了两三年。似乎满腹的委屈，尚想申诉。他的朋友、思想家李塨见势不妙，“讽之速归”。到了1703年冬天，他便回到了曲阜，1718年病逝，享年七十一岁。

---

① 《桃花扇本末》。
② 《桃花扇本末》。
③ 《阙里孔氏诗钞》。

（二）

孔尚任为什么要创作《桃花扇》呢？他在《桃花扇》小引中说得十分明白。这就是，通过“场上歌舞，局外指点”，让观众“知三百年之基业，隳于何人？败于何事？消于何年？歇于何地？”达到“惩创人心，为末世一救”的目的。换句话说，孔尚任是要表现南朝亡败的过程，总结历史的教训。

南明王朝是怎样走向亡败的？这是一个十分复杂的问题。

大家知道，明代从隆庆年间开始，地主阶级和农民矛盾日益激化，经过几十年的酝酿、较量，1644 年 3 月，以李自成为首的农民起义军攻陷北京，逼使崇祯皇帝在煤山自缢。同年 5 月，江南一些汉族地主不甘失败，以明朝的陪都南京为据点，拥立了福王朱由崧，建立了南明王朝。

就在中原地区进行着阶级大搏斗的时候，吴三桂勾引清兵入关。以爱新觉罗氏为代表的满族地主阶级，打着为崇祯复仇的旗号，镇压了李自成刚刚建立起来的大顺朝，成立了以满族贵族地主为主体的清王朝。清朝在关内立足既稳，便一面追击溃散的农民起义军，一面挥戈南指，长驱直入。这时候，南明王朝惊惶失措，列镇望风迎降，转瞬扬州失守，跟着南京陷落。南明王朝支撑不到一年，便宣告土崩瓦解。究其原因，很重要的一点，是当时汉族地主阶级内部矛盾重重，无法组成有效的抗清力量。本来，在明中叶以后，朝廷内部的党争就十分激烈。所谓阉党、东林之争，一直闹得不可开交。南明王朝在宣告继承朱明正统的第一天起，也继承了明朝党争的传统。那些公卿宰辅，“没见阵上逞威风，早已窝里相争闹”，“朝市纷纷报怨仇”。加上福王昏聩，将帅无能，自然无法抵挡清朝的兵锋。“忽喇喇大厦倾”，徒然让遗老们眼看“舆图换稿”，“放悲声唱到老”。

如何展示南明没落的过程，总结南明失败的教训呢？不同立场、观点的历史学家以及历史剧作家，是有不同的看法的。出身于地主阶级、深受儒家封建思想影响的孔尚任，不可能站在进步阶级的立场分析南朝的败亡；受过清朝恩泽，而且处在于民族问题上有诸多避讳的时代的孔尚任，也不可能秉笔直书满洲铁骑对江南的蹂躏。根据他的认识水平，他只能看到，南明的灭亡，主要是因为福王任用了权奸。“权奸者，魏阉之余孽也；余孽者，进声色，罗货利，结党复仇，隳三百年之帝基者也。”（《桃花扇》小识）因此，《桃花扇》虽涉及农民起义问题，但态度是错误的；也涉及民族斗争问题，但笔触是隐晦的。孔尚任只把一腔怒火，尽情向马士英、阮大铖之类的权奸发泄。整个戏，也只围绕着马、阮和复社文人以及平民大众的冲突而展开。

作为历史剧，不仅要描绘历史上发生过的重大事件，更重要的是要反映时代的本质，历史剧作家必须在汗牛充栋的史料中，发现并分析一定历史时期社会的主要矛盾，只有如此，才能反映出历史的真实面貌。孔尚任声称，不敢“有乖信史”，剧作中所写的“朝政得失，文人聚散，皆确考时地，全无假借”。确实，在中国古代戏曲史上，《桃花扇》可以称得上材料最为翔实、态度最为严肃的历史剧。但是，由于他把统治阶级内部的矛盾，看作是南明时代的主要矛盾；由于他看不见或者不得不回避当时社会存在的具有本质意义的问题，从而使剧本和当时历史的真实面貌相距尚远。作为历史剧，这不能不说是较大的缺陷。

不过，话也说回来，权奸误国，的确也是促使南明覆灭的重要原因。作者虽然没有全面地反映历史的面貌，把握住社会的主要矛盾，发掘出时代的本质，但是揭露了当时存在的尖锐的社会问题，提出了足以发人深省的历史教训。在这个意义上说，《桃花扇》的价值，也是不可磨灭的。

（三）

孔尚任是怎样通过艺术形象，反映南明王朝灭亡的过程的呢？

他以侯方域、李香君的故事为经，以广阔的社会生活为纬，交织成南明时代的历史图景。用他自己的话说，就是以侯、李定情的一柄扇子，牵动整个时代，“南朝兴亡，遂系于桃花扇底”。

关于侯方域与李香君恋爱的故事，明末诸家稗记，均有所载。这段风流韵事的大致过程是：在李姬和侯生相好之际，阉党余孽阮大铖为了巴结侯方域，指使爪牙每日邀侯钦酒交游，李姬劝侯方域断绝了这种交往。后来李姬因此受到另一个阉党分子田仰的迫害。孔尚任敏锐地感到，这一事迹，联系着复社文人、阉党分子以及平民等好几个方面的关系，于是加以提炼、改造，使之成为剧本情节的核心，将侯、李的爱情关系和南明的政治斗争贯串起来。

《桃花扇》一开始，便写复社领袖之一的侯方域，在南京流连诗酒，爱上了江南名妓李香君，可是阮囊羞涩，无法如愿。那时候，阮大铖也在南京闲居，正受到复社文人围攻排斥，狼狈万分。为了讨好复社诸人，改变不利的处境，他拿出金珠宝贝，请杨龙友赠送给侯方域，以便俟机拉拢。侯方域不晓得袖里乾坤，欣然接受杨龙友的馈赠，梳拢了李香君。这一来，侯、李的爱情便和当时的党派斗争联结在一起了。

不过，阮大铖的阴谋并没有得逞，因为李香君识穿其中把戏，退回“妆奁”，阮大铖自讨了一场没趣。于是，以李香君、侯方域为一方，和以阉党分子阮大铖为一方的矛盾进一步激化。老羞成怒的阮大铖，诬告侯方域是左良玉“谋反”的内应，逼使侯方域仓皇“辞院”。接着，阮大铖与马士英迎立福王，垄断了朝政。为了报仇，他让另一个阉党分子田仰，强娶香君。李香君誓死不从，“竟把花容，碰了个稀烂”，鲜血溅红了她和侯方域当初订盟的诗扇。后来，杨龙友据以画成桃花，这就是“桃花扇”。

从侯方域题诗到李香君以血溅扇，这两个强烈的戏剧动作，展现出侯、李的合与离，欢与愁。更重要的是，它标志着复社和阉党分子力量的消长，标志着南明内部斗争形势的变化。透过桃花扇影，观众们可以看到风云变幻的政治气候。

侯、李被迫分离后，剧本情节沿着他们不同的经历，分成两线发展。

侯方域逃出南京，投靠了史可法。侯方域参赞戎机，建议史可法拒绝了马士英、阮大铖在迎立问题上的拉拢。但马、阮等人绕过了史可法，“约会四镇武臣，及勋戚内侍”，把福王迎到南京，迫使史可法承认既成事实。随后马士英等人凭着拥立之功，独揽朝政，把史可法排斥在外。侯方域也就随着史可法督师江北。谁知协助史军设防的四员大将，不听指挥，他们“争坐位失了同心好，斗齿牙变了协恭貌”，竟在帅府内大动干戈。这期间，侯方域竭力斡旋，费尽心血。后来，四镇之一的高杰敌不过其他三镇。史可法就着侯方域作为高杰的参谋，远赴河南“防河”。高杰到了汛地，性气乖张，结果部下离心，总兵许定国乘机叛乱，投降了清朝。黄河一线，千里空营，困守扬州的史可法无能为力。本来处在风雨飘摇之中的南明王朝，便迅速沉没。

“笑中兴封了一伙小儿曹”，南明中兴竟同儿戏，侯方域作为区区一军务参赞，当然无法力挽狂澜。但是，由于作者把他放置在斗争漩涡之中，让他亲眼看到“迎立”的角逐，四镇的内讧，高杰的溃败，这样，他就成了南明将帅无能、军队腐败的见证人。朝堂之外种种混乱的图景，便在侯方域颠沛流离的生活中引出。

李香君留在南京，也备受折磨。“南朝天子春心动”，“凤纸签名唤乐工”。被封为内廷供奉的阮大铖，搜罗秦淮名妓清客，为皇帝排演“一代中兴之乐”。李香君遂被征入宫。环绕着“选优”一事，孔尚任让人们看清楚马士英、阮大铖阿谀谄媚的丑态；那位肩负中兴重任的弘光帝，登基以后，念念不忘的是阮大铖“所献《燕子笺》，乃中兴一代之乐，点缀太平，第一要事；今日正月初九，脚色尚未选定，万一误了灯节，岂不可恼!”这位南朝天子的志趣以及立身行事，于此可见一斑。李香君被选入宫，自然是不幸的，但作者却通过她坎坷的遭遇，把朝堂内部大臣的卑劣无耻、皇帝的昏聩荒淫和盘现出，让人们清楚地看到，南明君臣，素餐尸位，猥屑不堪。再加上阉党分子热衷罗织罪名，睚眦必报，到处搜刮“殉棺货财，贴皮恩爱”，上上下下，钻营抢掠，政治极为腐败。

就在马、阮拼命吹牛拍马，弘光热衷于征歌逐舞的时候，清兵长驱而下，扬州失守。南明君臣，立刻鸡飞狗走。被囚于牢狱、深宫中的侯方域、李香君，也分别逃难。最后，在祭奠崇祯亡灵的道场上，他们偶然遇上了。当他们取出桃花宫扇，互诉衷情时，主持祭坛的张薇道士，一手抢过扇子，撕裂掷地。侯、李还想解释，张薇勃然大怒，厉声质问：

> 呵呸！两个痴虫，你看国在那里，家在那里，君在那

里，父在那里，偏是这点花月情根，割他不断么？

这几句话，使侯、李如梦初醒，决计跳出凡尘，修真入道，“不把临去秋波掉”，“桃花扇扯碎一条条”。多少年来，侯、李痴情等待，矢心不二；但是，那一点儿女柔情，终于在兴亡的悲歌里消融了。

侯方域、李香君分而又合，是清兵攻破南京，使江南百姓流离道路所造成的；而他们最终合而又分，实际是感到覆巢之下，不能尚余完卵。总之，扯碎桃花扇，意味着侯、李爱情理想的破灭，意味着在国破家亡的情势下，平民百姓再也无法组织正常的生活，只能遁世归隐，以漠然的态度，对付无法回避的悲哀。这一来，侯、李的命运，画出了一幅南明覆灭时朝野凄凉的画图。

孔尚任在《桃花扇凡例》中说：“剧名《桃花扇》则桃花扇譬则珠也，作《桃花扇》之笔，譬则龙也，穿云入雾，或正或侧，而龙睛龙爪，总不离乎珠，观者当用巨眼。”那一柄桃花宫扇，联结着侯、李爱情悲欢离合的整个过程，它的确是一颗晶莹的明珠。所谓“作《桃花扇》之笔”，是指作者创作本剧的“笔意”，或者说，是作者表现南明兴亡之史笔。在整个剧本里，侯、李爱情以及南明兴亡的关系，就像珠和龙的关系。

孔尚任以此比喻《桃花扇》的艺术构思，说明他确是不同凡响的历史剧作家。他要写的是历史长龙的蜿蜒变幻，却以爱情之珠贯串牵引。这样做，既不像一般爱情戏那样局面浅窄，又不像那些只会铺排史料的历史剧那样散漫无章。整个戏，起伏转折，独辟蹊径，很好地完成了“桃花扇底看南朝”的主题。

（四）

《桃花扇》所要批判的权奸，主要是马士英和阮大铖。对那躲在马士英后面出谋筹划、扰乱朝纲的祸首阮大铖，作者尤为厌恶。他花费了许多笔墨，使之成为很有性格特征的典型。

阮大铖出场时，是可怜巴巴的，在祭孔的大会里，他掩面低眉，站在一边，躲躲闪闪。他的第一句唱词是："净洗含羞面，混入几筵边。"企图用混的办法，取得南京士流的谅解，不追究他过去追随阉党的经历，谁知祭孔诸生拔去他的胡子，打坏他的腰骨，他只得含羞忍辱，抱头鼠窜。后来，复社诸人要观看他的《燕子笺》，邀他的戏班演出，他也乐于与侮辱过他的名流周旋。接着，他设法拉拢侯方域，企图讨其欢心，帮助解除宿怨。而一旦能立足于士林，或遇形势改变，便东山再起，他自言自语："若是天道好还，死灰有复燃之日。我阮胡子呵！也顾不得名节，索性要倒行逆施了。"从他的心声里，作者让人们看到，此人表面一套，背里一套。在悔过自新的姿态下，包藏祸心。

孔尚任写据阮大铖自称，他并非不懂得是非曲直。当初投靠魏忠贤，也知道魏阉不是好货，"俺阮大铖也是读破万卷之人，什么忠佞贤奸，不能辨别？彼时既无失心之疯，又非汗邪之病"（《侦戏》）。但是，"身家念重，势利情多"，为了升官发财，他置道义于不顾，一头栽到魏阉门下。同样，他也不是不知道福王是什么货色，但为了飞黄腾达，他便不顾一切，胡作非为。"奇货居来随处赠"，这宗货，他可以卖给任何买主，只要价钱对他有利，他什么都可以干得出。这样，孔尚任越写阮大铖精明能干，投机有术，就愈能显示他灵魂的卑鄙低下。

阮大铖从蜷缩一隅到张牙舞爪，其发展脉络是清晰的。难得的是，作者写他失意时并非一味退缩忍耐，而是玩弄权术，不甘雌伏；得意时又非一味飞扬跋扈，而是注意清除异己，步步为营，甚至在庆幸“一朝天子一朝臣”，可以放手大干的时候，就已经考虑到一旦溃败的对策。总之，作者既要“一掴一个血痕”地揭露阮大铖极端利己的丑恶灵魂，又注意从文才、手腕多方面表现这个奸雄的本领。他要告诉观众，阮大铖是聪明的恶棍。这种人，比胸无点墨、鼠目寸光的坏蛋可怕十倍。孔尚任刻画出的这个艺术形象，具有一定的典型价值。

（五）

《桃花扇》也刻画了几个具有民族气节的将领的形象。他们忠肝义胆，一心为国，与马、阮等奸佞恰成对照。

孔尚任在参加治淮期间，曾到过扬州的梅花岭。那里有史可法的衣冠冢。孔尚任凭吊追怀，写出很动感情的诗句：“梅花岭亦倾，人来立脚叹。岭下水滔滔，将军衣冠烂。”① 在《桃花扇》里，作者把满腔的热情倾注在史可法的形象中，重现这位慷慨捐躯的将领独撑危局的悲壮情景。

要指出的是，孔尚任极力赞颂史可法，但他同时看到，身系南明安危的史可法，又不是治国良材。狂澜既倒，大局已定，这固非史可法一人之力可以挽回，而史可法的指挥策划，实在也有许多闪失。他甚至显得没有主见，全靠侯方域参赞戎机。就政治才干而

① （清）孔尚任：《梅花岭》。

言，史可法远远比不上阮大铖。但是，阮大铖首鼠两端，史可法则忠心耿耿。作者不回避表现史可法在政治上的失算，这正表明他唯一要歌颂的是民族气节，表明他把民族气节作为判别忠奸正邪的标准。

在孔尚任笔下，史可法是南明王朝内部最可敬的人。他一心为国，不谋私利，忠肝义胆。

扬州战败，史可法缒城出奔。他曾经想过“满拚自尽”，但“忽然想起明朝三百年社稷，只靠俺一身撑持，岂可效无益之死，舍孤立之君”。正是怀着恢复山河的一线希望，他忍死须臾，在空江野路上狼狈奔跑。直至听到南京失陷的消息，感到复国无望，才投水自杀。

根据历史资料记载，史可法殉国的情景，与孔尚任描写的并不一样。当时，扬州守军孤立无援，抵挡不住清兵的猛攻，史可法不幸被俘。清军主帅多铎曾劝他投降，史可法慷慨地回答：“城存与存，城亡与亡；我头可断，而志不可屈。”结果引颈就戮。很明显，《桃花扇》写史可法沉江自杀一出，完全属于艺术虚构。

孔尚任曾经说，他创作《桃花扇》，力求有凭有据，“全无假借”。如果按照这一原则去写史可法死节，势必要让清兵出场，势必会表现出刽子手的凶残面目。这样做，也势必有损于清王朝，后果不堪设想。当然，孔尚任还可以选择别的办法，例如让旁人诉说史可法已死，用暗场处理的手法交代情节。不过，这一来，却又无法强烈表现史可法的悲愤孤忠。为了塑造爱国英雄的形象，孔尚任便不惜违背“全无假借”的声明，避开史可法与清兵正面发生冲突这极难处理的历史事实，虚构了他自尽的场面。通过正面的描写，让史可法的形象鲜明地烙印在观众的记忆里。

（六）

在《桃花扇》里，孔尚任还刻画了一批坚强正直的市民形象。

南明王朝，危如累卵，“养文臣帷幄无谋，豢武夫疆场不猛”。唯独是一些普通的民众，却能爱憎分明，表现出崇高的品质。

在这些市民当中，柳敬亭的形象刻画得很有特色。柳敬亭性情诙谐，言语滑稽，但又狷介耿直。别看他是不入士林的说书艺人，其实他的品格，比那些清流人物要高出十倍。他急公好义，古道热肠，为了社稷苍生，置生死于不顾。

《桃花扇》还写了一位艺人苏昆生的形象。苏昆生是教曲师傅，他也反对阉党余孽，同情复社诸人。他也和柳敬亭一样，肯为正义的事业两肋插刀。值得注意的是，孔尚任笔下的这两个人物，都具有民间艺人特有的风貌。如柳敬亭“投辕”时，对着左良玉大叫肚饿，直闯内帐，用“优谏”的方法使左良玉改变抢粮的主意。苏昆生无法进入左营，便在半夜戒严时故意高歌一曲，惊动左良玉，从而获得接见的机会。由于孔尚任强调柳敬亭、苏昆生以伎艺为正义的事业效力，从而突出地显示了市民群众在社会斗争中的历史作用。

孔尚任说：“《桃花扇》何奇乎？其不奇而奇者，扇面之桃花也。桃花者，美人之血痕也；血痕者，守贞待字碎首淋漓不肯辱于权奸者也。”他要着意歌颂那位宁愿碎首淋漓而不肯有辱于权奸的名妓李香君。她绝色妙龄，平康第一。更重要的是，在她身上，最美的是她有高贵的人格。在大是大非面前，柔弱的李香君显得无比地刚强凛冽。

李香君不为金钱所引诱，也不惧怕强暴的压迫。阮大铖派遣凶徒冲入媚香楼，强迫香君嫁给田仰。香君誓死不从，她手持扇子，前后乱打，最后一头碰地，血溅妆台。“竟把花容，碰了个稀烂。”本来，作为妓女，李香君是没有等待侯方域的义务的，从她的行动看，她强调“名节”，实际上是不肯与阉党同流合污。她宁为玉碎，不为瓦全，展现出英勇无畏的宝贵情操。

在我国戏剧史上，坚定刚强的女性并不少见，但像李香君那样，目光远大，把自己和国家命运联系起来的妇女，却如凤毛麟角。从《辞院》开始，香君就不断受到阉党的逼害了，她失去幸福和自由。后来被关进内庭，很难有出头之日。但在个人遭受到最大痛苦的时刻，她想到的，依然是国家大事。当她有机会面对权奸喷发出心头怒火时，她要控诉的，竟不是个人的灾难，她要大声揭露的，是权奸祸国的勾当，显示出崇高的精神境界。

《桃花扇》以侯、李爱情为线索，却没有花费很多篇幅描绘侯、李的爱情生活。描绘李香君性格的场景也不很多。即使如此，这个形象给人的印象仍然是鲜明强烈的，她和苏昆生、柳敬亭等人的言行，体现了封建时代市民阶层的觉醒。表明就连“卑贱”的倡优，也心怀国是，肩担正义。

在明末，统治阶层中衮衮诸公，或耽于宴乐，或逃匿山林。“扼腕时艰者，徒属之席帽青鞋之士；时露热血者，或反在优伶口技之中。”[①] 诚如鲁迅所说：明末“老百姓虽然不读诗书，不明史法，不解在瑜中求瑕，屎里觅道，但能从大概上看，明黑白，辨是非，往往有决非清高通达的士大夫所可几及之处的”[②]。孔尚任热情

① （清）顾彩：《桃花扇序》。

② 鲁迅：《且介亭杂文二集·“题未定”草九》，《鲁迅全集》第6卷，人民文学出版社1981年版，第435页。

歌颂为国奔波的下层民众，这既符合历史真实，也表明作者具有进步的思想倾向。

（七）

和李香君相比，作为“清流”代表的侯方域，就显得软弱一些。

史载，侯方域是有过污点的。明朝未亡前，侯方域曾经激昂慷慨，颇像个铮铮铁汉。但清朝在顺治八年（1651）开科取士时，他便参加乡试，当了贡生。[①] 这种举动，受到许多人的非议，张船山就嘲笑道：“两朝应举侯公子，忍对桃花说李香。”孔尚任在塑造侯方域的形象时，没有写到他仕清一段，但，我认为这虽有别于原型，却完全为创作所容许。因为历史剧作家有权根据自己的认识，对历史人物的行为作出判断；可以根据创作需要，在忠于历史真实的基础上增删取舍。由于孔尚任规定《桃花扇》反映的年代，起于崇祯十六年（1643），讫于顺治二年（1645）。那时候，侯方域还未仕清，相反，他尚热血沸腾，对亡明未能忘怀。这样，作者也没有必要把顺治八年发生的事，端到舞台上。不过，话又说回来，孔尚任对侯方域的肯定，是颇有分寸的，并且也注意到表现他性格软弱的一面。这说明，剧作者综观人物原型一生的历史，对他有较清醒的认识。

《桃花扇》里的侯方域，在流寓南京时，愁思缭绕，他看到莫愁湖上，“学金粉南朝模样”，颇有几分不满，对祸国殃民的阉党则表示深恶痛绝。吴应箕、陈定生邀他去听柳敬亭说书，他怫然不

① 见贾开宗编的侯朝宗年谱、传略。

悦，怒曰：“那柳麻子新做了阉儿阮胡子的门客，这样人说书，不听也罢了！”这时候，他与阉党泾渭分明，连和阉党有些干系的人也不愿接触。

不过，侯方域一边埋怨“莺颠蝶狂，关甚兴亡”，一边自己也寻花问柳，流连诗酒。特别是当中了阮大铖圈套时，态度立刻软化。孔尚任并没有回避描写侯方域性格的弱点，但在他笔下，侯方域仍不失为肯替国家出力的正面人物。他一次又一次地写侯方域在政治斗争的紧要关头里，能够仗义执言，有胆有识。在复杂的斗争局面中，侯方域勇于任事，敢冒风险。尽管书生议政，未免空疏，而且势孤力弱，于事无补，但仍能恪尽厥职，表现出远见卓识。

要指出的是，《桃花扇》中侯方域的作为，有不少地方是历史原型所没有的。像阻止福王登基这一重大政治行动，发端者实非侯方域。但孔尚任把重大的斗争业绩和正义行动，写在侯方域身上。又如写他被阉党捉拿入狱，在狱中，他胸怀坦荡，豪情满怀。其实，历史上的侯方域，并没有为阉党所逮捕。据汪琬撰陈定生墓表云：“（阮大铖）夜半捕君与应箕，应箕亡，君出诣狱。”又董文友撰陈定生墓表云：“先一日，侯方域闻之，逃去。”可见，当阉党搜捕“清流”之际，侯方域、吴应箕都是漏网之鱼，被捕者，仅陈定生而已。

经过作者的努力，侯方域的形象在一定程度上概括了明末知识分子的特性。孔尚任曾经指出：“清谈时已误，门户计全差。”[①] 他认为复社诸人坚持门户之见，其咎难辞。他又说：“复社当年过于标榜，故为怨恚所归。”[②] 在戏中，孔尚任写侯方域有时偏激，有时动摇，这确切地表现出复社诸人的性格弱点。然而，复社广大人士

① （清）孔尚任：《湖海集》，《泊石城水西门作》。
② （清）孔尚任：《桃花扇·闹榭》眉批。

毕竟是当时社会斗争中正义的一方。正如鲁迅所说：那时候，“无耻的士大夫，早投降到魏党旗帜底下了。说一两句公道话，想替诸君子帮忙的，只有几个书呆子，还有几个老百姓”。对复社几个书呆子给予肯定，把侯方域写成可以适当赞扬的人物，这也切合实际，符合历史的面貌。在塑造侯方域的形象时，孔尚任注意到他思想发展的起伏，不讳言他性格的缺陷，没有把要颂扬的人物一味写得完美高大，这又清楚地表明了作者具有现实主义的创作态度。

“桃花扇底看南朝。”孔尚任在桃花扇下展示了南明败亡的过程，也展示了活跃在南明朝野的各种各样的人物。整部作品，笔触有时粗犷，有时细腻；场景有时阔大恢宏，闪烁着刀光剑影；有时温馨旖旎，弥漫着粉气衣香。而贯串其中的则是一缕兴亡盛衰的哀思。它使人们通过悲欢离合，回顾了历史，认识了现实。不妨说，在我国戏曲史上，《桃花扇》称得上是鸿篇巨制，它的出现，意味着我国历史剧的创作发展到一个新的阶段。

黄天骥
2025 年 1 月

目 录

CONTENTS

试一出

先声

康熙甲子八月

【蝶恋花】〔副末毡巾、道袍、白须上〕古董先生谁似我？非玉非铜，满面包浆[①]裹。剩魄残魂无伴伙，时人指笑何须躲。　旧恨填胸一笔抹，遇酒逢歌，随处留皆可。子孝臣忠万事妥，休思更吃人参果。

日丽唐虞世[②]，花开甲子年；山中无寇盗，地上总神仙。老夫原是南京太常寺一个赞礼[③]，爵位不尊，姓名可隐。最喜无祸无灾，活了九十七岁，阅历多少兴亡，又到上元甲子。尧舜临轩，禹皋[④]在位，处处四民安乐，年年五谷丰登。今乃康熙二十三年，见了祥瑞一十二种。〔内问介〕请问那几种祥瑞？〔屈指介〕河出图[⑤]，洛出书[⑥]，景星明，庆云现，甘露降，膏雨零，凤凰集，麒麟游，蓂荚发，芝草生，海无波，黄河清[⑦]。件件俱全，岂不可贺！老夫欣逢盛世，到处遨游。昨在太平园中，看一本新出传奇，名为《桃花扇》，就是明朝末年南京近事。借离合之情，写兴亡之感，实事实人，有凭有据。老夫不

【批注】

孔尚任《桃花扇小引》："《桃花扇》一剧，皆南朝新事，父老犹有存者。场上歌舞，局外指点，知三百年之基业，隳于何人？败于何事？消于何年？歇于何地？不独令观者感慨涕零，亦可惩创人心，为末世之一救矣。"通过一本演南明王朝新事的戏，回答明朝三百年基业败于何人何事的问题，给人们敲起警钟，是孔尚任创作《桃花扇》的宗旨。

【批注】

"实事实人，有凭有据"是现实主义的创作态度。

但耳闻，皆曾眼见。更可喜把老夫衰态，也拉上了排场，做了一个副末脚色；惹的俺哭一回，笑一回，怒一回，骂一回。那满座宾客，怎晓得我老夫就是戏中之人！〔内〕请问这本好戏，是何人著作？〔答〕列位不知，从来填词名家，不著姓氏。但看他有褒有贬，作《春秋》必赖祖传[8]；可咏可歌，正雅颂岂无庭训[9]！〔内〕这等说来，一定是云亭山人了。〔答〕你道是那个来？〔内〕今日冠裳雅会[10]，就要演这本传奇。你老既系旧人，又且听过新曲，何不把传奇始末，预先铺叙一番，大家洗耳？〔答〕有张道士的《满庭芳》词，歌来请教罢：

【满庭芳】公子侯生，秣陵[11]侨寓，恰偕南国佳人；谗言暗害，鸾凤一宵分。又值天翻地覆，据江淮藩镇纷纭。立昏主，征歌选舞，党祸起奸臣。　　良缘难再续，楼头激烈，狱底沉沦。却赖苏翁柳老，解救殷勤。半夜君逃相走，望烟波谁吊忠魂？桃花扇、斋坛揉碎，我与指迷津。

【批注】

兰雪堂本保留的原评："铺叙纲领，简而详，质而韵。"

〔内〕妙，妙，只是曲调铿锵，一时不能领会，还求总括数句。〔答〕待我说来：

奸马阮中外伏长剑[12]，巧柳苏往来牵密线。
侯公子断除花月缘，张道士归结兴亡案。
道犹未了，那公子早已登场，列位请看。

注释

❶包浆：玩赏古董的术语。金玉等古物经人手长久摩挲，润泽而有光彩，叫包浆。

❷唐虞世：唐尧和虞舜的时代，是中国古代传说中的理想时代。

❸太常寺一个赞礼：太常寺，管理宗庙礼仪的机关；赞礼，祭祀时的司仪。

❹禹皋：禹指夏禹，尧舜时曾治理洪水。皋指皋陶，是舜时有名的狱官。

❺河出图：传说伏羲氏时，有龙马驮着一张图从黄河出来，伏羲氏根据它画成八卦。

❻洛出书：传说夏禹治水时，在洛水发现一只神龟，背上有许多文字，夏禹据此写成《九畴》一书。

❼“景星明”十句：皆指天下太平时的种种祥瑞。

❽作《春秋》必赖祖传：《春秋》是鲁国史书，相传孔子所作。云亭山人孔尚任是孔子第六十四代孙，《桃花扇》又是反映南明兴衰的历史戏，因此说“作《春秋》必赖祖传”。

❾正雅颂岂无庭训：《诗经》分为风、雅、颂三部。周人称正声作雅乐，颂是用于祭祀的乐歌。这里用雅颂比喻戏曲。庭训是父亲对儿子的教训。《论语》中记孔子在庭中教育儿子要读《诗经》。

❿冠裳雅会：指士大夫的集会。

⓫秣陵：今南京。

⓬奸马阮中外伏长剑：意指马士英、阮大铖内外互相勾结，暗中施行奸谋。

第一出

听稗[1]

崇祯癸未二月

【恋芳春】〔生儒扮上〕孙楚楼[2]边，莫愁湖上，又添几树垂杨。偏是江山胜处，酒卖斜阳，勾引游人醉赏，学金粉南朝[3]模样。暗思想，那些莺颠燕狂，关甚兴亡！

〔鹧鸪天〕院静厨寒睡起迟，秣陵人老看花时。城连晓雨枯陵树[4]，江带春潮坏殿基。伤往事，写新词，客愁乡梦乱如丝。不知烟水西村舍，燕子今年宿傍谁？小生姓侯，名方域，表字朝宗，中州归德[5]人也。夷门谱牒[6]，梁苑[7]冠裳。先祖太常，家父司徒，久树东林之帜[8]；选诗云间，征文白下[9]，新登复社之坛。早岁清词，吐出班香宋艳[10]；中年浩气，流成苏海韩潮[11]。人邻耀华之宫[12]，偏宜赋酒；家近洛阳之县，不愿栽花。自去年壬午[13]，南闱[14]下第，便侨寓这莫愁湖畔。烽烟未靖，家信难通，不觉又是仲春时候。你看碧草粘天，谁是还乡之伴；黄尘匝地，独为避乱之人。〔叹介〕莫愁，莫愁！教俺怎生不愁也！幸喜社友陈定生、吴次尾[15]，寓在蔡益所[16]书坊，时常往来，

【原评】

“传奇首一折，谓之正生家门。正生，侯朝宗也，陈定生、吴次尾是朝宗陪宾，柳敬亭是朝宗伴友，开章一义，皆露头角，为文章梁柱。”

颇不寂寞。今日约到冶城道院[17]，同看梅花，须索早去。

【懒画眉】乍暖风烟满江乡，花里行厨携着玉缸[18]；笛声吹乱客中肠，莫过乌衣巷[19]，是别姓人家新画梁。

〔下〕〔末、小生儒扮上〕

【前腔】王气金陵渐凋伤，鼙鼓旌旗何处忙？怕随梅柳渡春江。〔末〕小生宜兴陈贞慧是也。〔小生〕小生贵池吴应箕是也。〔末问介〕次兄可知流寇[20]消息么？〔小生〕昨见邸抄[21]，流寇连败官兵，渐逼京师。那宁南侯左良玉[22]，还军襄阳。中原无人，大事已不可问，我辈且看春光。〔合〕无主春飘荡，风雨梨花摧晓妆。

〔生上相见介〕请了，两位社兄，果然早到。〔小生〕岂敢爽约！〔末〕小弟已着人打扫道院，沽酒相待。〔副净扮家僮忙上〕节寒嫌酒冷，花好引人多。禀相公，来迟了，请回罢！〔末〕怎么来迟了？〔副净〕魏府徐公子[23]要请客看花，一座大大道院，早已占满了。〔生〕既是这等，且到秦淮水榭，一访佳丽，倒也有趣！〔小生〕依我说，不必远去，兄可知道泰州柳敬亭[24]，说书最妙，曾见赏于吴桥范大司马[25]、桐城何老相国[26]。闻他在此作寓，何不同往一听，消遣春愁？〔末〕这也好！〔生怒介〕那柳麻子新做了阉儿阮胡子[27]的门客，这样人说书，不听也罢了！〔小生〕兄还不知阮胡子漏网余生，不肯退藏；

【批注】

其实看花不成是虚设，目的是转听柳敬亭说书。先点出徐公子，为末出他扮皂隶捕人伏线。

还在这里蓄养声伎，结纳朝绅。小弟做了一篇留都防乱的揭帖[28]，公讨其罪。那班门客才晓得他是崔魏逆党[29]，不待曲终，拂衣散尽。这柳麻子也在其内，岂不可敬！〔生惊介〕阿呀！竟不知此辈中也有豪杰，该去物色的！〔同行介〕

【前腔】仙院参差弄笙簧，人住深深丹洞[30]旁，闲将双眼阅沧桑。〔副净〕此间是了，待我叫门。〔叫介〕柳麻子在家么？〔末喝介〕啶！他是江湖名士，称他柳相公才是。〔副净又叫介〕柳相公开门。〔丑小帽、海青、白髯，扮柳敬亭上〕门掩青苔长，话旧樵渔来道房。

〔见介〕原来是陈、吴二位相公，老汉失迎了！〔问生介〕此位何人？〔末〕这是敝友河南侯朝宗，当今名士，久慕清谈，特来领教。〔丑〕不敢，不敢！请坐献茶。〔坐介〕〔丑〕相公都是读书君子，甚么《史记》《通鉴》不曾看熟，倒来听老汉的俗谈。〔指介〕你看：

【前腔】废苑枯松靠着颓墙，春雨如丝宫草香，六朝兴废怕思量。鼓板轻轻放，沾泪说书儿女肠。

〔生〕不必过谦，就求赐教。〔丑〕既蒙光降，老汉也不敢推辞；只怕演义盲词，难入尊耳。没奈何，且把相公们读的《论语》说一章罢！〔生〕这也奇了，《论语》如何说的？〔丑笑介〕相公说得，老汉就说不得？今日偏要假斯文，说他一回。〔上坐敲鼓板说书介〕问余何事栖碧山，笑而不答心自闲。桃花流水杳然去，别有天地非人间。[31]〔拍醒木[32]说介〕敢告列位，今日所说不是别的，是申鲁三家[33]欺君之罪，表孔圣人正乐之功。当时鲁道衰微，人心僭窃，我夫子自卫反鲁，然后乐正[34]。那些乐官恍然大悟，愧悔交集，一个个东奔西走，把那权臣势家闹烘烘的戏场，顷刻冰冷。你说圣人的手段利害呀不利害？神妙呀不神妙？〔敲鼓板唱介〕

〔鼓词一〕自古圣人手段能，他会呼风唤雨，撒豆成兵。见一伙乱臣无礼教歌舞，使了个些小方法，弄的他精打精。正排着低品走狗奴才队，都做了高节清风大英雄！

【批注】

以下用友人贾凫西《木皮散人鼓词》原词，也有引古讽今之意。

〔拍醒木说介〕那太师名挚，他第一个先适了齐。他为何适齐，听俺道来！〔敲鼓板唱介〕

〔鼓词二〕好一个为头为领的太师挚，他说："咳，俺为甚的替撞三家景阳钟[35]？往常时瞎了眼睛在泥窝里混，到如今抖起身子去个清。大撒脚步正往东北走，合伙了个敬仲老先[36]才显俺的名。管喜的孔子三月忘肉味，景公擦泪侧着耳听；那贼臣就吃了豹子心肝熊的胆，也不敢到姜太公家里[37]去拿乐工。"

〔拍醒木说介〕管亚饭的名干，适了楚；管三饭的名缭，适了蔡；管四饭的名缺，适了秦。这三人为何也去了？听我道来！〔敲鼓板唱介〕

〔鼓词三〕这一班劝膳的乐官不见了领队长，一个个各寻门路奔前程。亚饭说："乱臣堂上掇着碗，俺倒去吹吹打打伏侍着他听；你看咱长官此去齐邦谁敢去找？我也投那熊绎[38]大王，倚仗他的威风。”三饭说：“河南蔡国虽然小，那堂堂的中原紧靠着京城。”四饭说：“远望西秦有天子气，那强兵营里我去抓响筝[39]。”一齐说：“你每日倚着塞门[40]桩子使唤俺，今以后叫你闻着俺的风声脑子疼。”

〔拍醒木说介〕击鼓的名方叔，入于河；播鼗的名武，入于汉；少师名阳，击磬的名襄，入于海。这四人另有个去法，听俺道来！〔敲鼓板唱介〕

〔鼓词四〕这击磬擂鼓的三四位，他说：“你丢下这乱纷纷的排场俺也干不成。您嫌这里乱鬼当家别处寻主，只怕到那里低三下四还干旧营生。俺们一叶扁舟桃源路，这才是江湖满地，几个渔翁。”

〔拍醒木说介〕这四个人，去的好，去的妙，去的有意思。听他说些甚的？〔敲鼓板唱介〕

〔鼓词五〕他说：“十丈珊瑚映日红，珍珠捧着水晶宫，龙王留俺宫中宴，那金童玉女不比凡同。凤箫象管龙吟细，可教人家吹打着俺们才听。那贼臣就溜着河边来赶俺，这万里烟波路也不明。莫道山高水远无知己，你看海角天涯都有俺旧弟兄。全要打破纸窗看世界，亏了那位神灵提出俺火坑；凭世上沧海变田田变海，俺那老师父[41]只管蒙瞪着两眼定六经。”

〔说完起介〕献丑，献丑！〔末〕妙极，妙极！如今应制[42]讲义，那能如此痛快，真绝技也！〔小生〕敬亭才出阮家，不肯别投主人，故此现身说法。〔生〕俺看敬亭人品高绝，胸襟洒脱，是我辈中人，说书乃其余技耳。

【解三酲】〔生、末、小生〕暗红尘霎时雪亮，热春光一阵冰凉，清白人会算糊涂帐。〔同笑介〕这笑骂风流跌宕，一声拍板温而厉，三下渔阳[43]慨以慷！〔丑〕重来访，但是桃花误处，问俺渔郎。

〔生问介〕昨日同出阮衙，是那几位朋友？〔丑〕都已散去，只有善讴的苏昆生，还寓比邻。〔生〕也要奉访，尚望同来赐教。〔丑〕自然奉拜的。

〔丑〕歌声歇处已斜阳，〔末〕剩有残花隔院香。

〔小生〕无数楼台无数草，〔生〕清谈霸业两茫茫。

【原评】

“此《桃花扇》大旨也，细心领略，莫负渔郎指引之意。”

【批注】

按柳敬亭在《修札》出对侯朝宗说“那热闹局就是冷淡的根芽，爽快事就是牵缠的枝叶”，与此处用意相近。

注释

❶听稗：稗即稗史，指一般小说野史。听稗，听柳敬亭说书。

❷孙楚楼：孙楚，西晋著名诗人。孙楚楼在南京城西，与莫愁湖相近。

❸南朝：指偏安江东的宋、齐、梁、陈等朝代。

❹陵树：南京明孝陵的树。

❺中州归德：今河南商丘。

❻夷门谱牒：战国时的著名人士侯嬴曾守大梁夷门，侯方域与他同姓，因此

在剧中自称“夷门谱牒”。

❼梁苑：指西汉时梁孝王兴建的东苑。

❽“先祖太常”三句：侯方域的祖父官至太常寺卿，父官至户部尚书，和古代的司徒相近。东林，指东林党。

❾云间、白下：云间，今上海松江。白下，今南京。

❿班香宋艳：班指班固，宋指宋玉。

⓫苏海韩潮：苏指苏轼，韩指韩愈。

⓬耀华之宫：西汉时梁孝王所造。

⓭壬午：明崇祯十五年，公元1642年。

⓮南闱：明、清科举时，称江南乡试作南闱。

⓯陈定生、吴次尾：陈定生名贞慧，宜兴人；吴次尾名应箕，贵池人，都是当时复社里的著名人士。

⓰蔡益所：当时南京著名书商。

⓱冶城道院：指明代南京朝天宫，在南京城西。

⓲花里行厨携着玉缸：过去富贵人家子弟到郊外去游玩，往往用盒子装着酒食挑到游览的地方享用，这叫行厨。玉缸，指玉杯。

⓳乌衣巷：在南京城内，晋时贵族王、谢等家多住在这里。

⓴流寇：蔑称李自成起义军。

㉑邸抄：邸报。

㉒左良玉：明末著名的将官，被封为宁南侯。

㉓魏府徐公子：中山王徐达的后代徐青君，袭封魏国公。

㉔柳敬亭：当时著名的说书艺人。

㉕吴桥范大司马：吴桥，今属河北河间。范大司马，指范景文。

㉖桐城何老相国：指桐城何如宠，崇祯二年入阁辅政。

㉗阉儿阮胡子：指阮大铖，他曾认宦官魏忠贤作干爹，所以当时人们骂他作阉儿。

㉘留都防乱的揭帖：指吴应箕写的揭露阮大铖罪恶的公告。

㉙崔魏逆党：崔指崔呈秀，魏指魏忠贤，都是阉党的魁首。

㉚丹洞：指丹房，道士炼丹的地方。

㉛“问余何事栖碧山”四句：本是李白的诗，这里用作说书开场时的引子。

㉜醒木：民间说唱艺人用以警醒听众的道具。

㉝鲁三家：春秋时期鲁国仲孙、季孙、叔孙三个最有权势的家族。

㉞“自卫反鲁”二句：见《论语·子罕》。

㉟景阳钟：本是南齐景阳楼的钟，这里借用。

㊱敬仲老先：敬仲指田敬仲，是战国时齐国国君田氏的祖先。老先是一种对长辈的俗称。

㊲姜太公家里：指齐国。

㊳熊绎：楚国的开国君主。

㊴抓响筝：指弹筝。

㊵塞门：门屏。

㊶老师父：指孔子。

㊷应制：根据皇帝的旨意写的作品。

㊸三下渔阳：指祢衡的《渔阳三弄曲》。

第二出

传歌

癸未二月

【秋夜月】〔小旦倩妆扮鸨妓李贞丽上〕深画眉，不把红楼闭；长板桥头垂杨细，丝丝牵惹游人骑。将筝弦紧系，把笙囊巧制。

梨花似雪草如烟，春在秦淮两岸边。一带妆楼临水盖，家家分影照婵娟。妾身姓李，表字贞丽，烟花妙部，风月名班①；生长旧院②之中，迎送长桥之上；铅华未谢③，丰韵犹存。养成一个假女④，温柔纤小，才陪玳瑁之筵；宛转娇羞，未入芙蓉之帐。这里有位罢职县令，叫做杨龙友⑤，乃凤阳督抚马士英⑥的妹夫，原做光禄阮大铖的盟弟，常到院中夸俺孩儿，要替他招客梳栊⑦。今日春光明媚，敢待好来也。〔叫介〕丫鬟，卷帘扫地，伺候客来。〔内应介〕晓得！〔末扮杨文骢上〕三山景色供图画，六代风流入品题。下官杨文骢，表字龙友，乙榜县令⑧，罢职闲居。这秦淮名妓李贞丽，是俺旧好，趁此春光，访他闲话。来此已是，不免竟入。〔入介〕贞娘那里？〔见介〕好呀！你看梅钱已落，柳线

【原评】

“传奇第二折谓之正旦家门。正旦，李香君也。杨龙友、李贞丽是香君陪宾，苏昆生是香君业师，故先令出场。前折柳说贾凫西鼓词，奇文也；此折苏教汤若士南曲，妙文也。皆文章对待法。”

【批注】

原评曰：“二奸名姓先从鸨妓口中道出，绝妙笔法。”但这种《春秋》笔法放在戏剧里用不会有效果，因为它缺乏形象。

才黄，软软浓浓，一院春色，叫俺如何消遣也。〔小旦〕正是。请到小楼焚香煮茗，赏鉴诗篇罢。〔末〕极妙了。〔登楼介〕帘纹笼架鸟，花影护盆鱼。〔看介〕这是令爱妆楼，他往那里去了？〔小旦〕晓妆未竟，尚在卧房。〔末〕请他出来。〔小旦唤介〕孩儿出来，杨老爷在此。〔末看四壁上诗篇介〕都是些名公题赠，却也难得。〔背手吟哦介〕

【前腔】〔旦艳妆上〕香梦回，才褪红鸳被。重点檀唇胭脂腻，匆匆挽个抛家髻[9]。这春愁怎替，那新词且记。

〔见介〕老爷万福！〔末〕几日不见，益发标致了。这些诗篇赞的不差。〔又看惊介〕呀呀！张天如、夏彝仲[10]这班大名公，都有题赠，下官也少不的和韵一首。〔小旦送笔砚介〕〔末把笔久吟介〕做他不过，索性藏拙，聊写墨兰数笔，点缀素壁罢。〔小旦〕更妙。〔末看壁介〕这是蓝田叔[11]画的拳石[12]。呀！就写兰于石旁，借他的衬贴也好。〔画介〕

【批注】

通过杨看诗补画，介绍李香君和复社文人之间的关系。又为后面杨点染桃花扇作衬垫。提蓝田叔，因他后来寄居媚香楼也。

【梧桐树】绫纹素壁辉[13]，写出骚人致。嫩叶香苞，雨困烟痕醉。一拳宣石墨花碎，几点苍苔乱染砌。[14]〔远看介〕也还将就得去；怎比元人潇洒墨兰意，名姬恰好湘兰佩。

〔小旦〕真真名笔，替俺妆楼生色多矣。〔末〕见笑。〔向旦介〕请教尊号，就此落款。〔旦〕年幼无号。〔小旦〕就求老爷赏他二字罢。

〔末思介〕《左传》云："兰有国香，人服媚之。"就叫他香君何如？〔小旦〕甚妙！香君过来谢了。〔旦拜介〕多谢老爷。〔末笑介〕连楼名都有了。〔落款介〕崇祯癸未[15]仲春，偶写墨兰于媚香楼，博香君一笑。贵筑[16]杨文骢。〔小旦〕写画俱佳，可称双绝。多谢了！〔俱坐介〕〔末〕我看香君国色第一，只不知技艺若何？〔小旦〕一向娇养惯了，不曾学习。前日才请一位清客，传他词曲。〔末〕是那个？〔小旦〕就叫甚么苏昆生。〔末〕苏昆生，本姓周，是河南人，寄居无锡。一向相熟的，果然是个名手。〔问介〕传的那套词曲？〔小旦〕就是玉茗堂四梦[17]。〔末〕学会多少了？〔小旦〕才将《牡丹亭》学了半本。〔唤介〕孩儿，杨老爷不是外人，取出曲本快快温习。待你师父对过，好上新腔。〔旦皱眉介〕有客在坐，只是学歌怎的。〔小旦〕好傻话，我们门户人家[18]，舞袖歌裙，吃饭庄屯。你不肯学歌，闲着做甚。〔旦看曲本介〕

【批注】

皱眉一词，道出香君对自身处境的不满。

【前腔】〔小旦〕生来粉黛围，跳入莺花队[19]，一串歌喉，是俺金钱地。莫将红豆[20]轻抛弃，学就晓风残月坠[21]；缓拍红牙，夺了宜春翠[22]，门前系住王孙辔。

〔净扁巾、褶子[23]，扮苏昆生上〕闲来翠馆[24]调鹦鹉，懒去朱门看牡丹。在下固始苏昆生是也，自出阮衙，便投妓院，做这美人的教习，不强似做那义子的帮闲么。〔竟入见介〕杨老爷在此，

【批注】

妓院强似阮衙，既点出苏的品格，又讽刺了阮大铖，妙。

久违了。〔末〕昆老恭喜，收了一个绝代的门生。〔小旦〕苏师父来了，孩儿见礼。〔旦拜介〕〔净〕免劳罢。〔问介〕昨日学的曲子，可曾记熟了？〔旦〕记熟了。〔净〕趁着杨老爷在坐，随我对来，好求指示。〔末〕正要领教。〔净、旦对坐唱介〕

【皂罗袍】[25]原来姹紫嫣红开遍，似这般都付与断井颓垣。良辰美景奈何天，〔净〕错了错了，美字一板，奈字一板，不可连下去。另来另来！良辰美景奈何天，赏心乐事谁家院。朝飞暮卷，云霞翠轩；雨丝风片，〔净〕又不是了，丝字是务头[26]，要在嗓子内唱。雨丝风片，烟波画船，锦屏人忒看得这韶光贱。〔净〕妙，妙！是的狠了，往下来。

【好姐姐】遍青山啼红了杜鹃，荼蘼外烟丝醉软。牡丹虽好，他春归怎占得先。〔净〕这句略生些，再来一遍。牡丹虽好，他春归怎占得先。闲凝盼，生生燕语明如剪，呖呖莺声溜的圆。

〔净〕好，好！又完一折了。〔末对小旦介〕可喜令爱聪明的紧，不愁不是一个名妓哩。〔向净介〕昨日会着侯司徒的公子侯朝宗，客囊颇富，又有才名，正在这里物色名姝。昆老知道么？〔净〕他是敝乡世家，果然大才。〔末〕这段姻缘，不可错过的。

【琐窗寒】破瓜碧玉[27]佳期，唱娇歌，细马

【批注】

教歌一事和上出里说五段鼓词，天然对峙。且【皂罗袍】两曲，词句温柔艳冶，设色点染，恰与香君相称。

骑。缠头掷锦[28]，携手倾杯；催妆艳句，迎婚油壁[29]。配他公子千金体，年年不放阮郎归[30]，买宅桃叶春水[31]。

〔小旦〕这样公子肯来梳栊，好的紧了。只求杨老爷极力帮衬，成此好事。〔末〕自然在心的。

【尾声】〔小旦〕掌中女好珠难比，学得新莺恰恰啼，春锁重门人未知。

如此春光，不可虚度，我们楼下小酌罢。〔末〕有趣。〔同行介〕

〔末〕苏小[32]帘前花满畦，〔小旦〕莺酣燕懒隔春堤。

〔旦〕红绡裹下樱桃颗，〔净〕好待潘车[33]过巷西。

注释

❶“烟花妙部”二句：我国宋元以来文学作品中，习惯称艺妓作烟花或风月。部、班是艺妓演出时的组织。

❷旧院：是南京秦淮歌妓聚居的地方。

❸铅华未谢：容貌、年华尚未衰老之意。

❹假女：义女，养女。

❺杨龙友：杨文骢，贵州贵阳人，福王时曾任常、镇二府的巡抚。清兵渡江南下后，他到处州去，从明宗室唐王起兵援衢州，兵败被杀。

❻马士英：字瑶草，贵州贵阳人，曾任凤阳督抚。李自成攻陷北京后，他在南京迎立福王，升任东阁大学士，恃宠专权。清兵攻破南京，他跑到严州去，后来为清兵所杀。

❼梳栊：娼家处女头一次接客叫梳栊，也叫上头。

❽乙榜县令：科举时代称进士为甲榜，举人为乙榜。乙榜县令是指以举人起家做县令的。

❾抛家髻：唐朝末年洛阳一带妇女流行的一种头发式样。

❿张天如、夏彝仲：张溥字天如（1602—1641），太仓人；夏允彝字彝仲，华亭（今松江）人，是明末复社、几社的领袖人物。

⓫蓝田叔：蓝瑛字田叔，号蝶叟，钱塘人，是当时浙派最出色的画家。

⓬拳石：画家称陈设用的小块岩作拳石。

⓭绫纹素壁辉：意说这绫纹似的白壁发出光辉。

⓮“一拳宣石墨花碎”二句：形容蓝田叔画的拳石，点染着苍苔。宣石，指宣州出产的拳石。

⓯崇祯癸未：指公元1643年。

⓰贵筑：今贵阳一带。

⓱玉茗堂四梦：明代大戏曲家汤显祖（若士）所撰的四种传奇：《牡丹亭》《邯郸记》《南柯记》《紫钗记》。

⓲门户人家：指妓家。

⓳粉黛围、莺花队：都是妓院的代用词。

⓴红豆：一名相思子，习惯用它来象征青年男女之间的恋情。

㉑学就晓风残月坠：学会歌唱词曲的意思。“杨柳岸晓风残月”是宋代词人柳永《雨霖铃》中的名句。

㉒缓拍红牙，夺了宜春翠：红牙指用象牙制的或镶的红色拍板。宜春指宜春宫，唐玄宗时叫后宫的女子几百人学习歌舞，称梨园弟子，她们都住在宜春宫里面。这句是李贞丽表示她希望李香君的色艺能够超群出众。

㉓净扁巾、褶子：净，我国戏剧角色名，大略跟现在京剧里的大面相当。扁巾，普通人戴的头巾。褶子，戏装里的一种便服。

㉔翠馆：指妓院。

㉕皂罗袍：与下文【好姐姐】二曲，都是《牡丹亭·惊梦》中的曲文，在《牡丹亭》里是女主角杜丽娘与婢女春香在私游后花园时唱的。

㉖务头：曲词中声腔特别动听、唱时要特别注意的地方，优伶习惯把这些地方称为做腔处。

㉗破瓜碧玉：碧玉是南朝宋汝南王的爱妾，汝南王为她作了一首碧玉歌，有“碧玉破瓜时”一句。女子十六岁时称为破瓜，因为瓜字拆开来成两个八字，二八就是十六。

㉘缠头掷锦：缠头是客人给妓女的赏赐。从前多用锦，后来以钱等代替。

㉙油壁：油壁车，是古代妇女坐的一种轻便的车子，车壁上以油漆作装饰。

㉚年年不放阮郎归：阮郎指阮肇。相传东汉永平年中，剡人刘晨、阮肇到天台山采药，跟山上的两个仙女成婚。过了半年多，仙女才放他们回去，到了家里一看，他们第七代的子孙都已经长大了。

㉛桃叶春水：桃叶渡，在秦淮河和青溪合流处。桃叶是晋代王献之的爱妾的名，传说她曾经在这里渡河，后人因此称它作桃叶渡。

㉜苏小：苏小小，南齐时钱塘名妓。

㉝潘车：相传潘安仁貌美，每次上街，妇女们都围着他的车子，用果子掷他，表示对他的爱慕。

第三出

哄丁①

癸未三月

〔副净、丑扮二坛户②上〕〔副净〕俎豆传家铺排户③，〔丑〕祖父。〔副净〕各坛祭器有号簿，〔丑〕查数。〔副净〕朔望开门点蜡炬，〔丑〕扫路。〔副净〕跪迎祭酒④早进署，〔丑〕休误。怎么只说这样没体面的话。〔副净〕你会说，让你说来。〔丑〕四季关粮进户部，〔副净〕夸富。〔丑〕红墙绿瓦阖家住，〔副净〕娶妇。〔丑〕干柴只靠一把锯，〔副净〕偷树。〔丑〕一年到头不吃素，〔副净〕腌胙⑤。〔丑〕啐！你接得不好，到底露出脚色⑥来。〔同笑介〕咱们南京国子监铺排户，苦熬六个月，今日又是仲春丁期。太常寺早已送到祭品，待俺摆设起来。〔排桌介〕〔副净〕栗、枣、芡、菱、榛。〔丑〕牛、羊、猪、兔、鹿。〔副净〕鱼、芹、菁、笋、韭。〔丑〕盐、酒、香、帛、烛。〔副净〕一件也不少，仔细看着，不要叫赞礼们偷吃，寻我们的晦气呀。〔副末扮老赞礼暗上〕啐！你坛户不偷就够了，倒赖我们。〔副净拱介〕得罪，得罪！我

【原评】

“此一折乃秀才发难之始，秀才五而次尾称雄，公子三而定生号长，皆以攻阮胡之奸也，朝宗之姻缘遂以逼而成。”

说的是那没体面的相公们，老先生是正人君子，岂有偷嘴之理。〔副末〕闲话少说，天已发亮，是时候了，各处快点香烛。〔丑〕是。〔同混下〕

【粉蝶儿】〔外冠带执笏，扮祭酒上〕松柏笼烟，两阶蜡红初剪。排笙歌，堂上宫悬[7]。捧爵帛，供牲醴，香芹[8]早荐。〔末冠带执笏，扮司业[9]上〕列班联，敬陪南雍释奠[10]。

〔外〕下官南京国子监祭酒是也。〔末〕下官司业是也。今值文庙丁期，礼当释奠。〔分立介〕

【四园春】〔小生衣巾，扮吴应箕上〕楹鼓[11]逢逢将曙天，诸生接武杏坛前[12]。〔杂扮监生四人上〕济济礼乐绕三千[13]，万仞门墙瞻圣贤。〔副净满髯冠带，扮阮大铖上〕净洗含羞面，混入几筵边。

〔小生〕小生吴应箕，约同杨维斗、刘伯宗、沈昆铜、沈眉生[14]众社兄，同来与祭。〔杂四人〕次尾社兄到的久了，大家依次排起班来。〔副净掩面介〕下官阮大铖，闲住南京，来观盛典。〔立前列介〕〔副末上，唱礼介〕排班，班齐。鞠躬，俯伏、兴，伏俯、兴，俯伏、兴，伏俯、兴。〔众依礼各四拜介〕

【泣颜回】〔合〕百尺翠云巅，仰见宸题金匾，素王端拱[15]，颜曾四座[16]冠冕。迎神乐奏，拜彤墀齐把袍笏展。读诗书不愧胶庠[17]，畏先圣洋洋灵显。

【批注】

介绍完男女主角，就该介绍反面人物阮大铖，偏不正面写他，放在丁祭时，让他溜进，其人品便昭然若揭了。

〔拜完立介〕〔唱礼介〕焚帛，礼毕。〔众相见揖介〕

【前腔】〔外、末〕北面并臣肩，共事春丁荣典；趋跄环佩，鹓班鹭序[18]旋转。〔小生等〕司笾执豆[19]，鲁诸生尽是瑚琏[20]选。〔副净〕喜留都[21]、散职逍遥，叹投闲、名流谪贬。

〔外、末下〕〔副净拱介〕〔小生惊看，问介〕你是阮胡子，如何也来与祭；唐突先师，玷辱斯文。〔喝介〕快快出去！〔副净气介〕我乃堂堂进士，表表名家，有何罪过，不容与祭。〔小生〕你的罪过，朝野俱知，蒙面丧心，还敢入庙。难道前日防乱揭帖，不曾说着你病根么！〔副净〕我正为暴白心迹，故来与祭。〔小生〕你的心迹，待我替你说来：

【千秋岁】魏家干，又是客家干[22]，一处处儿字难免。同气崔田[23]，同气崔田，热兄弟粪争尝，痈同吮。东林里丢飞箭，西厂里牵长线[24]，怎掩旁人眼。〔合〕笑冰山消化，铁柱翻掀。

〔副净〕诸兄不谅苦衷，横加辱骂，那知俺阮圆海原是赵忠毅[25]先生的门人。魏党暴横之时，我丁艰[26]未起，何曾伤害一人，这些话都从何处说起。

【前腔】飞霜冤，不比黑盆冤[27]，一件件风影敷衍[28]。初识忠贤，初识忠贤，救周魏[29]，把好身名，甘心贬。前辈康对山，为救李空同，曾入刘瑾之门。[30]我前日屈节，也只为着东林诸君子，怎么倒责起我来。春灯谜[31]谁不见，《十错

【原评】
“阮胡之与祭，只为辩防乱揭帖，不料愈辩愈彰。”

认》无人辩，个个将咱谴。〔指介〕恨轻薄新进，也放屁狂言！

〔小生〕好骂，好骂！〔众〕你这等人，敢在文庙之中公然骂人，真是反了。〔副末亦喊介〕反了，反了！让我老赞礼，打这个奸党。〔打介〕〔小生〕掌他的嘴，挦他的毛。〔众乱采须，指骂介〕

【越恁好】阉儿珰子[32]，阉儿珰子，那许你拜文宣[33]。辱人贱行，玷庠序[34]，愧班联。急将吾党鸣鼓传[35]，攻之必远；屏荒服[36]不与同州县，投豺虎只当闲猪犬。

〔副净〕好打，好打！〔指副末介〕连你这老赞礼，都打起我来了。〔副末〕我这老赞礼，才打你个知和而和[37]的。〔副净看须介〕把胡须都采落了，如何见人，可恼之极。〔急跑介〕

【红绣鞋】难当鸡肋[38]拳揎，拳揎。无端臂折腰撷[39]，腰撷。忙躲去，莫流连。〔下〕〔小生〕〔众〕分邪正，辨奸贤，党人逆案铁同坚。

【尾声】当年势焰掀天转，今日奔逃亦可怜。儒冠打扁，归家应自焚笔砚。

〔小生〕今日此举，替东林雪愤，为南监[40]生光，好不爽快。以后大家努力，莫容此辈再出头来。〔众〕是，是！

〔众〕堂堂义举圣门前，〔小生〕黑白须争一着先。

〔众〕只恐输赢无定局，〔小生〕治由人事乱由天。

【原评】

“秀才之打阮也于场上做出，公子之骂阮也于白中说出，是文章变换法。”

【原评】

“写出秀才张皇满溢之状，为党祸伏案。”

注释

❶哄丁：哄是吵闹的意思，丁即丁祭。封建时代，每年遇到二、八月的第一个丁日，举行春秋二祭来祭孔子，叫作丁祭。

❷坛户：管理庙产及照料庙宇的人家。

❸俎豆传家铺排户：俎、豆，祭器。传家，世袭。铺排户即坛户。

❹祭酒：国子监祭酒。国子监是封建王朝培养人才的最高机构，祭酒是国子监的负责人。

❺胙（zuò）：祭祀时供的肉。

❻脚色：这里指本来面目。

❼宫悬：指礼仪中所用编钟等乐器、礼器。

❽爵帛、牲醴、香芹：都是祭品。

❾司业：国子监司业，是国子监的次要负责人。

❿南雍释奠：明朝南京国子监也叫南雍。释奠，是用酒肴祭奠孔子。

⓫楹鼓：建鼓，用木柱从鼓中穿过，使它可以竖立的鼓。

⓬诸生接武杏坛前：诸生，儒生们。接武，跟着脚步走。杏坛，这里指南京孔庙。

⓭三千：本指孔子的三千弟子，这里借指参加祭礼的许多儒生。

⓮杨维斗、刘伯宗、沈昆铜、沈眉生：都是当时的文士，连同吴应箕被称为复社五秀才。

⓯素王端拱：素王，指有王者的道，但没有得到王者的位。端拱即拱手端坐的样子。

⓰颜曾四座：指配祀孔子的颜子、曾子、子思、孟子四人。

⓱胶庠：士子的学宫。

⓲鹓班鹭序：比喻参加祭礼者的行列。

⓳司笾（biān）执豆：笾、豆都是祭器。

⓴瑚琏：原是宗庙里珍贵的礼器，这里引申来指国家珍贵的人才。

㉑留都：明成祖从南京迁都北京后，称南京作留都。

㉒客家干：客氏是明熹宗的乳母，与魏忠贤朋比为奸。阮大铖趋炎附势，曾做她的干儿。

㉓崔田：崔呈秀、田尔耕，都是阉党的骨干。

㉔“东林里丢飞箭”二句：东林即东林党，丢飞箭是暗箭害人的意思。西厂是明代由宦官掌握的官署，也是当时陷害忠良、无恶不作的特务机构。牵长线，意为有紧密的联系。

㉕赵忠毅：赵南星，字梦白，号侪鹤，明末高邑人，因得罪魏忠贤，被贬到代州而死，谥称忠毅。

㉖丁艰：丁忧。

㉗飞霜冤，不比黑盆冤：飞霜冤，战国时邹衍被人诬告下狱，仰天大哭，时值六月，天为降霜。黑盆冤，是把沉冤不得昭雪的人比作被盖在盆下的东西，即有太阳光也照不到。

㉘风影敷衍：捕风捉影，没有根据来诬赖人的意思。

㉙周魏：周朝瑞、魏大中，都是明代天启初年的谏官，因为揭发魏忠贤和客氏的罪恶被害死。

㉚“前辈康对山”三句：康对山即康海，李空同即李梦阳，都是明中叶时人。李梦阳曾因故被捕入狱，写信要康海营救。当时宦官刘瑾当权，康海为了营救李梦阳，曾去拜见刘瑾。后来刘瑾奸情败露，牵连到康海，李梦阳并不替他辩白。这里表现阮大铖想借这件事来替自己狡辩。

㉛春灯谜：阮大铖在崇祯末年写的传奇，末出有段平话，叫《十错认》，有人认为这是阮大铖失势后为了表示愧悔而写的。

㉜珰子：珰本是宦官的冠饰，这里用来称宦官。

㉝文宣：孔子在唐代被封为文宣王。

㉞庠序：过去的地方学校。

㉟吾党鸣鼓传：春秋时孔子的门人冉求做鲁卿季氏的家臣，替季氏聚敛财货，孔子号召他的弟子鸣鼓而攻之。这里借来表示他们号召大众齐心攻击阮大铖。

㊱屏荒服：古时称离京师二千里至二千五百里的边远地方作荒服。屏，斥逐意。

㊲知和而和：这本是《论语·学而》篇里的一句，根据《桃花扇》本出原批，是当时山东曲阜一带的俗语，语意不清楚。

㊳鸡肋：用来比喻身体的孱弱。

㊴腰撷：跌坏腰的意思。

㊵南监：南京国子监。

第四出

侦戏

癸未三月

【双劝酒】〔副净扮阮大铖忧容上〕前局尽翻，旧人皆散，飘零鬓斑，牢骚歌懒。又遭时流欺谩，怎能得高卧加餐。

下官阮大铖，别号圆海。词章才子，科第名家，正做着光禄吟诗[①]，恰合着步兵爱酒[②]。黄金肝胆，指顾中原；白雪声名，驱驰上国。可恨身家念重，势利情多；偶投客、魏之门，便入儿孙之列。那时权飞烈焰，用着他当道豺狼；今日势败寒灰，剩了俺枯林鸮鸟。人人唾骂，处处击攻。细想起来，俺阮大铖也是读破万卷之人，什么忠佞贤奸，不能辨别？彼时既无失心之疯，又非汗邪之病，怎的主意一错，竟做了一个魏党？〔跌足介〕才题旧事，愧悔交加。罢了，罢了！幸这京城宽广，容的杂人，新在这裤子裆[③]里买了一所大宅，巧盖园亭，精教歌舞，但有当事朝绅，肯来纳交的，不惜物力，加倍趋迎。倘遇正人君子，怜而收之，也还不失为改过之鬼。〔悄语介〕若是天道好还，死灰有复燃之日。我阮胡

【批注】

一“偶”字便轻轻滑过去了。

【批注】

这段道白，不仅写出阮大铖多变投机的性格，而且表现了这个反面人物的人生哲学，悔过不成，索性要倒行逆施起来。

子呵！也顾不得名节，索性要倒行逆施了。这都不在话下。昨日文庙丁祭，受了复社少年一场痛辱，虽是他们孟浪，也是我自己多事。但不知有何法儿，可以结识这般轻薄。〔搔首寻思介〕

【步步娇】 小子翩翩皆狂简[④]，结党欺名宦，风波动几番。捋落吟须，捶折书腕。无计雪深怨，叫俺闭户空羞赧。

〔丑扮家人持帖上〕地僻疏冠盖，门深隔燕莺。禀老爷，有帖借戏。〔副净看帖介〕通家教弟陈贞慧拜。〔惊介〕呵呀！这是宜兴陈定生，声名赫赫，是个了不得的公子，他怎肯向我借戏？〔问介〕那来人如何说来？〔丑〕来人说，还有两位公子，叫什么方密之、冒辟疆[⑤]，都在鸡鸣埭[⑥]上吃酒，要看老爷新编的《燕子笺》，特来相借。〔副净吩咐介〕速速上楼，发出那一副上好行头；吩咐班里人梳头洗脸，随箱快走。你也拿帖跟去，俱要仔细着。〔丑应下〕〔杂抬箱，众戏子绕场下〕〔副净唤丑介〕转来。〔悄语介〕你到他席上，听他看戏之时，议论什么，速来报我。〔丑〕是。〔下〕〔副净笑介〕哈哈！竟不知他们目中还有下官，有趣，有趣！且坐书斋，静听回话。〔虚下〕〔末巾服扮杨文骢上〕周郎[⑦]扇底听新曲，米老[⑧]船中访故人。下官杨文骢，与圆海笔砚至交，彼之曲词，我之书画，两家绝技，一代传人。今日无事，来听他燕子新词，不免竟入。〔进介〕这是石巢[⑨]园，你看山

石花木，位置不俗，一定是华亭张南垣[10]的手笔了。〔指介〕

【风入松】花林疏落石斑斓，收入倪黄[11]画眼。〔仰看，读介〕“咏怀堂，孟津王铎书。”〔赞介〕写的有力量。〔下看介〕一片红毹铺地，此乃顾曲之所。草堂图里乌巾岸[12]，好指点银筝红板。〔指介〕那边是百花深处了，为甚的萧条闭关，敢是新词改、旧稿删。

〔立听介〕隐隐有吟哦之声，圆老在内读书。〔呼介〕圆兄，略歇一歇，性命要紧呀！〔副净出见，大笑介〕我道是谁，原来是龙友。请坐，请坐！〔坐介〕〔末〕如此春光，为何闭户？〔副净〕只因传奇四种，目下发刻；恐有错字，在此对阅。〔末〕正是，闻得《燕子笺》已授梨园，特来领略。〔副净〕恰好今日全班不在。〔末〕那里去了？〔副净〕有几位公子借去游山。〔末〕且把钞本赐教，权当《汉书》下酒[13]罢。〔副净唤介〕叫家僮安排酒酌，我要和杨老爷在此小饮。〔内〕晓得。〔杂上排酒果介〕〔末、副净同饮，看书介〕

【前腔】〔末〕新词细写乌丝阑[14]，都是金淘沙拣。簪花美女[15]心情慢，又逗出烟慵云懒[16]。看到此处，令人一往情深。这燕子衔春[17]未残，怕的杨花白，人鬓斑。

〔副净〕芜词俚曲，见笑大方。〔让介〕请干一杯。〔同饮介〕〔丑急上〕传将随口话，报

【原评】

“不谱鸡鸣埭听曲谩骂之状，而谱石巢园侦戏喜怒

与有心人。禀老爷，小人到鸡鸣埭上，看着酒斟十巡，戏演三折，忙来回话。〔副净〕那公子们怎么样来？〔丑〕那公子们看老爷新戏，大加称赞。

【急三枪】点头听，击节赏，停杯看。〔副净喜介〕妙，妙！他竟知道赏鉴哩。〔问介〕可曾说些什么？〔丑〕他说真才子，笔不凡。〔副净惊介〕阿呀呀！这样倾倒，却也难得。〔问介〕再说什么来？〔丑〕论文采，天仙吏，谪人间。好教执牛耳，主骚坛[18]。

〔副净佯恐介〕太过誉了，叫我难当，越往后看，还不知怎么样哩。〔吩咐介〕再去打听，速来回话。〔丑急下〕〔副净大笑介〕不料这班公子，倒是知己。〔让介〕请干一杯。

【风入松】俺呵！南朝看足古江山，翻阅风流旧案，花楼雨榭灯窗晚，呕吐了心血无限。每日价琴对墙弹，知音赏，这一番。

〔末〕请问借戏的是那班公子？〔副净〕宜兴陈定生、桐城方密之、如皋冒辟疆，都是了不得学问，他竟服了小弟。〔末〕他们是不轻许可人的，这本《燕子笺》词曲原好，有什么说处。〔丑急上〕去如走兔，来似飞乌。禀老爷，小的又到鸡鸣埭，看着戏演半本，酒席将完，忙来回话。〔副净〕那公子又讲些什么？〔丑〕他说老爷呵！

【急三枪】是南国秀，东林彦，玉堂班[19]。

之情，文笔高绝。”

【批注】

按谓如正面写陈定生等在鸡鸣埭听曲谩骂，不但落套，也与《哄丁》出重复，特别是不能腾出篇幅，细致地揭示阮大铖的心理状态。

【批注】

原评：【急三枪】曲为“拽弓令满法”；至次【急三枪】曲上半，则为“钩弦欲射法”，至下半，则云“末句中的矣”。意谓先把弓拉得紧紧的，钩弦待射，最后看中目标，一箭中的。这是韩退之诗所谓“将军欲以巧伏人，盘马弯弓惜不发”也。如不是先极口夸赞，开口就骂，便毫无意味。

〔副净佯惊介〕句句是赞俺，益发惶恐。〔问介〕还说些什么？〔丑〕他说为何投崔、魏，自摧残。〔副净皱眉，拍案恼介〕只有这点点不才，如今也不必说了。〔问介〕还讲些什么？〔丑〕话多着哩，小人也不敢说了。〔副净〕但说无妨。〔丑〕他说老爷呼亲父，称干子，忝羞颜，也不过仗人势，狗一般。

〔副净怒介〕阿呀呀！了不得，竟骂起来了。气死我也！

【风入松】 平章风月有何关[20]，助你看花对盏，新声一部空劳赞。不把俺心情剖辩，偏加些恶谑毒讪，这欺侮受应难。

〔末〕请问这是为何骂起？〔副净〕连小弟也不解，前日好好拜庙，受了五个秀才一顿狠打。今日好好借戏，又受这三个公子一顿狠骂。此后若不设个法子，如何出门。〔愁介〕〔末〕长兄不必吃恼，小弟倒有个法儿，未知肯依否？〔副净喜介〕这等绝妙了，怎肯不依。〔末〕兄可知道，吴次尾是秀才领袖，陈定生是公子班头，两将罢兵，千军解甲矣。〔副净拍案介〕是呀！〔问介〕但不知谁可解劝？〔末〕别个没用，只有河南侯朝宗，与两君文酒至交，言无不听。昨闻侯生闲居无聊，欲寻一秦淮佳丽。小弟已替他物色一人，名唤香君，色艺皆精，料中其意。长兄肯为出梳栊之资，结其欢心，然后托他两处分解，包管一举双擒。〔副净拍手，笑介〕妙，妙！好个计策。〔想介〕这侯朝宗原是敝年侄[21]，应该料理的。〔问介〕但不知应用若干？〔末〕妆奁酒席，约费二百余金，也就丰盛了。〔副净〕这不难，就送三百金到尊府，凭君区处便了。〔末〕那消许多。

〔末〕白门弱柳[22]许谁攀，〔副净〕文酒笙歌俱等闲。

〔末〕惟有美人称妙计，〔副净〕凭君买黛画春山[23]。

注释

❶光禄吟诗：光禄本官名，负责管理皇帝膳食。南朝著名文人颜延之曾官至金紫光禄大夫。阮大铖曾做过光禄卿，因此在剧中引用颜光禄的典故来自比。

❷步兵爱酒：魏晋时名人阮籍曾任步兵校尉，不满于现实，经常借醉酒来避免祸害。阮大铖和他同姓，因此在剧中引他来自比。

❸裤子裆：南京地名。

❹狂简：见《论语·公冶长》篇，一般指勇于进取而不很切实的人。

❺方密之、冒辟疆：都是明末清初人，与侯方域、陈贞慧同时被称为“四公子”。

❻鸡鸣埭：今鸡鸣寺，南京名胜之一。

❼周郎：三国周瑜。周瑜精通音律，当时有谚语：“曲有误，周郎顾。”这里用以比喻精通音律的阮大铖。

❽米老：北宋著名书画家米芾。米芾经常载书画于船中，在江湖游览，人们称其船为米家书画船。

❾石巢：阮大铖的号。

❿张南垣：明末人，善于设计亭园，尤其擅长堆叠石假山。

⓫倪黄：倪即倪瓒，黄即黄公望，都是元代有名的画家。

⑫草堂图里乌巾岸：古时隐居的人喜欢称自己住的地方为草堂。乌巾即乌角巾，过去隐士的帽子。岸是高挺的样子。这是写杨文骢所想象的阮大铖。

⑬《汉书》下酒：北宋诗人苏舜钦住在岳父杜衍家中时，每晚一面读书、一面饮酒。一次读到《汉书·张良传》，不断地干杯。杜衍看见了大笑说：有这样的下酒物，饮一斗真不算多。

⑭乌丝阑：阑同栏，乌丝栏即印有或画有黑条格的笺纸。

⑮簪花美女：双关语，一是比喻书法的娟秀。梁武帝评卫恒书法的风格说："如插花舞女，援镜笑春。"二是指剧中人物的娇态。

⑯烟慵云懒：意指《燕子笺》中男女主角恋爱事情。

⑰燕子衔春：《燕子笺》中有燕子衔诗笺情节。

⑱主骚坛：做诗坛领袖的意思。

⑲东林彦，玉堂班：彦是优秀人才，玉堂即翰林院。阮大铖早年曾靠拢左光斗，又有才名，所以这样称他。

⑳平章风月有何关：平章，品评。意为品评风月不应该牵涉政治问题。

㉑年侄：古时同榜考取的士子称作同年，对同年的儿子称作年侄。

㉒白门弱柳：白门是南朝时建康城门名，建康即今南京，后人也称南京作白门。这里指香君。

㉓春山：指女子的双眉。

第五出

访翠

癸未三月

【缑山月】〔生丽服上〕金粉未消亡，闻得六朝香，满天涯烟草断人肠。怕催花信紧，风风雨雨，误了春光。

小生侯方域，书剑飘零，归家无日。对三月艳阳之节，住六朝佳丽之场，虽是客况不堪，却也春情难按。昨日会着杨龙友，盛夸李香君妙龄绝色，平康[①]第一。现在苏昆生教他吹歌，也来劝俺梳栊；争奈萧索奚囊[②]，难成好事。今日清明佳节，独坐无聊，不免借步踏青，竟到旧院一访，有何不可。〔行介〕

【锦缠道】望平康，凤城[③]东，千门绿杨。一路紫丝缰，引游郎，谁家乳燕双双。〔丑扮柳敬亭上〕黄莺惊晓梦，白发动春愁。〔唤介〕侯相公何处闲游？〔生回头见介〕原来是敬亭，来的好也；俺去城东踏青，正苦无伴哩。〔丑〕老汉无事，便好奉陪。〔同行介〕〔丑指介〕那是秦淮水榭。〔生〕隔春波，碧烟染窗；倚晴天，红杏窥墙。〔丑指介〕这是长桥，我们慢慢的走。

【批注】

《桃花扇》从本出始，一味渲染欢乐气氛，为日后好景不常造成声势。这是我国悲剧惯用的欲擒故纵之法。

【原评】

“一幅江南旧院图。”

〔生〕一带板桥长，闲指点茶寮酒舫。〔丑〕不觉来到旧院了。〔生〕听声声卖花忙，穿过了条条深巷。〔丑指介〕这一条巷里，都是有名姊妹家。〔生〕果然不同，你看黑漆双门之上，插一枝带露柳娇黄。

〔丑指介〕这个高门儿，便是李贞丽家。〔生〕我问你，李香君住在那个门里？〔丑〕香君就是贞丽的女儿。〔生〕妙，妙！俺正要访他，恰好到此。〔丑〕待我敲门。〔敲介〕〔内问介〕那个？〔丑〕常来走动的老柳，陪着贵客来拜。〔内〕贞娘、香姐，都不在家。〔丑〕那里去了？〔内〕在卞姨娘家做盒子会哩。〔丑〕正是，我竟忘了，今日是盛会。〔生〕为何今日做会？〔丑拍腿介〕老腿走乏了，且在这石磴上略歇一歇，从容告你。

〔同坐介〕〔丑〕相公不知，这院中名妓，结为手帕姊妹，就像香火兄弟一般，每遇时节，便做盛会。

【朱奴剔银灯】 结罗帕，烟花[4]雁行；逢令节，齐斗新妆。〔生〕是了，今日清明佳节，故此皆去赴会。但不知怎么叫做盒子会？〔丑〕赴会之日，各携一副盒儿，都是鲜物异品，有海错、江瑶、玉液浆[5]。〔生〕会期做些甚么？〔丑〕大家比较技艺，拨琴阮，笙箫嘹喨。〔生〕这样有趣，也许子弟[6]入会么？〔丑摇手介〕不许，不许！最怕的是子弟混闹，深深锁住楼门，只许楼下赏鉴。〔生〕赏鉴中意的如何会面？〔丑〕若中了意，便把物事抛上楼头，他楼上也便抛下果子来。相当，竟飞来捧觞，密约在芙蓉锦帐。

〔生〕既然如此，小生也好走走了。〔丑〕走走何妨。〔生〕只不知卞家住在那厢？〔丑〕住在暖翠楼，离此不远，即便同行。〔行介〕〔生〕扫墓家家柳。〔丑〕吹饧处处箫[7]。〔生〕莺花三里巷。〔丑〕烟水两条桥。〔指介〕此间便是，相公请进。〔同入介〕〔末扮杨文骢、净扮苏昆生迎上〕〔末〕闲陪簇簇莺花队，〔净〕同望迢迢粉黛围。〔见介〕〔末〕侯世兄怎肯到此，难得，难得！〔生〕闻杨兄今日去看阮胡子，不想这里遇着。〔净〕特为侯相公喜事而来。〔丑〕请坐。〔俱坐〕〔生望介〕好个暖翠楼！

【雁过声】端详，窗明院敞，早来到温柔睡乡。〔问介〕李香君为何不见？〔末〕现在楼头。〔净指介〕你看，楼头奏技了。〔内吹笙、笛介〕〔生听介〕鸾笙凤管云中响，〔内弹琵琶、筝介〕〔生听介〕弦悠扬，〔内打云锣介〕〔生听介〕玉玎珰，一声乱我柔肠。〔内吹箫介〕〔生听介〕翱翔双凤凰。〔大叫介〕这几声箫，吹的我消魂，小生忍不住要打采了。〔取扇坠抛上楼介〕海南异品[8]风飘荡，要打着美人心上痒！

〔内将白汗巾包樱桃抛下介〕〔丑〕有趣，有趣！掷下果子来了。〔净解汗巾，倾樱桃盘内

【原评】

“四句诗写出平康风物。”

介〕好奇怪，如今竟有樱桃了。〔生〕不知是那个掷来的，若是香君，岂不可喜。〔末取汗巾看介〕看这一条冰绡[9]汗巾，有九分是他了。〔小旦扮李贞丽捧茶壶，领香君捧花瓶上〕〔小旦〕香草偏随蝴蝶扇，美人又下凤凰台。〔净惊指介〕都看天人下界了。〔丑合掌介〕阿弥陀佛。〔众起介〕〔末拉生介〕世兄认认，这是贞丽，这是香君。〔生见小旦介〕小生河南侯朝宗，一向渴慕，今才遂愿。〔见旦介〕果然妙龄绝色，龙老赏鉴，真是法眼[10]。〔坐介〕〔小旦〕虎邱新茶，泡来奉敬。〔斟茶〕〔众饮介〕〔旦〕绿杨红杏，点缀新节。〔众赞介〕有趣，有趣！煮茗看花，可称雅集矣。〔末〕如此雅集，不可无酒。〔小旦〕酒已备下，玉京主会，不得下楼奉陪，贱妾代东罢。〔唤介〕保儿[11]烫酒来！〔杂提酒上〕〔小旦〕何不行个令儿，大家欢饮？〔丑〕敬候主人发挥。〔小旦〕怎敢僭越。〔净〕这是院中旧例。〔小旦取骰盆介〕得罪了。〔唤介〕香君把盏，待我掷色[12]奉敬。〔众〕遵令。〔小旦宣令介〕酒要依次流饮，每一杯干，各献所长，便是酒底。幺为樱桃，二为茶，三为柳，四为杏花，五为香扇坠，六为冰绡汗巾。〔唤介〕香君敬侯相公酒。〔旦斟，生饮介〕〔小旦掷色介〕是香扇坠。〔让介〕侯相公速干此杯，请说酒底。〔生告干介〕小生做首诗罢。〔吟介〕南国佳人佩，休教袖里藏。随郎团扇影，摇动一身香。

〔末〕好诗！好诗！〔丑〕好个香扇坠，只怕摇摆坏了。〔小旦〕该奉杨老爷酒了。〔旦斟，末饮介〕〔小旦掷介〕是冰绡汗巾。〔末〕我也做诗了。〔小旦〕不许雷同。〔末〕也罢，下官做个破承题[13]罢。〔念介〕睹拭汗之物，而春色撩人矣。夫汗之沾巾，必由于春之生面也。伊何人之面，而以冰绡拭之；红素相著之际，不亦深可爱也耶？〔生〕绝妙佳章。〔丑〕这样好文彩，还该中两榜[14]才是。〔旦斟丑酒介〕柳师父请酒。〔小旦掷色介〕是茶。〔丑饮酒介〕我道恁薄。〔小旦笑介〕非也，你的酒底是茶。〔丑〕待我说个张三郎吃茶[15]罢。〔小旦〕说书太长，说个笑话更好。〔丑〕就说笑话。〔说介〕苏东坡同黄山谷访佛印禅师，东坡送了一把定瓷壶，山谷送了一斤阳羡茶。三人松下品茶，佛印说："黄秀才茶癖天下闻名，但不知苏胡子的茶量何如；今日何不斗一斗，分个谁大谁小？"东坡说："如何斗来？"佛印说："你问一机锋[16]，叫黄秀才答。他若答不来，吃你一棒，我便记一笔：胡子打了秀才了。你若答不来，也吃黄秀才一棒，我便记一笔：秀才打了胡子了。末后总算，打一下吃一碗。"东坡说："就依你说。"东坡先问："没鼻针如何穿线？"山谷答："把针尖磨去。"佛印说："答的好。"山谷问："没把葫芦怎生拿？"东坡答："抛在水中。"佛印说："答的也不错。"东坡又问："虱在裤中，有见无见？"山谷未及答，东坡持棒就打。山谷正拿壶子斟茶，失手落地，打个粉碎。东坡大叫道：“和尚记着，胡子打了秀才了。”佛印笑道：“你听哄啷一声，胡子没打着秀才，秀才倒打了壶子了。”〔众笑介〕〔丑〕众位休笑，秀才利害多着哩。〔弹壶介〕这样硬壶子都打坏，何况软壶子[17]。〔生〕敬老妙人，随口诙谐，都是机锋。〔小旦〕香君，敬你师父。〔旦斟，净饮介〕〔小旦掷介〕是杏花。〔净唱介〕“晚妆楼上杏花残，犹自怯衣单。”[18]〔旦向小旦介〕孩儿敬妈妈酒了。〔小旦饮干，掷介〕是樱桃。〔净〕让我代唱罢。〔唱介〕“樱桃红绽，玉粳白露[19]，半晌恰方言。”〔丑〕昆生该罚了，唱的唇上樱桃，不是盘中樱桃。〔净〕领罚。〔自斟，饮介〕〔小旦〕香君该自斟自饮了。〔生〕待小生奉敬。〔生斟，旦饮介〕〔小旦掷介〕不消猜，是柳了，香君唱来。〔旦羞介〕〔小旦〕孩儿腼腆，请个代笔相公罢。〔掷介〕三点，是柳师父。〔净〕好，好！今日是他当值之日。〔丑〕我老汉姓柳，飘零半世，最怕的是“柳”字。今日清明佳节，偏把个柳圈儿[20]套住我老狗头。〔众大笑介〕〔净〕算了你的笑话罢。〔生〕酒已有了，大家别过。〔丑〕才子佳人，难得聚会。〔拉生、旦介〕你们一对儿，吃个交心酒何如。〔旦羞，遮袖下〕〔净〕香君面嫩，当面不好讲得；前日所订梳栊之事，相公意下允否？〔生笑介〕秀才中状元，有甚么不肯处。〔小旦〕既蒙不弃，择定吉期，贱妾就要奉攀了。〔末〕这三月十五日，花月良辰，便好成亲。〔生〕只是一件，客囊羞涩，恐难备礼。〔末〕这不须愁，妆奁酒席，待小弟备来。〔生〕怎好相累。〔末〕当得效力。〔生〕多谢了。

【小桃红】 误走到巫峰[21]上，添了些行云想，匆匆忘却仙模样。春宵花月休成谎，良缘到手难推让，准备着身赴高唐。

〔作辞介〕〔小旦〕也不再留了。择定十五日，请下清客，邀下姊妹，奏乐迎亲罢。〔小旦下〕〔丑向净介〕阿呀！忘了，忘了，咱两个不得奉陪了。〔末〕为何？〔净〕黄将军船泊水西门[22]，也是十五日祭旗，约下我们吃酒的。〔生〕这等怎处？〔末〕还有丁继之、沈公宪、张燕筑[23]，都是大清客，借重他们陪陪罢。

〔净〕暖翠楼前粉黛香，〔末〕六朝风致说平康。

〔丑〕踏青归去春犹浅，〔生〕明日重来花满床。

【批注】

第三十四出《截矶》用得着这条伏线。

【原评】

“《访翠》一折却与《闹榭》正对。访翠在卞玉京家，玉京后为香君所皈依；《闹榭》在丁继之家，继之后为朝宗所皈依。皆天然整齐之文。”

注释

❶平康：唐朝长安妓女聚居的一处地方，后人用来泛指妓院。

❷萧索奚囊：手头拮据的意思。

❸凤城：禁城。

❹烟花：指妓女。

❺海错、江瑶、玉液浆：海错指各种海味；江瑶是一种海蚌，它的肉柱是一种名贵的食品，称作江瑶柱；玉液浆，指酒。

❻子弟：宋元俗语，指嫖客。

❼吹饧（xíng）处处箫：饧是饴糖，如麦芽糖等是。吹饧处处箫，意为处处都听到卖饧人吹的箫声。

❽海南异品：指扇坠，因用海南檀香制造，故称海南异品。

❾冰绡：绡是一种用生丝织的绸。冰绡，形容绡的洁白。

❿法眼：指有高度鉴别能力的眼光。

⓫保儿：妓院里供使唤的男子。

⓬掷色：掷骰子。

⓭破承题：破题与承题。八股文的开头一节叫作破题，继承破题的一节叫作承题。下文杨文骢念的“睹拭汗之物，而春色撩人矣”一句即破题，下面几句即承题。

⓮两榜：古时乡试叫乙榜，会试叫甲榜，合称两榜。

⓯张三郎吃茶：阎婆惜留张三郎吃茶，见《水浒传》第二十一回。

⓰机锋：争辩中富有启发性的思想，机智的语词锋芒。

⓱软壶子：阮胡子的谐音，即阮大铖。

⓲“晚妆楼上杏花残”二句：王实甫《西厢记》第三本第五折里的两句曲文。

⓳“樱桃红绽”二句：樱桃比喻美人嘴唇，玉粳比喻牙齿。原文引自《西厢记》第一本第一折。

⓴柳圈儿：江南一带风俗，清明时节用柳条编成圈儿，戴在小孩子的头上，叫作“狗头圈”。

㉑巫峰：传说楚襄王到高唐游玩，梦见一个女子愿和他合欢。临别时，她说：“妾在巫山之阳，高丘之阻。旦为朝云，暮为行雨，朝朝暮暮，阳台之下。”（见宋玉《高唐赋》）后人因用巫山、云雨、高唐、阳台等来形容男女性爱。

㉒黄将军船泊水西门：黄将军即黄得功。得功字虎山，辽宁开原卫人，以武功任总兵官，崇祯十七年进封靖南伯。水西门，南京城门名。

㉓丁继之、沈公宪、张燕筑：都是明末有名的戏曲演员。

第六出

眠香

癸未三月

【临江仙】〔小旦艳妆上〕短短春衫双卷袖，调筝花里迷楼[①]。今朝全把绣帘钩，不教金线柳，遮断木兰舟[②]。

妾身李贞丽，只因孩儿香君，年及破瓜，梳栊无人，日夜放心不下。幸亏杨龙友，替俺招了一位世家公子，就是前日饮酒的侯朝宗，家道才名，皆称第一。今乃上头吉日，大排筵席，广列笙歌，清客俱到，姊妹全来，好不费事。〔唤介〕保儿那里？〔杂扮保儿搧扇慢上〕席前搀趣话，花里听情声。妈妈唤保儿那处送衾枕么？〔小旦怒介〕啐！今日香姐上头，贵人将到，你还做梦哩。快快卷帘扫地，安排桌椅。〔杂〕是了。〔小旦指点排席介〕

【一枝花】〔末新服上〕园桃红似绣，艳覆文君酒[③]，屏开金孔雀[④]，围春昼。涤了金瓯，点着喷香兽[⑤]。这当垆红袖，谁最温柔，拉与相如消受。

下官杨文骢，受圆海嘱托，来送梳栊之物。

【原评】

“陪席清客三而继之为冠冕，妓女三而玉京为领袖，皆于此折出场。柳与苏所称伴友业师者偏不在场。陪客之龙友、贞娘虽早出而早下，是何等幻笔！曲白整练，排场齐楚，堂堂正正之文也。一本《桃花扇》，托端于此。”

〔唤介〕贞娘那里？〔小旦见介〕多谢作伐，喜筵俱已齐备。〔问介〕怎么官人还不见到？〔末〕想必就来。〔笑介〕下官备有箱笼数件，为香君助妆，教人搬来。〔杂抬箱笼、首饰、衣物上〕〔末吩咐介〕抬入洞房，铺陈齐整着！〔杂应下〕〔小旦喜谢介〕如何这般破费，多谢老爷！〔末袖出银介〕还有备席银三十两，交与厨房；一应酒肴，俱要丰盛。〔小旦〕益发当不起了。〔唤介〕香君快来！〔旦盛妆上〕〔小旦〕杨老爷赏了许多东西，上前拜谢。〔旦拜谢介〕〔末〕些须薄意，何敢当谢，请回，请回。〔旦即入介〕〔杂急上报介〕新官人到门了。〔生盛服，从人上〕虽非科第天边客，也是嫦娥月里人。〔末、小旦迎见介〕〔末〕恭喜世兄，得了平康佳丽；小弟无以为敬，草办妆奁，粗陈筵席，聊助一宵之乐。〔生揖介〕过承周旋，何以克当。〔小旦〕请坐，献茶。〔俱坐〕〔杂捧茶上，饮介〕〔末〕一应喜筵，安排齐备了么？〔小旦〕托赖老爷，件件完全。〔末向生拱介〕今日吉席，小弟不敢搀越，竟此告别，明日早来道喜罢。〔生〕同坐何妨。〔末〕不便，不便。〔别下〕〔杂〕请新官人更衣。〔生更衣介〕〔小旦〕妾身不得奉陪，替官人打扮新妇，撺掇⑥喜酒罢。〔别下〕〔副净、外、净扮三清客上〕一生花月张三影⑦，五字宫商李二红⑧。〔副净〕在下丁继之。〔外〕在下沈公宪。〔净〕在下张燕筑。〔副净〕今日

【批注】

龙友、贞丽下场，众人才闹得痛快，此见作者安排之细。

吃侯公子喜酒，只得早到。〔净〕不知请那几位贤歌[9]来陪俺哩。〔外〕说是旧院几个老在行。〔净〕这等都是我梳栊的了。〔副净〕你有多大家私，梳栊许多。〔净〕各人有帮手，你看今日侯公子，何曾费了分文。〔外〕不要多话，侯公子堂上更衣，大家前去作揖。〔众与生揖介〕〔众〕恭喜，恭喜！〔生〕今日借光。〔小旦、老旦、丑扮三妓女上〕情如芳草连天醉，身似杨花尽日忙。〔见介〕〔净〕唤的那一部歌妓，都报名来。〔丑〕你是教坊司[10]么，叫俺报名。〔生笑介〕正要请教大号。〔老旦〕贱妾卞玉京。〔生〕果然玉京仙子。〔小旦〕贱妾寇白门。〔生〕果然白门柳色。〔丑〕奴家郑妥娘。〔生沉吟介〕果然妥当不过。〔净〕不妥，不妥！〔外〕怎么不妥？〔净〕好偷汉子。〔丑〕呸，我不偷汉，你如何吃得恁胖。〔众诨笑介〕〔老旦〕官人在此，快请香君出来罢。〔小旦、丑扶香君上〕〔外〕我们做乐迎接。〔副净、净、外吹打十番[11]介〕〔生、旦见介〕〔丑〕俺院中规矩，不兴拜堂，就吃喜酒罢。〔生、旦上坐〕〔副净、外、净坐左边介〕〔小旦、老旦、丑坐右边介〕〔杂执壶上〕〔左边奉酒，右边吹弹介〕

【梁州序】〔生〕齐梁词赋，陈隋花柳，日日芳情迤逗[12]。青衫偎倚，今番小杜扬州[13]。寻思描黛，指点吹箫，从此春入手。秀才渴病急须救，偏是斜阳迟下楼，刚饮得一杯酒。

〔右边奉酒，左边吹弹介〕

【前腔】〔旦〕楼台花颤，帘栊风抖，倚着雄姿英秀。春情无限，金钗[14]肯与梳头。闲花添艳，野草生香，消得夫人做。今宵灯影纱红透，见惯司空也应羞，破题儿真难就。

〔副净〕你看红日衔山，乌鸦选树，快送新人回房罢。〔外〕且不要忙，侯官人当今才子，梳栊了绝代佳人，合欢有酒，岂可定情无诗乎？〔净〕说的有理，待我磨墨拂笺，伺候挥毫。〔生〕不消诗笺，小生带有宫扇一柄，就题赠香君，永为订盟之物罢。〔丑〕妙，妙！我来捧砚。〔小旦〕看你这嘴脸，只好脱靴罢了。〔老旦〕这个砚儿，倒该借重香君。〔众〕是呀！〔旦捧砚，生书扇介〕〔众念介〕夹道朱楼一径斜，王孙初御富平车[15]。青溪尽是辛夷树，不及东风桃李花。〔众〕好诗，好诗！香君收了。〔旦收扇袖中介〕〔丑〕俺们不及桃李花罢了，怎的便是辛夷树？〔净〕辛夷树者，枯木逢春也。〔丑〕如今枯木逢春，也曾鲜花着雨来。〔杂持诗笺上〕杨老爷送诗来了。〔生接读介〕生小倾城是李香，怀中婀娜袖中藏。缘何十二巫峰女，梦里偏来见楚王。〔生笑介〕此老多情，送来一首催妆诗，妙绝，妙绝！〔净〕“怀中婀娜袖中藏”，说的香君一搦身材，竟是个香扇坠儿。〔丑〕他那香扇坠，能值几文，怎比得我这琥珀猫儿坠。〔众笑介〕〔副净〕大家吹弹起来，劝新人多饮几杯。

【原评】

“桃花扇托始于此。”

【批注】

热闹戏忌呆直，宫扇题诗本情理中事，杨送诗却属意外，场面顿时活跃矣。

〔丑〕正是带些酒兴，好入洞房。〔左右吹弹，生、旦交让酒介〕

【节节高】〔生、旦〕金樽佐酒筹，劝不休，沉沉玉倒[16]黄昏后。私携手，眉黛愁，香肌瘦。春宵一刻天长久，人前怎解芙蓉扣。盼到灯昏玳筵收，宫壶滴尽莲花漏[17]。

〔副净〕你听谯楼二鼓，天气太晚，撤了席罢。〔净〕这样好席，不曾吃净就撤去了，岂不可惜。〔丑〕我没吃够哩，众位略等一等儿。〔老旦〕休得胡缠，大家奏乐，送新人入房罢。〔众起吹打十番，送生、旦介〕

【前腔】〔合〕笙箫下画楼，度清讴[18]，迷离灯火如春昼。天台岫，逢阮刘，真佳偶。重重锦帐香薰透，旁人妒得眉头皱。酒态扶人太风流，贪花福分生来有。

〔杂执灯，生、旦携手下〕〔净〕我们都配成对儿，也去睡罢。〔丑〕老张休得妄想，我老妥是要现钱的。〔净数与十文钱，拉介〕〔丑接钱再数，换低钱[19]，诨下〕

【尾声】〔合〕秦淮烟月无新旧，脂香粉腻满东流，夜夜春情散不收。

〔副净〕江南花发水悠悠，〔小旦〕人到秦淮解尽愁。

〔外〕不管烽烟家万里，〔老旦〕五更怀里啭歌喉。

注释

❶迷楼：隋炀帝兴建一座宫殿，建成以后，炀帝看了说："这样华丽，就是仙人也要着迷的。"因此称它作迷楼。这里借指媚香楼。

❷"不教金线柳"二句：表示对新郎君的盼望。木兰舟，指用木兰树做成的舟。

❸文君酒：相传卓文君私奔司马相如以后，曾在临邛市上当垆卖酒。

❹屏开金孔雀：传说隋朝窦毅在挑选女婿时，画了两个孔雀在屏风上，要那些求婚的人用箭来射它们。他暗中约定，凡是射中孔雀眼睛的，就把女儿嫁给他。后来唐高祖李渊射中了，窦毅就把女儿嫁给了他。

❺喷香兽：指制成兽形、香气从兽口中喷出的香炉。

❻撺掇：本是怂恿的意思，这里作催促、准备解。

❼张三影：北宋著名词人张先，他写的词中有三句名句："云破月来花弄影"，"娇柔懒起，帘压卷花影"，"柳径无人，坠风絮无影"。这三句里都有影字，人们因此称他作"张三影"。

❽五字宫商李二红：疑是指元代的曲家红字李二。

❾贤歌：歌即歌妓，贤是宋元以来对下辈人称呼时一种表示尊敬的语词。

❿教坊司：隋唐以后管理乐舞和乐户承应事宜的机关。

⓫十番：锣鼓曲牌名。

⓬迤逗：勾引、撩拨的意思。

⓭小杜扬州：小杜即唐后期诗人杜牧。牛僧孺出镇扬州时，杜牧掌节度书记，当时扬州娼楼林立，杜牧经常在那里出入。

⓮金钗：侍妾，古代贵族男子每由婢妾替他梳头。这二句疑是说侯方域对李香君无限爱怜，哪肯把她当作一般侍妾看待的意思。

⓯富平车：豪家贵族的车子。

⓰玉倒：玉即玉山，用来比喻人的身材。玉倒即醉倒。

⓱宫壶滴尽莲花漏：莲花漏是铜壶滴漏的一种。古人没有钟表，宫禁里用铜壶滴漏来计时。宫壶滴尽莲花漏，表示夜深。

⓲度清讴：清唱。

⓳换低钱：把成色差一些的钱换过。

第七出

却奁

癸未三月

〔杂扮保儿搬马桶上〕龟尿龟尿，撒出小龟；鳖血鳖血，变成小鳖。龟尿鳖血，看不分别；鳖血龟尿，说不清白。看不分别，混了亲爹；说不清白，混了亲伯。〔笑介〕胡闹，胡闹！昨日香姐上头，乱了半夜；今日早起，又要刷马桶，倒溺壶，忙个不了。那些孤老、表子，还不知搂到几时哩。〔刷马桶介〕

【夜行船】〔末〕人宿平康深柳巷，惊好梦门外花郎。绣户未开，帘钩才响，春阻十层纱帐。

下官杨文骢，早来与侯兄道喜。你看院门深闭，侍婢无声，想是高眠未起。〔唤介〕保儿，你到新人窗外，说我早来道喜。〔杂〕昨夜睡迟了，今日未必起来哩。老爷请回，明日再来罢。〔末笑介〕胡说！快快去问。〔小旦内问介〕保儿！来的是那一个？〔杂〕是杨老爷道喜来了。〔小旦忙上〕倚枕春宵短，敲门好事多。〔见介〕多谢老爷，成了孩儿一世姻缘。〔末〕好说。

【原评】

“秀才之打也，公子之骂也，皆于此折结穴。侯郎之去也，香君之守也，皆于此折生隙。五官咸凑，百节不松，文章关捩也。”

〔问介〕新人起来不曾？〔小旦〕昨晚睡迟，都还未起哩。〔让坐介〕老爷请坐，待我去催他。〔末〕不必，不必。〔小旦下〕

【步步娇】〔末〕儿女浓情如花酿，美满无他想，黑甜共一乡。可也亏了俺帮衬，珠翠辉煌，罗绮飘荡，件件助新妆，悬出风流榜。

〔小旦上〕好笑，好笑！两个在那里交扣丁香[①]，并照菱花，梳洗才完，穿戴未毕。请老爷同到洞房，唤他出来，好饮扶头卯酒[②]。〔末〕惊却好梦，得罪不浅。〔同下〕〔生、旦艳妆上〕

【沉醉东风】〔生、旦〕这云情接着雨况，刚搔了心窝奇痒，谁搅起睡鸳鸯。被翻红浪，喜匆匆满怀欢畅。枕上余香，帕上余香，消魂滋味，才从梦里尝。

〔末、小旦上〕〔末〕果然起来了，恭喜，恭喜！〔一揖，坐介〕〔末〕昨晚催妆拙句，可还说的入情么？〔生揖介〕多谢！〔笑介〕妙是妙极了，只有一件。〔末〕那一件？〔生〕香君虽小，还该藏之金屋。〔看袖介〕小生衫袖，如何着得下？〔俱笑介〕〔末〕夜来定情，必有佳作。〔生〕草草塞责，不敢请教。〔末〕诗在那里？〔旦〕诗在扇头。〔旦向袖中取出扇介〕〔末接看介〕是一柄白纱宫扇。〔嗅介〕香的有趣。〔吟诗介〕妙，妙！只有香君不愧此诗。〔付旦介〕还收好了。〔旦收扇介〕

【园林好】〔末〕正芬芳桃香李香，都题在

【批注】

昨夜题诗时杨已离去，如此处不做交代，以后《寄扇》一出，杨说“此乃侯兄定情之物”，一定使人觉得突兀，由此可见作者针线之密。

宫纱扇上；怕遇着狂风吹荡，须紧紧袖中藏，须紧紧袖中藏。

〔末看旦介〕你看香君上头之后，更觉艳丽了。〔向生介〕世兄有福，消此尤物[3]。〔生〕香君天姿国色，今日插了几朵珠翠，穿了一套绮罗，十分花貌，又添二分，果然可爱。〔小旦〕这都亏了杨老爷帮衬哩。

【江儿水】送到缠头锦，百宝箱，珠围翠绕流苏帐，银烛笼纱通宵亮，金杯劝酒合席唱。今日又早早来看，恰似亲生自养，陪了妆奁，又早敲门来望。

〔旦〕俺看杨老爷，虽是马督抚[4]至亲，却也拮据作客，为何轻掷金钱，来填烟花之窟？在奴家受之有愧，在老爷施之无名；今日问个明白，以便图报。〔生〕香君问得有理，小弟与杨兄萍水相交，昨日承情太厚，也觉不安。〔末〕既蒙问及，小弟只得实告了。这些妆奁酒席，约费二百余金，皆出怀宁之手。〔生〕那个怀宁？〔末〕曾做过光禄的阮圆海。〔生〕是那皖人阮大铖么？〔末〕正是。〔生〕他为何这样周旋？〔末〕不过欲纳交足下之意。

【五供养】〔末〕羡你风流雅望，东洛才名，西汉文章[5]。逢迎随处有，争看坐车郎[6]。秦淮妙处，暂寻个佳人相傍，也要些鸳鸯被、芙蓉妆；你道是谁的，是那南邻大阮，嫁衣全忙。

〔生〕阮圆老原是敝年伯，小弟鄙其为人，

【批注】

首见香君之胆识。她与侯生口气不同，乃两人地位、性格不同的反映。

绝之已久。他今日无故用情，令人不解。〔末〕圆老有一段苦衷，欲见白于足下。〔生〕请教。〔末〕圆老当日曾游赵梦白⑦之门，原是吾辈。后来结交魏党，只为救护东林，不料魏党一败，东林反与之水火。近日复社诸生，倡论攻击，大肆殴辱，岂非操同室之戈乎？圆老故交虽多，因其形迹可疑，亦无人代为分辩。每日向天大哭，说道："同类相残，伤心惨目，非河南侯君，不能救我。"所以今日谆谆纳交。〔生〕原来如此，俺看圆海情辞迫切，亦觉可怜。就便真是魏党，悔过来归，亦不可绝之太甚，况罪有可原乎。定生、次尾，皆我至交，明日相见，即为分解。〔末〕果然如此，吾党之幸也。〔旦怒介〕官人是何说话。阮大铖趋附权奸，廉耻丧尽；妇人女子，无不唾骂。他人攻之，官人救之，官人自处于何等也？

【川拨棹】不思想，把话儿轻易讲。要与他消释灾殃，要与他消释灾殃，也堤防旁人短长。官人之意，不过因他助俺妆奁，便要徇私废公；那知道这几件钗钏衣裙，原放不到我香君眼里。〔拔簪脱衣介〕脱裙衫，穷不妨；布荆人，名自香。

〔末〕阿呀！香君气性，忒也刚烈。〔小旦〕把好好东西，都丢一地，可惜，可惜！〔拾介〕〔生〕好，好，好！这等见识，我倒不如，真乃侯生畏友也。〔向末介〕老兄休怪，弟非不领教，但恐为女子所笑耳。

【原评】

"改称圆老已有左袒之意。"

【原评】

"巾帼卓识，独立天壤。"

【批注】

写香君大义凛然，胆识在侯生之上。

【前腔】〔生〕平康巷，他能将名节讲；偏是咱学校朝堂，偏是咱学校朝堂，混贤奸不问青黄。那些社友平日重俺侯生者，也只为这点义气；我若依附奸邪，那时群起来攻，自救不暇，焉能救人乎。节和名，非泛常；重和轻，须审详。

〔末〕圆老一段好意，也还不可激烈。〔生〕我虽至愚，亦不肯从井救人⑧。〔末〕既然如此，小弟告辞了。〔生〕这些箱笼，原是阮家之物，香君不用，留之无益，还求取去罢。〔末〕正是"多情反被无情恼，乘兴而来兴尽还"。〔下〕〔旦恼介〕〔生看旦介〕俺看香君天姿国色，摘了几朵珠翠，脱去一套绮罗，十分容貌，又添十分，更觉可爱。〔小旦〕虽如此说，舍了许多东西，倒底可惜。

【尾声】金珠到手轻轻放，惯成了娇痴模样，辜负俺辛勤做老娘。

〔生〕些须东西，何足挂念，小生照样赔来。〔小旦〕这等才好。

〔小旦〕花钱粉钞费商量，〔旦〕裙布钗荆也不妨。

〔生〕只有湘君能解佩⑨，〔旦〕风标不学世时妆。

【原评】

"妓女倡正论，真学校朝堂之羞也。"

【批注】

文骢受托未成扫兴而去。侯生重情，贞丽惜物，反衬出香君的清醒高洁。

注释

❶丁香：丁香结，指衣服的纽扣。

❷扶头卯酒：卯酒是早晨卯时前后饮的酒。扶头有两种解释：一是振奋头脑的意思，一是酒名。

❸尤物：姿色迷人的美人。

❹马督抚：马士英，当时任凤阳督抚。

❺“东洛才名”二句：比喻侯方域才名高，文章写得好。东洛才名，暗用晋代左思写《三都赋》的故事；西汉文章，是指西汉一些伟大作家如司马相如等人的作品。

❻争看坐车郎：相传潘岳貌美，每坐车出游，妇女争看他。

❼赵梦白：赵南星。

❽从井救人：意说不能救起别人，却害了自己。

❾湘君能解佩：《楚辞·九歌·湘君》：“遗余佩兮澧浦。”这里借来形容香君的却奁。

第八出

闹榭

癸未五月

【金鸡叫】〔末、小生扮陈贞慧、吴应箕上〕〔末〕贡院秦淮近，赛青衿，剩金零粉。[①]〔小生〕节闹端阳只一瞬，满眼繁华，王谢少人问[②]。

〔末唤小生介〕次尾兄，我和你旅邸抑郁，特到秦淮赏节，怎的不见同社一人？〔小生〕想都在灯船之上。〔指介〕这是丁继之水榭，正好登眺。〔场上搭河房一座，悬灯垂帘〕〔同登介〕〔末唤介〕丁继老在家么？〔杂扮小僮上〕榴花红似火，艾叶碧如烟。〔见介〕原来是陈、吴二位相公，我家主人赴灯船会去了。家中备下酒席，但有客来，随便留坐的。〔末〕这样有趣，〔小生〕可称主人好事矣。〔末〕我们在此雅集，恐有俗子阑入[③]，不免设法拒绝他。〔唤介〕童子取个灯笼来。〔杂应下〕〔取灯笼上〕〔末写介〕“复社会文，闲人免进。”〔杂挂灯笼介〕〔小生〕若同社朋友到此，便该请他入会了。〔末〕正是。〔杂指介〕你听鼓吹之声，灯船早已来了。〔末、小生凭栏望介〕〔生、旦雅妆同

【原评】

“未定情之先，在卞家翠楼；既合欢之后，在丁家水榭。俱有柳苏，一有龙友、贞娘，一有定生、次尾，而卞、丁两主人俱不出场，此天然对峙法也。”

【原评】

“秀才公子，合局结社，令阮胡鼠窜而避，更甚于《哄丁》之打，《侦戏》之骂矣。他日得志，无怪甘心吾党也。”

【批注】

说阮胡“甘心吾党”，评者当为复社余老。

丑扮柳敬亭、净扮苏昆生，吹弹鼓板坐船上〕

【八声甘州】〔末〕丝竹隐隐，载将来一队乌帽红裙。天然风韵，映着柳陌斜曛[4]。名姝也须名士衬，画舫偏宜画阁邻。〔小生〕消魂，趁晚凉仙侣同群。

〔末指介〕那灯船上，好似侯朝宗。〔小生〕侯朝宗是我们同社，该请入会的。〔末指介〕那个女客便是李香君，也好请他么？〔小生〕李香君不受阮胡子妆奁，竟是复社的朋友，请来何妨。〔末〕这等说来，〔指介〕那两个吹歌的柳敬亭、苏昆生，不肯做阮胡子门客，都是复社朋友了。请上楼来，更是有趣。〔小生〕待我唤他。〔唤介〕侯社兄，侯社兄！〔生望见介〕那水榭之上，高声唤我的，是陈定生、吴次尾。〔拱介〕请了。〔末招手介〕这是丁继之水榭，备有酒席，侯兄同香君、敬亭、昆生都上楼来，大家赏节罢。〔生〕最妙了。〔向丑、净、旦介〕我们同上楼去。〔吹弹上介〕

【排歌】〔生、旦〕龙舟并，画桨分，葵花蒲叶泛金樽。朱楼密，紫障匀，吹箫打鼓入层云。

〔见介〕〔末〕四位到来，果然成了个“复社文会”了。〔生〕如何是“复社文会”？〔小生指灯介〕请看。〔生看灯笼介〕不知今日会文，小弟来的恰好。〔丑〕“闲人免进”，我们未免唐突了。〔小生〕你们不肯做阮家门客的，那个不是复社朋友？〔生〕难道香君也是复社朋友么？〔小生〕香君却奁一事，只怕复社朋友还让一筹哩。〔末〕已后竟该称他老社嫂了。〔旦笑介〕岂敢。〔末唤介〕童子把酒来斟，我们赏节。〔末、小生、生坐一边，丑、净、旦坐一边。饮酒介〕

【八声甘州】〔末、小生〕相亲，风流俊品，满座上都是语笑春温。〔丑、净〕梁愁隋恨[⑤]，凭他燕恼莺嗔。〔生、旦〕榴花照楼如火喷，暑汗难沾白玉人。〔杂报介〕灯船来了，灯船来了。〔指介〕你看人山人海，围着一条烛龙。快快看来！〔众起凭栏看介〕〔扮出灯船，悬五色角灯，大鼓大吹绕场数回下〕〔丑〕你看这般富丽，都是公侯勋卫[⑥]之家。〔又扮灯船悬五色纱灯，打粗十番，绕场数回下〕〔净〕这是些富商大贾，衙门书办[⑦]，却也闹热。〔又扮灯船悬五色纸灯，打细十番，绕场数回下〕〔末〕你看船上吃酒的，都是些翰林部院[⑧]老先生们。〔小生〕我辈的施为，倒底有些“郊寒岛瘦”[⑨]。〔众笑介〕〔合〕纷纭，望金波天汉迷津[⑩]。

〔生〕夜阑更深，灯船过尽了，我们做篇诗赋，也不负会文之约。〔末〕是，是，但不知做何题目？〔小生〕做一篇哀湘赋，倒有意思的。〔生〕依小弟愚见，不如即景联句，更觉畅怀。〔末〕妙，妙！〔问介〕我三人谁起谁结？〔生〕自然让定生兄起结了。〔丑问介〕三位相公联句消夜，我们三个陪着打盹么？〔末〕也有个借重

【批注】

再次突出香君。

之处。〔净〕有何使唤？〔末〕俺们每成四韵，饮酒一杯，你们便吹弹一回。〔生〕有趣，有趣！真是文酒笙歌之会。〔末拱介〕小弟竟僭了。〔吟介〕赏节秦淮榭，论心剧孟[11]家。〔小生〕黄开金裹叶，红绽火烧花。[12]〔生〕蒲剑何须试，葵心未肯差。[13]〔末〕辟兵逢彩缕[14]，却鬼得丹砂[15]。〔末、小生、生饮酒，丑击云锣，净弹月琴，旦吹箫一回介〕〔小生〕蜃市[16]楼缥缈，虹桥洞曲斜。〔生〕灯疑羲氏驭[17]，舟是豢龙拿[18]。〔末〕星宿才离海，玻璃更炼娲[19]。〔小生〕光流银汉水，影动赤城霞[20]。〔照前介〕〔生〕玉树难谐拍，渔阳不辨挝。[21]〔末〕龟年[22]喧笛管，中散[23]闹筝琶。〔小生〕系缆千条锦，连窗万眼纱[24]。〔生〕楸枰停斗子[25]，瓷注屡呼茶。〔照前介〕〔末〕焰比焚椒[26]列，声同对垒哗。〔小生〕电雷争此夜，珠翠剩谁家。〔生〕萤照无人苑，乌啼有树衙。〔末〕凭栏人散后，作赋吊长沙。〔照前介〕〔众起介〕〔末〕有趣，有趣！竟联成一十六韵，明日可以发刻了。〔小生〕我们倡和得许多感慨，他们吹弹出无限凄凉，楼下船中，料无解人也。〔净向丑介〕闲话且休讲，自古道良宵苦短，胜事难逢。我两个一边唱曲，陈、吴二位相公一边劝酒，让他名士、美人，另做一个风流佳会何如？〔丑〕使得，这是我们帮闲本等也。〔末〕我与次兄原有主道，正该少申敬意。〔小生〕就请依次坐来。〔生、旦正坐，末、小生坐左，丑、净坐右介〕〔生向旦介〕承众位雅意，让我两个并坐牙床，又吃一回合卺[27]双杯，倒也有趣。〔旦微笑介〕〔末、小生劝酒，净、丑唱介〕

【排歌】歌才发，灯未昏，佳人重抖玉精神。诗题壁，酒沾唇，才郎偏会语温存。

〔杂报介〕灯船又来了。〔末〕夜已三更，怎的还有灯船？〔俱起凭栏看介〕〔副净扮阮大铖，坐灯船。杂扮优人，细吹细唱缓缓上〕〔净〕这船上像些老白相[28]，大家洗耳，细细领略。〔副净立船头自语介〕我阮大铖买舟载歌，原要早出游赏；只恐遇着轻薄厮闹，故此半夜才来，好恼人也！〔指介〕那丁家河房，尚有灯火。〔唤介〕小厮，看有何人在上？〔杂上岸看，回报介〕灯笼上写着"复社会文，闲人免进"。〔副净惊介〕了不得，了不得！〔摇袖介〕快歇笙歌，快灭灯火。〔灭灯、止吹，悄悄撑船下〕〔末〕好好一只灯船，为何歇了笙歌，灭了灯火，悄然而去？〔小生〕这也奇怪，快着人看来。〔丑〕不必去看，我老眼虽昏，早已看真了。那个胡子，便是阮圆海。〔净〕我道吹歌那样不同。〔末怒介〕好大胆老奴才，这贡院之前，也许他来游耍么！〔小生〕待我走去，采掉他胡子。〔欲下介〕〔生拦介〕罢，罢！他既回避，我们也不必为已甚之行。〔末〕侯兄，不知我不已甚，他便已甚了。〔丑〕船已去远，丢开手罢。〔小生〕便益了这胡子，〔旦〕夜色已深，大家散

【原评】

"我不已甚，他便已甚，所以大人不为姑息之爱。"

罢。〔丑〕香姐想妈妈了，我们送他回去。〔末、小生〕我二人不回寓，就下榻此间了。〔生〕两兄既不回寓，我们过船的，就此作别罢。请了。〔末、小生〕请了。〔先下〕〔生、旦、丑、净下船，杂摇船行介〕

【余文】下楼台，游人尽；小舟留得一家春，只怕花底难敲深夜门。

〔生〕月落烟浓路不真，〔旦〕小楼红处是东邻。

〔丑〕秦淮一里盈盈水，〔净〕夜半春帆送美人。

【原评】

"《哄丁》之打，《侦戏》之骂，甚矣。继打骂之后，又驱逐之，甚之甚者也。皆为辞院张本。姻缘以逼而成，姻缘又以逼而散也。"

【批注】

以逼而成，以逼而散，意说侯、李的合而复离，出于复社文人与阉党斗争的必然。

注释

❶"贡院秦淮近"三句：贡院是明代考试的地方。南京贡院在秦淮河边。青衿借指青年士子。剩金零粉，指秦淮一带歌妓。

❷王谢少人问：王、谢两姓是南朝时金陵（南京）著名的大贵族。隋唐以后，由于政治中心转到北方，这两族也就跟着衰微了。

❸阑入：乱闯进来。

❹斜曛：斜阳。

❺梁愁隋恨：意指亡国危机。

❻勋卫：勋是功臣，卫是宿卫，这里指皇帝的侍从官员。

❼书办：衙门里办文书的吏员。

❽翰林部院：指在留都南京的高级官员。

❾郊寒岛瘦：郊指孟郊，岛指贾岛，都是唐朝有名的诗人。苏轼评他们诗风为"郊寒岛瘦"。这里表现陈贞慧这些人的作为，比之翰林部院的官员们未免显得寒酸。

❿望金波天汉迷津：天汉即银河，津是河的渡口。这是形容秦淮赏灯船的热

闹情景。

⑪剧孟：汉代洛阳人，有名的游侠人物。

⑫“黄开金裹叶”二句：上句指萱草，下句指榴花，都是端午节前后开放的花草。

⑬“蒲剑何须试”二句：蒲剑即蒲叶，形状似剑。我国古代习俗，在端午节用蒲叶做成的剑插在门口，认为可以辟邪。葵即向日葵，这是比喻臣子对国君的忠心。

⑭辟兵逢彩缕：我国古代习俗，在端午节要用五彩线系在手臂上，认为可以预防兵灾。辟，防避。

⑮却鬼得丹砂：我国古代习俗，在端午节用朱砂画符或画钟馗像，贴在门上，认为可以驱鬼。

⑯蜃市：海市蜃楼。这里用以形容秦淮两岸河楼绮丽的夜景。

⑰灯疑羲氏驭：羲氏即羲和，是我国神话传说里的太阳神。该句形容秦淮河上的灯船像羲和在天上驾车巡行。

⑱舟是豢（huàn）龙拿：豢龙氏是古代传说中的人物，相传他会食龙。拿舟，意即撑船。这句也是形容河上的龙舟的。

⑲玻璃更炼娲：我国神话中的女娲氏，曾经炼五色石来补天。全句形容秦淮河面的光彩。

⑳赤城霞：赤城，传说中仙山名，在浙江天台。山上的泥土是赤色的，远看像云霞一样。

㉑“玉树难谐拍”二句：玉树代指《玉树后庭花》，古歌曲名。渔阳代指《渔阳掺挝》，鼓曲名。二句形容河上歌曲音乐的嘈杂喧闹。

㉒龟年：指李龟年，是唐玄宗时有名的乐师。

㉓中散：指嵇康，嵇康曾在三国魏做中散大夫的官，后人往往称他为嵇中散。他爱好音乐，弹琴尤其有名。

㉔万眼纱：古时江浙一带节日用的纱灯。

㉕楸枰停斗子：楸枰是棋局，子是棋子。

㉖焚椒：古代宫廷、贵族家往往焚烧椒、兰等香料，利用它们的香气。

㉗合卺：古时婚礼中的一种仪式，通俗称作交杯酒。

㉘老白相：苏州话，指惯于寻欢作乐的人。

第九出

抚兵

癸未七月

【点绛唇】〔副净、末扮二将官，杂扮四小卒上〕旗卷军牙[①]，射潮弩发鲸鲵怕[②]。操弓试马，鼓角斜阳下。

俺们镇守武昌兵马大元帅宁南侯麾下将士是也。今日点卯日期，元帅升帐，只得在此伺候。〔吹打开门介〕

【粉蝶儿】〔小生戎装，扮左良玉上〕七尺昂藏，虎头燕颔如画，莽男儿走遍天涯。活骑人，飞食肉，风云叱咤。报国恩，一腔热血挥洒。

建牙吹角不闻喧，三十登坛众所尊；家散万金酬士死，身留一剑答君恩。[③]咱家左良玉，表字昆山，家住辽阳，世为都司[④]，只因得罪罢职[⑤]，补粮昌平。幸遇军门侯恂，拔于走卒，命为战将，不到一年，又拜总兵之官。北讨南征，功加侯伯；强兵劲马，列镇荆襄。〔作势介〕看俺左良玉，自幼习学武艺，能挽五石之弓，善为左右之射；那李自成、张献忠几个毛贼，何难剿灭。

【原评】

"兴亡之感从此折发端，而左兵又治乱之机也，淋漓北调，当击唾壶歌之。"

【批注】

侯恂为朝宗父，此处交代，为后面朝宗作书退兵作伏线。

只可恨督师无人，机宜错过，熊文灿、杨嗣昌既以偏私而败绩，丁启睿、吕大器[6]又因怠玩而无功。只有俺恩帅侯公，智勇兼全，尽能经理中原；不意奸人忌功，才用即休，叫俺一腔热血，报主无期，好不恨也！〔顿足介〕罢，罢，罢！这湖南、湖北，也还可战可守，且观成败，再定行藏。〔坐介〕〔内作众兵喊叫，小生惊问介〕辕门之外，何人喧哗？〔副净、末禀介〕禀上元帅，辕门肃静，谁敢喧哗。〔小生怒介〕现在喧哗，怎报没有！〔副净、末〕那是饥兵讨饷，并非喧哗。〔小生〕哇！前自湖南借粮三十船，不到一月，难道支完了。〔副净、末〕禀元帅，本镇人马已足三十万了，些须粮草，那够支销。〔小生拍案介〕呵呀！这等却也难处哩。〔立起，唱介〕

【北石榴花】 你看中原豺虎乱如麻，都窥伺龙楼凤阙帝王家；有何人勤王报主，肯把义旗拿。那督师无老将，选士皆娇娃；却教俺自撑达，却教俺自撑达。正腾腾杀气，这军粮又早缺乏。一阵阵拍手喧哗，一阵阵拍手喧哗，百忙中教我如何答话，好一似薨薨白昼闹蜂衙[7]。

〔坐介〕〔内又喊介〕〔小生〕你听外边将士，益发鼓噪，好象要反的光景，左右听俺吩咐。〔立起，唱介〕

【上小楼】 您不要错怨咱家，您不要错怨咱家。谁不是天朝犬马，他三百年养士不差，三百

【原评】

“有名无实，有兵无饷，是明末大弊。”

年养士不差。都要把良心拍打，为甚么击鼓敲门闹转加，敢则要劫库抢官衙。俺这里望眼巴巴，俺这里望眼巴巴，候江州军粮飞下。

〔坐介〕〔抽令箭掷地介〕〔副净、末拾箭，向内吩咐介〕元帅有令，三军听者：目下军饷缺乏，乃人马归附之多，非粮草屯积之少。朝廷深恩，不可不报；将军严令，不可不遵。况江西助饷，指日到辕，各宜静听，勿得喧哗。〔副净、末回话介〕奉元帅军令，俱已晓谕三军了。〔内又喊叫介〕〔小生〕怎么鼓噪之声，渐入辕门，你再去吩咐。〔立起，唱介〕

【黄龙犯】您且忍枵腹[8]这一宵，盼江西那几艖[9]。俺待要飞檄金陵，俺待要飞檄金陵，告兵曹转达车驾[10]，许咱们迁镇移家，许咱们迁镇移家。就粮东去，安营歇马，驾楼船到燕子矶[11]边耍。

〔副净、末持令箭向内吩咐介〕元帅有令，三军听者：粮船一到，即便支发。仍恐转运维艰，枵腹难待；不日撤兵汉口，就食南京；永无缺乏之虞，同享饱腾之乐。各宜静听，勿再喧哗！〔内欢呼介〕好，好，好！大家收拾行装，豫备东去呀。〔副净、末回生介〕禀上元帅，三军闻令，俱各欢呼散去了。〔小生〕事已如此，无可奈何，只得择期移镇，暂慰军心。〔想介〕且住，未奉明旨，辄自前行，虽圣恩宽大，未必加诛；只恐形迹之间，难免天下之议。事非小可，再作商量。

【尾声】慰三军没别法，许就粮喧声才罢，谁知俺一片葵倾向日花。

〔下〕〔内作吹打掩门，四卒下〕〔副净向末〕老哥，咱弟兄们商量，天下强兵勇将，让俺武昌。明日顺流东下，料到没人抵当。大家拥着元帅爷，一直抢了南京，就扯起黄旗，往北京进取，有何不可。〔末摇手介〕我们左爷爷忠义之人，这样风话，且不要题。依着我说，还是移家就粮，且吃饱饭为妙。〔副净〕你还不知，一移南京，人心惊慌，就不取北京，这个恶名也免不得了。

〔末〕纷纷将士愿移家，〔副净〕细柳营⑫中起暮笳。

〔末〕千古英雄须打算，〔副净〕楼船东下一生差。

注释

❶军牙：牙即牙旗，军牙是军前大旗。

❷射潮弩发鲸鲵怕：传说五代时吴越王钱镠曾经率领五千弓弩手，射退海潮。这里借来形容左良玉军队的威武。

❸“建牙吹角不闻喧”四句：借用唐刘长卿《献淮宁军节度使李相公》诗句。建牙即武将出镇，登坛即拜帅。左良玉三十二岁就官拜总兵，所以称三十登坛。

❹都司：明末清初时的四品武官。

❺得罪罢职：据《宁南侯传》载，左良玉在辽东任都司时，因为贫穷去抢

劫，而错劫了别人的军装。本来罪当斩首，幸有同犯丘磊独自承担，得以免死。后来他因失了官职，到昌平军门投靠侯恂。侯恂很赏识他，不断提升，直至总兵官。总兵是掌握一省兵权的武官或统率出征军队的主将。

❻熊文灿、杨嗣昌、丁启睿、吕大器：都是明末人，曾担任较高军职，并都统率过左良玉。但左良玉掌握实际军权，不服他们的领导。

❼蜂衙：蜂房。

❽枵（xiāo）腹：空腹。

❾艖：小船。

❿告兵曹转达车驾：兵曹指兵部，车驾代指皇帝。

⓫燕子矶：在今南京市北观音山，因山上有石俯临长江，形似燕子，故名。

⓬细柳营：汉文帝时，宗正刘礼守霸上，将军徐厉守棘门，河内守周亚夫守细柳。汉文帝去劳军，到霸上和棘门，都可自由出入；到细柳营时，却被阻不能入内。文帝看见细柳营的纪律这样严明，很为感动，大加赞扬。后人因此称纪律严明的军营作细柳营。

第十出

修札

癸未八月

〔丑扮柳敬亭上〕老子江湖漫自夸，收今贩古是生涯。年来怕作朱门客，闲坐街坊吃冷茶。〔笑介〕在下柳敬亭，自幼无藉，流落江湖，虽则为谈词之辈，却不是饮食之人。〔拱介〕列位看我像个甚的，好像一位阎罗王，掌着这本大帐簿，点了没数的鬼魂名姓；又像一尊弥勒佛，腆着这副大肚皮，装了无限的世态炎凉。鼓板轻敲，便有风雷雨露；舌唇才动，也成月旦春秋①。这些含冤的孝子忠臣，少不得还他个扬眉吐气；那班得意的奸雄邪党，免不了加他些人祸天诛。此乃补救之微权，亦是褒讥②之妙用。〔笑介〕俺柳麻子信口胡谈，却也燥脾③。昨日河南侯公子，送到茶资，约定今日午后来听平话，且把鼓板取出，打个招客的利市。〔取出鼓板敲唱介〕无事消闲扯淡，就中滋味酸甜，古来十万八千年，一霎飞鸿去远。几阵狂风暴雨，各家虎帐龙船，争名夺利片时喧，让他陈抟睡扁④。〔生上〕芳草烟中寻粉黛，斜阳影里说英雄。今日来听老

【批注】

古典悲剧多穿插丑净角色的诙谐诨语，悲喜相间，以调节场子气氛。

柳平话，里面鼓板铿锵，早已有人领教。〔相见大笑介〕看官俱未到，独自在此，说与谁听。〔丑〕这说书是老汉的本业，譬如相公闲坐书斋，弹琴吟诗，都要人听么？〔生笑介〕讲的有理。〔丑〕请问今日要听那一朝故事？〔生〕不拘何朝，你只拣着热闹爽快的说一回罢。〔丑〕相公不知，那热闹局就是冷淡的根芽，爽快事就是牵缠的枝叶；倒不如把些剩水残山，孤臣孽子，讲他几句，大家滴些眼泪罢。〔生叹介〕咳！不料敬老你也看到这个田地，真可虑也！〔末扮杨文骢急上〕休教铁锁沉江底，怕有降旗出石头。[5]下官杨文骢，有紧急大事，要寻侯兄计议；一路问来，知在此处，不免竟入。〔见介〕〔生〕来的正好，大家听敬老平话。〔末急介〕目下何等时候，还听平话。〔生〕龙老为何这样惊慌？〔末〕兄还不知么，左良玉领兵东下，要抢南京，且有窥伺北京之意。本兵熊明遇[6]束手无策，故此托弟前来，恳求妙计。〔生〕小弟有何计策。〔末〕久闻尊翁老先生乃宁南之恩帅，若肯发一手谕，必能退却。不知足下主意若何？〔生〕这样好事，怎肯不做；但家父罢政林居，纵肯发书，未必有济。且往返三千里，何以解目前之危？〔末〕吾兄素称豪侠，当此国家大事，岂忍坐视。何不代写一书，且救目前；另日禀明尊翁，料不见责也。〔生〕应急权变，倒也可行；待我回寓起稿，大家商量。〔末〕事不宜迟，即

【原评】

“柳老明眼利舌，令人猛醒。”

刻发书，还恐无及，那里等的商量。〔生〕既是如此，就此修书便了。〔写书介〕

【一封书】老夫愚不揣，劝将军自忖裁，旌旗且慢来，兵出无名道路猜。高帝留都陵树在，谁敢轻将马足躧；乏粮柴，善安排，一片忠心穷莫改。

〔写完，末看介〕妙，妙！写的激切婉转，有情有理，叫他不好不依，又不敢不依，足见世兄经济。〔生〕虽如此说，还该送与熊大司马，细加改正，方为万妥。〔末〕不必烦扰，待小弟说与他便了。〔愁介〕只是一件，书虽有了，须差一的当家人早寄为妙。〔生〕小弟轻装薄游，只带两个童子，那能下的书来。〔末〕这样密书，岂是生人可以去得。〔生〕这却没法了。〔丑〕不必着忙，让我老柳走一遭何如？〔末〕敬老肯去，妙的狠了；只是一路盘诘，也不是当要的。〔丑〕不瞒老爷说，我柳麻子本姓曹，虽则身长九尺，却不肯食粟而已[⑦]。那些随机应变的口头，左冲右挡的膂力，都还有些儿。〔生〕闻得左良玉军门严肃，山人游客，一概不容擅入。你这般老态，如何去的？〔丑〕相公又来激俺了，这是俺说书的熟套子。我老汉要去就行，不去就止，那在乎一激之力。〔起问介〕

【北斗鹌鹑】你那里笔下谄文，我这里胸中画策。舌战群雄，让俺不才；柳毅传书[⑧]，何妨下海。丢却俺的痴呆，用着俺的诙谐，悄去明

【批注】

激将法乃一时熟套，当场揭穿，颇觉新鲜。

来，万人喝采。

〔末〕果然好个本领，只是书中意思，还要你明白解说，才能有济。

【紫花儿序】〔丑〕书中意不须细解，何用明白，费俺唇腮。一双空手，也去当差，也会捱乖[9]。凭着俺舌尖儿把他的人马骂开，仍倒回八百里外。〔生〕你怎的骂他？〔丑〕则问他防贼自作贼，该也不该。

【原评】

“防贼自作贼，骂死明末诸镇。”

〔生〕好，好，好！比俺的书字还说得明白。〔末〕你快进去收拾行李，俺替你送盘缠来，今夜务必出城才好。〔丑〕晓得，晓得！〔拱手介〕不得奉陪了。〔竟下〕〔末〕竟不知柳敬亭是个有用之才。〔生〕我常夸他是我辈中人，说书乃其余技耳。

【原评】

“此一折敬亭欲为朝宗说平话，龙友来报宁南之变；后一折昆生欲为香君演新腔，龙友来报阮胡之诬。皆天然对峙之文。至于曲之爽快，别有灵舌。”

【尾声】一封书信权宜代，仗柳生舌尖口快，阻回那莽元帅万马晨霜，保住这好江城三山暮霭。

〔末〕一纸贤于汗马才，〔生〕荆州无复战船开。

〔末〕从来名士夸江左[10]，〔生〕挥麈今登拜将台[11]。

注释

❶月旦春秋：汉朝的许劭和他的从兄许靖，经常评论当时乡里人物的长短，每个月更换一次题目。后人因此把品评人物称作“月旦”。这里借来说明柳敬亭

说书时根据《春秋》精神对历史人物有正确的评价。

❷褒讥：褒，表扬；讥，讽刺。

❸燥脾：快意、开心之意。

❹陈抟（tuán）睡扁：陈抟，宋初真源人，字图南，自号扶摇子，五代时，隐居华山。相传他经常睡大觉，一睡就百多天。从“无事消闲扯淡”起到这句止，是一首《西江月》词。

❺“休教铁锁沉江底”二句：晋朝王濬带兵攻打吴国，吴国人在长江用铁锁横江拦截。王濬叫人烧断铁锁，攻到石头城下，吴王孙皓无法抵挡，便出城投降了。石头城即吴国都城秣陵，故城在今南京市西石头山后。唐刘禹锡《西塞山怀古》中有“千寻铁锁沉江底，一片降幡出石头”即指此。

❻本兵熊明遇：熊明遇，字良孺，江西进贤人，是当时东林党里的重要人物。这时他正当兵部尚书，因此杨龙友称他本兵。

❼“我柳麻子本姓曹”三句：《孟子·告子下》说当时有名叫曹交的人，自称身长九尺四寸多，却只能食粟而已（意即光会吃饭）。柳敬亭原也姓曹，又身躯高大，因此自比曹交。

❽柳毅传书：《异闻录》说唐朝士子柳毅，落第之后回家，经过湖滨，碰见一个女人在路边放羊，自说是洞庭龙君的小女儿，想托他带一封信给她的父亲。柳毅答应了，拿着她的信下洞庭湖去见龙君。这里柳敬亭是借柳毅自比的。

❾挝（zhuā）乖：乖，机灵；挝乖，抓住窍门。

❿江左：指长江下游金陵一带地方。

⓫挥麈（zhǔ）今登拜将台：麈，指麈尾做的拂尘，南朝文士常挥麈清谈。拜将台，汉高祖刘邦拜韩信做大将的将台。这句诗的意思是侯朝宗说自己过去只会挥麈清谈，现在已经登台拜将了。

第十一出

投辕

癸未九月

〔净、副净扮二卒上〕〔净〕杀贼拾贼囊，救民占民房，当官领官仓，一兵吃三粮。〔副净〕如今不是这样唱了。〔净〕你唱来！〔副净〕贼凶少弃囊，民逃剩空房，官穷不开仓，千兵无一粮。〔净〕这等说，我们这穷兵当真要饿死了。〔副净〕也差不多哩。〔净〕前日鼓噪之时，元帅着忙，许俺们就粮南京，这几日不见动静，想又变卦了。〔副净〕他变了卦，俺们依旧鼓噪，有何难哉。〔净〕闲话少说，且到辕门点卯，再作商量。正是“不怕饿杀，谁肯犯法”。〔俱下〕

【北新水令】〔丑扮柳敬亭，背包裹上〕走出了空林落叶响萧萧，一丛丛芦花红蓼。倒戴着接䍦帽①，横挎着湛卢刀②，白髯儿飘飘，谁认的诙谐玩世东方老③。

俺柳敬亭冲风冒雨，沿江行来，并不见乱兵抢粮，想是讹传了。且喜已到武昌城外，不免在这草地下打开包裹，换了靴帽，好去投书。〔坐地换靴帽介〕

【原评】

“此《投辕》一折，与后《草檄》一折对看者，《投辕》是柳见宁南；《草檄》是苏见宁南，俱被捉获，而谒见不同，是对峙法又是变换法。”

【南步步娇】〔副净、净上〕晓雨城边饥乌叫，来往荒烟道，军营半里遥。〔指介〕风卷旌旗，鼓角缥缈，前面是辕门了，大家趱行④几步。饿腹好难熬，还点三八卯⑤。

〔丑起拱介〕两位将爷，借问一声，那是将军辕门？〔净向副净私语介〕这个老儿是江北语音，不是逃兵，就是流贼。〔副净〕何不收拾起来，诈他几文，且买饭吃。〔净〕妙！〔副净问介〕你寻将军衙门么？〔丑〕正是。〔净〕待我送你去。〔丢绳套住丑介〕〔丑〕呵呀！怎么拿起我来了？〔副净〕俺们是武昌营专管巡逻的弓兵，不拿你，拿谁呀。〔丑推二净倒地，指笑介〕两个没眼色的花子，怪不得饿的东倒西歪的。〔净〕你怎晓得我们捱饿。〔丑〕不为你们捱饿，我为何到此？〔副净〕这等说来，你敢是解粮来的么？〔丑〕不是解粮的，是做甚的。〔净〕啐！我们瞎眼了，快搬行李，送老哥辕门去。〔副净、净同丑行介〕

【北折桂令】〔丑〕你看城枕着江水滔滔，鹦鹉洲阔，黄鹤楼⑥高。鸡犬寂寥，人烟惨淡，市井萧条。都只把豺狼喂饱，好江城画破图抛。满耳呼号，鼙鼓声雄，铁马嘶骄。

〔副净指介〕这是帅府辕门了。〔唤介〕老哥在此等候，待我传鼓。〔击鼓介〕〔末扮中军官⑦上〕封拜惟知元帅大，征诛不让帝王尊。〔问介〕门外击鼓，有何军情，速速报来。〔净〕

【批注】

极写武汉三镇的雄伟与眼前一片萧条的惨象。“都只把豺狼喂饱，好江城画破图抛。”表现了作者强烈的爱国思想。

适在汛地[8]捉了一个面生可疑之人，口称解粮到此，未知真假，拿赴辕门，听候发落。〔末问丑介〕你称解粮到此，有何公文？〔丑〕没有公文，止有书函。〔末〕这就可疑了。

【南江儿水】你的北来意费推敲，一封书信无名号，荒唐言语多虚冒，凭空何处军粮到。无端左支右调，看他神情，大抵非逃即盗。

〔丑〕此话差矣，若是逃、盗，为何自寻辕门？〔末〕说的也是。既有书函，待我替你传进。〔丑〕这是一封密书，要当面交与元帅的。〔末〕这话益发可疑了。你且外边伺候，待我禀过元帅，传你进见。〔净、副净、丑俱下〕〔内吹打开门，杂扮军卒六人各执械对立介〕〔小生扮左良玉戎服上〕荆襄雄镇大江滨，四海安危七尺身。日日军储劳计画，那能谈笑净烟尘[9]。〔升坐，吩咐介〕昨因饥兵鼓噪，本帅许他就粮南京；后来细想：兵去就粮，何如粮来就兵。闻得九江助饷，不日就到。今日暂免点卯，各回汛地，静候关粮。〔末〕得令。〔虚下，即上〕奉元帅军令，挂牌免卯，三军各回汛地了。〔小生〕有甚军情，早早报来。〔末〕别无军情，只有差役一名，口称解粮到此，要见元帅。〔小生喜介〕果然粮船到了，可喜，可喜！〔问介〕所赍[10]文书，系何衙门？〔末〕并无文书，止有私书，要当堂投递。〔小生〕这话就奇了，或是流贼细作[11]亦未可定。〔吩咐介〕左右军牢[12]，小心防备，着他膝行而进。〔众〕是！〔末唤丑进介〕〔左右交执器械，丑钻入见介〕〔揖介〕元帅在上，晚生拜揖了。〔小生〕哇！你是何等样人，敢到此处放肆。〔丑〕晚生一介平民，怎敢放肆。

【北雁儿落带得胜令】 俺是个不出山老渔樵，那晓得王侯大宾客小。看这长枪大剑列门旗，只当深林密树穿荒草。尽着狐狸纵横虎咆哮，这威风何须要。偏吓俺孤身客无门跑，便作个长揖儿不是骄。〔拱介〕求饶，军中礼原不晓。〔笑介〕气也么消，有书函将军仔细瞧。

〔小生问介〕有谁的书函？〔丑〕归德侯老先生寄来奉候的。〔小生〕侯司徒是俺的恩帅，你如何认得？〔丑〕晚生现在侯府。〔小生拱介〕这等失敬了。〔问介〕书在那里？〔丑送上书介〕〔小生〕吩咐掩门。〔内吹打掩门，众下〕〔小生〕尊客请坐。〔丑傍坐介〕〔小生看书介〕

【南侥侥令】 看他谆谆情意好，不啻[13]教儿曹。这书中文理，一时也看不透彻，无非劝俺镇守边方，不可移兵内地。〔叹介〕恩帅，恩帅！那知俺左良玉，一片忠心天可告，怎肯背深恩，辱荐保[14]。

〔问丑介〕足下尊姓大号？〔丑〕不敢，晚生姓柳，草号敬亭。〔杂捧茶上〕〔小生〕敬亭请茶。〔丑接茶介〕〔小生〕你可知这座武昌城，自经张献忠一番焚掠，十室九空。俺虽镇守在此，缺草乏粮，日日鼓噪，连俺也做不得主了。

【批注】

此曲嬉笑怒骂，正符柳老声口，一韵到底的带过曲，痛快淋漓，如闻其声，如见其人。

帥

〔丑气介〕元帅说那里话，自古道“兵随将转”，再没个将逐兵移的。

【北收江南】你坐在细柳营，手握着虎龙韬[15]，管千军山可动，令不摇。饥兵鼓噪犯天朝，将军无计，从他去自逍遥。这恶名怎逃，这恶名怎逃。说不起三军权柄帅难操。

〔摔茶钟于地下介〕〔小生怒介〕呵呀！这等无礼，竟把茶杯掷地。〔丑笑介〕晚生怎敢无礼，一时说的高兴，顺手摔去了。〔小生〕顺手摔去，难道你的心做不得主么。〔丑〕心若做得主呵，也不叫手下乱动了。〔小生笑介〕敬亭讲的有理。只因兵丁饿的急了，许他就粮内里。亦是无可奈何之一着。〔丑〕晚生远来，也饿急了，元帅竟不问一声儿。〔小生〕我倒忘了，叫左右快摆饭来。〔丑摩腹介〕好饿，好饿！〔小生催介〕可恶奴才，还不快摆！〔丑起介〕等不得了，竟往内里吃去罢。〔向内行介〕〔小生怒介〕如何进我内里？〔丑回顾介〕饿的急了。〔小生〕饿的急了，就许你进内里么？〔丑笑介〕饿的急了，也不许进内里，元帅竟也晓得哩。〔小生大笑介〕句句讥诮俺的错处，好个舌辩之士。俺这帐下倒少不得你这个人哩。

【南园林好】俺虽是江湖泛交，认得出滑稽曼老[16]；这胸次包罗不少，能直谏，会旁嘲。

〔丑〕那里，那里！只不过游戏江湖，图餔啜耳。〔小生问介〕俺看敬亭，既与缙绅往来，

【批注】

极写柳敬亭的随机应变，辩才无碍。

必有绝技，正要请教。〔丑〕晚生自幼失学，有何技艺。偶读几句野史，信口演说，曾蒙吴桥范大司马、桐城何老相国，谬加赏赞，因而得交缙绅，实堪惭愧。

【北沽美酒带太平令】俺读些稗官词，寄牢骚，稗官词，寄牢骚，对江山吃一斗苦松醪⑰。小鼓儿颤杖轻敲，寸板儿软手频摇；一字字臣忠子孝，一声声龙吟虎啸；快舌尖钢刀出鞘，响喉咙轰雷烈炮。呀！似这般冷嘲、热挑，用不着笔抄，墨描。劝英豪，一盘错帐速勾了。

〔小生〕说的爽快，竟不知敬亭有此绝技，就留下榻衙斋，早晚领教罢。

【清江引】从此谈今论古日倾倒，风雨开怀抱。你那苏张⑱舌辩高，我的巧射惊羿奡⑲，只愁那匝地烟尘何日扫。

〔丑〕闲话多时，到底不知元帅向内移兵，有何主见？〔小生〕耿耿臣心，惟天可表，不须口劝，何用书责。

〔小生〕臣心如水照清霄，〔丑〕咫尺天颜路不遥。

〔小生〕要与西南撑半壁，〔丑〕不须东看海门潮⑳。

【原评】

"曲白爽口快目，极舌辩滑稽之致，古人发汗已头风者，此等文字也。"

注释

❶接䍦帽：白接䍦，头巾的一种，因为用白鹭的羽毛来装饰，故称白接䍦。

❷湛卢刀：古代著名的剑，传说是春秋战国时著名铸剑师欧冶子制造的。

❸东方老：东方朔，汉代著名的滑稽人物。

❹趱行：快走。

❺三八卯：逢三、八日的例期点名。

❻鹦鹉洲、黄鹤楼：都是武昌的名胜。

❼中军官：明清时代，凡在统军将领本营里管理营务的首领官称为中军官。

❽汛地：军队防守的地方。

❾净烟尘：平靖战乱。

❿赍（jī）：携带。

⓫细作：奸细。

⓬军牢：指卫兵。

⓭不啻：不止。

⓮辱荐保：荐保即推荐保举，辱是玷辱、亏负之意。侯恂曾提拔左良玉，故左良玉说哪肯亏负他的荐保。

⓯手握着虎龙韬：意即手握兵权。我国古代有称作《六韬》的兵书，里面有“龙韬”与“虎韬”。

⓰滑稽曼老：东方朔，字曼倩。

⓱松醪：酒名，苏轼守定州时，在曲阳用松膏酿酒，作《松醪赋》。

⓲苏张：苏秦、张仪，都是战国时著名的纵横家。

⓳羿（yì）奡（ào）：羿是我国神话传说里的有名射手。奡是夏时寒浞的儿子，相传他能陆地行舟。

⓴不须东看海门潮：意即不须引兵东下。

第十二出

辞院

癸未十月

【西地锦】〔末扮杨文骢冠带上〕锦绣东南列郡，英雄割据纷纷。而今还起周郎恨，江水向东奔。①

下官杨文骢，昨奉熊司马②之命，托侯兄发书宁南，阻其北上，已遣柳敬亭连夜寄去。还怕投书未稳，一面奏闻朝廷，加他官爵，荫他子侄；又一面知会各处督抚，及在城大小文武，齐集清议堂，公同计议，助他粮饷，这也是不得已调停之法。下官与阮圆海虽罢闲流寓，都有传单，只得早到。〔副净扮阮大铖冠带上〕黑白看成棋里事，须眉扮作戏中人。〔见介〕龙友请了，今日会议军情，既传我们到此，也不可默默无言。〔末〕事体重大，我们废员闲宦，立不得主意，身到就是了。〔副净〕说那里话。

【啄木儿】朝廷事，须认真，太祖神京今未稳，莫漫愁铁锁船开，只怕有萧墙人引③。角声鼓音城楼震，帆扬帜飞江风顺，明取金陵，有人私启门。

【原评】

“左右奇偶，男女贤奸皆会此折。离合之情于此折尽矣，而未尽也。兴亡之感于此折动矣，而未动也。承上启下又一关纽。”

〔末〕这话未确，且莫轻言。〔副净〕小弟实有所闻，岂可不说。〔丑扮长班[4]上〕处处军情紧，朝朝会议多。禀老爷，淮安漕抚史可法[5]老爷、凤阳督抚马士英老爷俱到了。〔末、副净出候介〕〔外白须扮史可法，净秃须扮马士英，各冠带上〕〔外〕天下军储一线漕[6]，无能空佩吕虔刀[7]。〔净〕长陵坏土关龙脉，愁绝烽烟搔二毛。[8]〔末、副净见各揖介〕〔外问介〕本兵熊老先生为何不到？〔丑禀介〕今日有旨，往江上点兵去了。〔净〕这等又会议不成，如何是好？

【前腔】〔外〕黄尘起，王气昏，羽扇难挥建业军[9]；幕府山蜡檄星驰[10]，五马渡[11]楼船飞滚。江东应须夷吾镇[12]，清谈怎消南朝恨，少不得努力同捐衰病身。

【批注】

齐来集会，偏又不成，意外转折，实为阮散布谣言腾出场面也。

〔末〕老先生不必深忧，左良玉系侯司徒旧卒，昨已发书劝止，料无不从者。〔外〕学生亦闻此举虽出熊司马之意，实皆年兄之功也。〔副净〕这倒不知；只闻左兵之来，实有暗里勾之者。〔外〕是那个？〔副净〕就是敝同年侯恂之子侯方域。〔外〕他也是敝世兄，在复社中铮铮有声，岂肯为此？〔副净〕老公祖[13]不知，他与左良玉相交最密，常有私书往来；若不早除此人，将来必为内应。〔净〕说的有理，何惜一人，致陷满城之命乎？〔外〕这也是莫须有之事，况阮老先生罢闲之人，国家大事也不可乱讲。〔别介〕请了，正是“邪人无正论，公议总私情”。

【批注】

写阮的阴险毒辣，令人发指，同时在争论中展现史、马、杨三人不同的政治倾向，人物分寸俱恰如其分。

〔下〕〔副净指恨介〕〔向净介〕怎么史道邻就拂衣而去，小弟之言凿凿有据；闻得前日还托柳麻子去下私书的。〔末〕这太屈他了，敬亭之去，小弟所使，写书之时，小弟在傍；倒亏他写的恳切，怎反疑起他来？〔副净〕龙友不知，那书中都有字眼暗号，人那里晓得？〔净点头介〕是呀，这样人该杀的，小弟回去，即着人访拿。〔向末介〕老妹丈，就此同行罢。〔末〕请舅翁先行一步，小弟随后就来。〔副净向净介〕小弟与令妹丈不啻同胞，常道及老公祖垂念，难得今日会着。小弟有许多心事，要为竟夕之谈。不知可否？〔净〕久荷高雅，正要请教。〔同下〕〔末〕这是那里说起！侯兄之素行虽未深知，只论写书一事呵，

【三段子】这冤怎伸，硬叠成曾参杀人[14]；这恨怎吞，强书为陈恒弑君[15]。不免报他一信，叫他趁早躲避。〔行介〕眠香占花风流阵，今宵正倚薰笼困，那知打散鸳鸯金弹狠。

来此是李家别院，不免叫门。〔敲门介〕〔内吹唱介〕〔净扮苏昆生上〕是那个？〔末〕快快开门！〔净开门见介〕原来是杨老爷，天色已晚，还来闲游。〔末认介〕你是苏昆老。〔问介〕侯兄在那里？〔净〕今日香君学完一套新曲，都在楼上听他演腔。〔末〕快请下楼！〔净入唤介〕〔小旦、生、旦出介〕〔生〕浓情人带酒，寒夜帐笼花。杨兄高兴，也来消夜。〔末〕兄还不知，

有天大祸事来寻你了。〔生〕有何祸事，如此相吓？〔末〕今日清议堂议事，阮圆海对着大众，说你与宁南有旧，常通私书，将为内应。那些当事诸公，俱有拿你之意。〔生惊介〕我与阮圆海素无深仇，为何下这毒手。〔末〕想因却奁一事，太激烈了，故此老羞变怒耳。〔小旦〕事不宜迟，趁早高飞远遁，不要连累别人。〔生〕说的有理。〔愁介〕只是燕尔新婚，如何舍得。〔旦正色介〕官人素以豪杰自命，为何学儿女子态。〔生〕是，是，但不知那里去好？

【批注】

软弱侯生竟一时没了主意，愈见香君品格。

【滴溜子】双亲在，双亲在，信音未准；烽烟起，烽烟起，梓桑⑯半损。欲归，归途难问。天涯到处迷，将身怎隐。歧路穷途，天暗地昏。

〔末〕不必着慌，小弟倒有个算计。〔生〕请教！〔末〕会议之时，漕抚史可法、凤抚马舍舅俱在坐。舍舅语言甚不相为⑰，全亏史公一力分豁⑱，且说与尊府原有世谊的。〔生想介〕是，是，史道邻是家父门生。〔末〕这等何不随他到淮，再候家信。〔生〕妙，妙！多谢指引了。〔旦〕待奴家收拾行装。〔旦束装介〕

【前腔】欢娱事，欢娱事，两心自忖；生离苦，生离苦，且将恨忍，结成眉峰一寸。香沾翠被池，重重束紧。药裹巾箱，都带泪痕。

〔丑上，挑行李介〕〔生别旦介〕暂此分别，后会不远。〔旦弹泪介〕满地烟尘，重来亦未可必也。

【哭相思】离合悲欢分一瞬，后会期无凭准。〔小旦〕怕有巡兵踪迹，快行一步罢。〔生〕吹散俺西风太紧，停一刻无人肯。

〔生〕但不知史漕抚寓在那厢？〔净〕闻他来京公干，常寓市隐园，待我送官人去。〔生〕这等多谢。〔生、净、丑急下〕〔小旦〕这桩祸事，都从杨老爷起的，也还求杨老爷归结。明日果来拿人，作何计较？〔末〕贞娘放心，侯郎既去，都与你无干了。

〔末〕人生聚散事难论，〔旦〕酒尽歌终被尚温。

〔小旦〕独照花枝眠不稳，〔末〕来朝风雨掩重门。

注释

❶“而今还起周郎恨”二句：周郎指周瑜，周瑜为吴将时，曹操自荆州顺流东下，引起赤壁之战。江水向东奔，暗指左兵的东下。

❷熊司马：兵部尚书熊明遇。

❸只怕有萧墙人引：意为怕内部有人勾引左良玉兵来。《论语·季氏》：“吾恐季孙之忧，不在颛臾，而在萧墙之内也。”后来凡是祸起于内部的往往称为祸起萧墙。

❹长班：官僚的仆从。

❺史可法：字宪之，号道邻，河南祥符人，崇祯年间进士，曾任南京兵部尚书。福王即位后，升武英殿大学士，驻守扬州。清兵南下，攻陷扬州，他不屈而死。

❻天下军储一线漕：意为天下的军需靠一线漕河来运输。

❼吕虔刀：吕虔，三国魏时人，他有一把宝刀，铸工说：“要位登三公的人才可佩带它。”史可法在上场诗里用这个典故，自谦才德不称官位。

❽“长陵坏（pēi）土关龙脉”二句：汉高祖的坟称为长陵，这里借指朱元璋先世在凤阳的陵墓。当时在李自成、张献忠等影响之下的各地农民起义军，已经威胁到皖北凤阳附近各地；马士英任凤阳总督，如果凤阳失守，皇陵被侵，他将受到严厉处分，因此他说为有关龙脉的长陵坏土将受到烽烟而愁得只有搔头。二毛指花白的头发。

❾羽扇难挥建业军：《晋书·顾荣传》载，陈敏在江南作乱时，顾荣以羽扇指挥三军，与他交战，陈敏的兵纷纷溃散。建业即南京。

❿幕府山蜡檄星驰：幕府山在南京西北、长江南岸，相传东晋王导曾在这里设立幕府。蜡檄，封在蜡丸里的檄文。

⓫五马渡：南京地名，相传晋元帝与彭城等五王是从这里渡江的。

⓬江东应须夷吾镇：江东即江左。夷吾是春秋时期齐国名相管仲的字。东晋的温峤曾称当时名相王导为“江左夷吾”。这句意为当时的江东需要有管仲、王导这样的人来镇守。

⓭老公祖：明清时的绅士对地方官的敬称。

⓮曾参杀人：费地有个与孔子的弟子曾参同名的人。他杀了人，人来告诉曾参的母亲，她一点也不相信。可是第二、第三个人接连地来告诉她同样的消息，使她终于动摇起来。因此后来把诬指别人的事叫作曾参杀人。

⓯陈恒弑君：陈恒是春秋时齐国的执政大臣，鲁哀公十四年，陈恒杀齐简公。

⓰梓桑：桑梓，故乡。

⓱不相为：不相助。

⓲分豁：开脱意。

第十三出

哭主

甲申三月

〔副净扮旗牌官[①]上〕汉阳烟树隔江滨，影里青山画里人。可惜城西佳绝处，朝朝遮断马头尘。在下宁南帅府一个旗牌官的便是，俺元帅收复武昌，功封侯爵。昨日又奉新恩，加了太傅[②]之衔；小爷左梦庚[③]，亦挂总兵之印，特差巡按御史黄澍[④]老爷到府宣旨。今日九江督抚袁继咸[⑤]老爷，又解粮三十船，亲来给发。元帅大喜，命俺设宴黄鹤楼，请两位老爷饮酒看江。〔望介〕遥见晴川树底，芳草洲边[⑥]，万姓欢歌，三军嬉笑，好一段太平景象也。远远喝道之声，元帅将到，不免设起席来。〔台上挂黄鹤楼匾〕〔副净设席安座介〕〔杂扮军校旗仗鼓吹引导〕〔小生扮左良玉戎装上〕

【声声慢】逐人春色，入眼晴光，连江芳草青青。百尺楼高，吹笛落梅风景[⑦]。领着花间小乘[⑧]，载行厨，带缓衣轻；便笑咱将军好武，也爱儒生。

咱家左良玉，今日设宴黄鹤楼，请袁、黄两

【批注】

柳敬亭眼中画破图抛的江城，在旗牌官眼里竟是一段太平景象，不是作者前后文自相矛盾，因为旗牌官究竟是官，看法与老百姓不同。

公饮酒看江，只得早候。〔吩咐介〕大小军卒楼下伺候。〔众应下〕〔作登楼介〕三春云物归胸次，万里风烟到眼中。〔望介〕你看浩浩洞庭，苍苍云梦，控西南之险，当江汉之冲；俺左良玉镇此名邦，好不壮哉！〔坐呼介〕旗牌官何在？〔副净跪介〕有。〔小生〕酒席齐备不曾？〔副净〕齐备多时了。〔小生〕怎么两位老爷还不见到？〔副净〕连请数次，袁老爷正在江岸盘粮，黄老爷又往龙华寺拜客，大约傍晚才来。〔小生〕在此久候，岂不困倦。叫左右速接柳相公上楼，闲谈拨闷。〔杂跪禀介〕柳相公现在楼下。〔小生〕快请。〔杂请介〕〔丑扮柳敬亭上〕气吞云梦泽，声撼岳阳楼。[9]〔见介〕〔小生〕敬亭为何早来了？〔丑〕晚生知道元帅闷坐，特来奉陪的。〔小生〕这也奇了，你如何晓得？〔丑〕常言"秀才会课，点灯告坐[10]"。天生文官，再不能爽快的。〔小生笑介〕说的有理。〔指介〕你看天才午转，几时等到点灯也。〔丑〕若不嫌聒噪呵，把昨晚说的"秦叔宝见姑娘"，再接上一回罢。〔小生〕极妙了。〔问介〕带有鼓板么？〔丑〕自古"官不离印，货不离身"，老汉管着做甚的。〔取出鼓板介〕〔小生〕叫左右泡开岕片[11]，安下胡床。咱要纱帽隐囊[12]，清谈消遣哩。〔杂设床、泡茶，小生更衣坐，杂捶背搔痒介〕〔丑旁坐敲鼓板说书介〕大江滚滚浪东流，淘尽兴亡古渡头；屈指英雄无半个，从来遗恨是荆州。按下新

【原评】

"秦琼见姑娘，柳老绝技也。"

【批注】

这段说书，可能是柳老的旧本。

【批注】

说书人说得愈激烈，听书人显得愈清闲。清谈消遣中，忽来晴天霹雳。文章变幻无法预料。

诗，还提旧话。且说人生最难得的是乱离之后，骨肉重逢。总是地北天南，时移物换，经几番凶荒战斗，怎免得梗泛萍漂。可喜秦叔宝解到罗公帅府，枷锁连身，正在候审；遇着嫡亲姑娘，卷帘下阶，抱头大哭。当时换了新衣，设席款待，一个候死的囚徒，登时上了青天。这叫做“运去黄金减价，时来顽铁生光”。〔拍醒木介〕〔小生掩泪介〕咱家也都经过了。〔丑〕再说那罗公问及叔宝的武艺，满心欢喜，特地要夸其本领，即日放炮传操。下了教场，雄兵十万，雁翅排开。罗公独坐当中，一呼百诺，掌着生杀之权。秦叔宝站在旁边，点头赞叹，口里不言，心中暗道：大丈夫定当如此！〔拍醒木介〕〔小生作骄态，笑介〕俺左良玉也不枉为人一世矣。〔丑〕那罗公眼看叔宝，高声问道：“秦琼，看你身材高大，可曾学些武艺么？”叔宝慌忙跪下，应答如流：“小人会使双锏。”罗公即命家人，将自己用的两条银锏，抬将下来。那两条银锏，共重六十八斤，比叔宝所用铁锏，轻了一半。叔宝是用过重锏的人，接在手中，如同无物。跳下阶来，使尽身法，左轮右舞，恰似玉蟒缠身，银龙护体。玉蟒缠身，万道毫光台下落；银龙护体，一轮月影面前悬。罗公在中军帐里，大声喝采道：“好呀！”那十万雄兵，一齐答应。〔作喊介〕如同山崩雷响，十里皆闻。〔拍醒木介〕〔小生照镜镊鬓介〕俺左良玉立功边塞，万夫不当，也是天下一个好健儿。如今白发渐生，杀贼未尽，好不恨也。〔副净上〕禀元帅爷，两位老爷俱到楼了。〔丑暗下〕〔小生换冠带、杂撤床排席介〕〔外扮袁继咸，末扮黄澍，冠带喝道上〕〔外〕长湖落日气苍茫，黄鹤楼高望故乡。〔末〕吹笛仙人[13]称地主，临风把酒喜洋洋。〔小生迎揖介〕二位老先生俯临敝镇，曷胜光荣；聊设杯酒，同看春江。〔外、末〕久钦威望，喜近节麾，高楼盛设，大快生平。〔安席坐，斟酒欲饮介〕〔净扮塘报[14]人急上〕忙将覆地翻天事，报与勤王救主人。禀元帅爷，不好了，不好了！〔众惊起介〕有甚么紧急军情，这等喊叫？〔净急白介〕禀元帅爷：大伙流贼北犯，层层围住神京；三天不见救援兵，暗把城门开禁。放火焚烧宫阙，持刀杀害生灵。〔拍地介〕可怜圣主好崇祯，〔哭说介〕缢死煤山树顶。〔众惊问介〕有这等事，是那一日来？〔净喘介〕就是这、这、这三月十九日。〔众望北叩头，大哭介〕〔小生起，搓手跳哭介〕我的圣上呀！我的崇祯主子呀！我的大行皇帝[15]呀！孤臣左良玉，远在边方，不能一旅勤王，罪该万死了。

【胜如花】高皇帝在九京[16]，不管亡家破鼎，那知他圣子神孙，反不如飘蓬断梗。十七年忧国如病，呼不应天灵祖灵，调不来亲兵救兵；白练无情，送君王一命。伤心煞煤山私幸，独殉了社稷苍生，独殉了社稷苍生！

【原评】

“乱称乱呼，极肖武臣匆遽不知大体之状。”

【原评】

“兴亡大案，归于宁南，盖以宁南心在烈帝也。”

【批注】

烈帝即崇祯皇帝。【胜如花】二曲极写宁南对崇祯的悲悼，实际表现明遗民的亡国之痛。

〔众又大哭介〕〔外摇手喊介〕且莫举哀，还有大事相商。〔小生〕有何大事？〔外〕既失北京，江山无主，将军若不早建义旗，顷刻乱生，如何安抚。〔末〕正是。〔指介〕这江汉荆襄，亦是西南半壁，万一失守，恢复无及矣。〔小生〕小弟滥握兵权，实难辞责，也须两公努力，共保边疆。〔外、末〕敢不从事。〔小生〕既然如此，大家换了白衣，对着大行皇帝在天之灵，恸哭拜盟一番。〔唤介〕左右可曾备下缞衣[17]么？〔副净〕一时不能备及，暂借附近民家素衣三领，白布三条。〔小生〕也罢，且穿戴起来。〔吩咐介〕大小三军，亦各随拜。〔小生、外、末穿衣裹布介〕〔领众齐拜，举哀介〕我那先帝呀，

【前腔】〔合〕宫车出[18]，庙社倾，破碎中原费整。养文臣帷幄无谋，豢武夫疆场不猛。到今日山残水剩，对大江月明浪明，满楼头呼声哭声。〔又哭介〕这恨怎平，有皇天作证：从今后戮力奔命，报国仇早复神京，报国仇早复神京。

〔小生〕我等拜盟之后，义同兄弟；临侯督师，仲霖监军，我左昆山操兵练马，死守边方。倘有太子诸王，中兴定鼎，那时勤王北上，恢复中原，也不负今日一番义举。〔外、末〕领教了。〔副净禀介〕禀元帅，满城喧哗，似有变动之意，快请下楼，安抚民心。〔俱下楼介〕〔小生〕二位要向那里去？〔外〕小弟还回九江。〔末〕小

弟要到襄阳。〔小生〕这等且各分手，请了。〔别介〕〔小生呼介〕转来，若有国家要事，还望到此公议。〔外、末〕但寄片纸，无不奔赴。请了。〔外、末下〕〔小生〕呵呀呀！不料今日天翻地覆，吓死俺也！

飞花送酒不曾擎，片语传来满座惊。
黄鹤楼中人哭罢，江昏月暗夜三更。

注释

❶旗牌官：替主将掌管令旗、令牌的官，地位跟中军官相近。

❷太傅：明代称太师、太傅、太保为三公，是官阶的极品。

❸左梦庚：左良玉的儿子。左良玉死后，部下推他做统帅，后投降清朝。

❹巡按御史黄澍：黄澍，字仲霖，曾被派到湖广任巡按御史，监察左良玉的军队。清兵渡江时，他和左梦庚一起投降清兵。

❺督抚袁继咸：督抚即总督。袁继咸，字季通，号临侯，崇祯十二年以兵部侍郎总督江、楚、赣、皖等地，曾代吕大器督左良玉军队。左梦庚降清时，他不屈而死。

❻“晴川树底”二句：唐人崔颢《黄鹤楼》诗：“晴川历历汉阳树，芳草萋萋鹦鹉洲。”芳草洲即指在武汉汉阳西南的鹦鹉洲。

❼吹笛落梅风景：落梅风景本指五月光景。据《风俗通》记载，五月有落梅风。这里借用李白“黄鹤楼中吹玉笛，江城五月落梅花”诗，来形容黄鹤楼风景的美好。

❽小乘：小车。

❾“气吞云梦泽”二句：唐人孟浩然《洞庭》诗：“气蒸云梦泽，波撼岳阳城。”

❿“秀才会课”二句：意为秀才们约会做功课，往往要到点灯时才到齐的。

⓫岕片：岕茶，产于浙江长兴境内罗岕山，故此得名。明代嗜茶的人，最重这种茶。

⓬隐囊：靠褥。

⑬吹笛仙人：源于黄鹤楼的传说。有辛氏卖酒，一个道人经常去饮酒，辛氏都不讨他的酒钱。后来道人临走时，用橘皮画了一个鹤在墙上，告诉辛氏说："有客人来，你拍手招呼，它就会飞舞起来，替客人劝酒。"辛氏因而致富。一天道人再来，用所佩的铁笛吹了数弄，乘着鹤飞去了。

⑭塘报：提塘邸报，是由都城发出的一种情报。明时各省督抚选派武职一人驻京，专门管理投递本省与在京衙门的往来文报，称为提塘。

⑮大行皇帝：古时称刚死而未有谥号的天子为大行皇帝。

⑯九京：这里指九泉，即地下的意思。

⑰缞（cuī）衣：丧服。

⑱宫车出：古时为了忌讳，一般称皇帝死为"宫车晏出"，即宫车迟出的意思。

第十四出

阻奸

甲申四月

【绕地游】〔生上〕飘飘家舍，怎把平安写，哭苍天满喉新血。国仇未雪，乡心难说，把闲情丢开后些。

小生侯方域，自去冬仓皇避祸，夜投史公，随到淮安漕署[①]，不觉半载。昨因南大司马熊公内召[②]，史公即补其缺，小生又随渡江。亏他重俺才学，待同骨肉。正思移家金陵，不料南北隔绝。目今议立纷纷，尚无定局，好生愁闷。且候史公回衙，一问消息。〔暂下〕

【三台令】〔外扮史可法忧容，丑扮长班随上〕山河今日崩竭，白面谈兵掉舌[③]。弈局事堪嗟，望长安谁家传舍[④]。

下官史可法，表字道邻，本贯河南，寄籍燕京。自崇祯辛未，叨中进士，便值中原多故，内为曹郎[⑤]，外作监司[⑥]，扬历[⑦]十年，不曾一日安枕。今由淮安漕抚升补南京兵部尚书。那知到任一月，遭此大变；万死无裨，一筹莫展。幸亏长江天险，护此留都。但一月无君，人心皇皇，每

【原评】

“贤奸争胜未判阴阳，此一折治乱关头也，句句曲白可作信史而诙谐笑骂，笔法森然。”

日议立议迎，全无成说。今早操兵江上，探得北信，不免请出侯兄，大家快谈。〔丑〕侯爷，有请。〔生上见介〕请问老先生，北信若何？〔外〕今日得一喜信，说北京虽失，圣上无恙，早已航海而南；太子亦间道东奔，未知果否？〔生〕果然如此，苍生之福也。〔小生扮差役上〕朝廷无诏旨，将相有传闻。〔到门介〕门上有人么？〔丑问介〕那里来的？〔小生〕是凤抚衙门来的，有马老爷候札，即讨回书。〔丑〕待我传上去。〔入见介〕禀老爷，凤抚马老爷差人投书。〔外拆看，皱眉介〕这个马瑶草，又讲甚么迎立之事了。

【原评】

“乱世讹言，真有此等情形。”

【高阳台】 清议堂中，三番公会，攒眉仰屋蹴靴；相对长吁，低头不语如呆。堪嗟！军国大事非轻举，俺纵有庙谟[8]难说。这来书谋迎议立，邀功情切。

〔向生介〕看他书中意思，属意福王。又说圣上确确缢死煤山，太子奔逃无踪。若果如此，俺纵不依，他也竟自举行了。况且昭穆伦次[9]，立福王亦无大差。罢，罢，罢！答他回书，明日会稿，一同列名便了。〔生〕老先生所言差矣。福王分藩敝乡[10]，晚生知之最详，断断立不得。〔外〕如何立不得？〔生〕他有三大罪，人人俱知。〔外〕那三大罪？〔生〕待晚生数来：

【前腔】 福邸藩王，神宗骄子，母妃郑氏淫邪。当日谋害太子，欲行自立，若无调护良臣，几将神器夺窃。[11]〔外〕此一罪却也不小。〔问介〕还有那一罪？〔生〕骄奢，盈装满载分封去，把内府金钱偷竭[12]。昨日寇逼河南，竟不舍一文助饷；以致国破身亡，满宫财宝，徒饱贼囊。〔外〕这也算的一大罪。〔问介〕那第三大罪呢？〔生〕这一大罪，就是现今世子德昌王[13]，父死贼手，暴尸未葬，竟忍心远避。还乘离乱之时，纳民妻女。这君德全亏尽丧，怎图皇业。

〔外〕说的一些不差，果然是三大罪。〔生〕不特此也，还有五不可立。〔外〕怎么又有五不可立？

【前腔】〔生〕第一件，车驾存亡，传闻不一，天无二日同协。第二件，圣上果殉社稷，尚有太子监国，为何明弃储君，翻寻枝叶旁牒[14]。第三件，这中兴之主，原不必拘定伦次的分别，中兴定霸如光武[15]，要访取出群英杰。第四件，怕强藩乘机保立。第五件，又恐小人呵，将拥戴功挟[16]。

〔外〕是，是，世兄高见，虑的深远。前日见副使雷缜祚、礼部周镳[17]，都有此论，但不及这番透彻耳。就烦世兄把这三大罪、五不可立之论，写书回他便了。〔生〕遵命。〔点烛写书介〕〔副净扮阮大铖，杂扮家僮提灯上〕须将奇货[18]归吾手，莫把新功让别人。下官阮大铖，潜往江浦，寻着福王，连夜回来，与马士英倡议迎立。只怕兵部史可法临时掣肘。今日修书相商，还恐

【原评】

“三大罪五不可立之论，实出周仲驭、雷介之，侯生述之耳。”

不妥，故此昏夜叩门，与他细讲。〔见小生介〕你早来下书，如何还不回去。〔小生〕等候回书，不见发出。〔喜介〕阮老爷来的正好，替小人催一催。〔杂〕门上大叔那里？〔丑〕是那个？〔副净见，作足恭[19]介〕烦位下[20]通报一声，说裤子裆里阮，求见老爷。〔丑诨介〕裤子裆里软，这可未必。常言"十个胡子九个骚"，待我摸一摸，果然软不软。〔副净〕休得取笑，快些方便罢。〔丑〕天色已晚，老爷安歇了，怎敢乱传。〔副净〕有要话商议，定求一见的。〔丑〕待我传上去。〔进禀介〕禀老爷，有裤子裆里阮，到门求见。〔外〕是那个姓阮的？〔生〕在裤子裆里住，自然是阮胡子了。〔外〕如此昏夜，他来何干？〔生〕不消说，又是讲迎立之事了。〔外〕去年在清议堂诬害世兄的便是他。这人原是魏党，真正小人，不必理他，叫长班回他罢了。〔丑出，怒介〕我说夜晚了，不便相会，果然惹个没趣。请回罢！〔副净拍丑肩介〕位下是极在行的，怎不晓得。夜晚来会，才说的是极有趣的话哩；那青天白日，都是些扫帐儿[21]。〔丑〕你老说的有理，事成之后，随封[22]都要双分的。〔副净〕不消说，还要加厚些。〔丑〕既是这等，待我再传。〔进禀介〕禀老爷，姓阮的定求一见，要说极有趣的话。〔外〕唗，放屁！国破家亡之时，还有甚么趣话说！快快赶出，闭上宅门。〔丑〕凤抚回书尚未打发哩。〔生〕书已写就，求老先生过

【原评】

"小人作事如此辛勤，焉得不济。"

目。〔外读介〕

【前腔】二祖列宗[23]，经营垂创，吾皇辛苦力竭。一旦倾移，谁能重续灭绝。详列：福藩罪案三桩大，五不可，势局当歇。再寻求贤宗雅望，去留先决。

〔外〕写的明白，料他也不敢妄动了。〔吩咐介〕就交与凤抚家人，早闭宅门，不许再来啰唣。〔起介〕正是江上孤臣生白发，〔生〕灯前旅客罢冰弦。〔外、生下〕〔丑出呼介〕马老爷差人呢？〔小生〕有。〔丑〕领了回书，快快出去，我要闭门哩。〔小生接书介〕还有阮老爷要见，怎么就闭门？〔副净向丑介〕正是，我方才央过求见老爷的，难道忘了。〔丑佯问介〕你是谁呀？〔副净〕我便是裤子裆里阮哪。〔丑〕啐！半夜三更，只管软里硬里，奈何的人不得睡。〔推介〕好好的去罢。〔竟闭门入介〕〔小生〕得了回书，我先去了。〔下〕〔副净恼介〕好可恶也，竟自闭门不纳了。〔呆介〕罢了！俺老阮十年之前，这样气儿也不知受过多少，且自耐他。〔搓手介〕只是当前机会，不可错过。这史可法现掌着本兵之印，如此执拗起来，目下迎立之事，便行不去了，这怎么处？〔想介〕呸！我到呆气了，如今皇帝玉玺且无下落，你那一颗部印有何用处。〔指介〕老史，老史，一盘好肉包掇上门来，你不会吃，反去让了别人，日后不要见怪。正是：

【原评】

"君子作事如此疏懒，焉得不败。"

穷途才解阮生嗟[24]，无主江山信手拿。
奇货居来随处赠，不知福分在谁家。

注释

❶淮安漕署：明朝于江苏淮安设漕抚，总督运河事务。漕署即漕抚的官署。

❷熊公内召：熊公指熊明遇，内召指被召到北京任官。

❸白面谈兵掉舌：说那些白面书生对军事轻发议论。

❹望长安谁家传舍：传舍是驿站供应过路客人住的房舍。长安是多个王朝的都城，这里借指北京。望长安谁家传舍，意为不知北京又换了谁做主人。

❺曹郎：部曹，部属各司的官。

❻监司：监察州郡的官，如按察使之类。

❼扬历：指仕宦的经历。

❽庙谟：指大臣为朝廷计议的谋划。

❾昭穆伦次：宗庙的次序。这里指宗族里的辈分排行。

❿分藩敝乡：福王分封河南，是侯方域的故乡。

⓫“福邸藩王”七句：福恭王常洵是明神宗的儿子，母亲郑贵妃很得神宗宠幸。为使常洵能够继承帝位，郑贵妃搞出“梃击”“移宫”“红丸”三大案件。东林名士对这几件事攻击得很厉害。神器指帝位。

⓬“盈装满载分封去”二句：神宗宠爱常洵，凡是进贡来的好东西都分赐给他。当常洵得以分封去河南的时候，神宗又给他几万顷的赐田，让他掌握税收，控制食盐市场。他的收入超过皇帝，使内府（国库）为之空虚。

⓭德昌王：福王朱由崧，初封德昌王，进封福王世子。崇祯十四年正月，李自成攻陷洛阳，常洵被杀，朱由崧跑到怀庆去躲避，到七月继承福王的封爵。

⓮枝叶旁牒：牒是指封建时代宗族的谱牒。枝叶旁牒，意说福王在皇族里是旁枝侧牒，不是嫡派子孙。

⓯光武：指刘秀，是汉高祖的九世孙，王莽篡汉之后，光武起兵舂陵，打败王莽的军队，自立为帝。

⓰将拥戴功挟：意为凭拥戴天子的功来要挟朝廷。

⑰雷缜祚、周镳：雷缜祚字介之，太湖人，周镳字仲驭，号鹿溪，金坛人，都是东林党的健将，后来被马士英、阮大铖害死。雷缜祚曾官山东按察使佥事，因此剧中称他副使；周镳曾官礼部员外郎，因此剧中称他礼部。

⑱奇货：战国时秦国的大商人吕不韦在赵国遇见做人质的秦国公子，认为秦国公子是可以掌握的奇货，这里奇货指福王。

⑲足恭：过分谦卑地谄媚人的样子。

⑳位下：对门下人的敬称。

㉑扫帐儿：犹言“零头数”。商业或债务上结算时的零数，往往可以免除，俗语叫“扫帐儿”。

㉒随封：包封，赏钱。

㉓二祖列宗：二祖指明太祖与明成祖，列宗指明仁宗以后的列朝皇帝。

㉔穷途才解阮生嗟：阮生指魏晋时人阮籍。阮籍愤司马氏专政，有时独自驾车出游，每到车辙不通的地方，即痛哭而归。

第十五出

迎驾

甲申四月

【番卜筭】〔净扮马士英冠带上〕一旦神京失守，看中原逐鹿交走。捷足争先，拜相与封侯，凭着这拥立功大权归手。

下官马士英，别字瑶草，贵州贵阳卫人也，起家万历己未进士，现任凤阳督抚。幸遇国家多故，正我辈得意之秋。前日发书约会史可法，同迎福王。他回书中有"三大罪、五不可立"之言。阮大铖走去面商，他又闭门不纳。看来是不肯行的了。但他现握着兵权，一倡此论，那九卿[①]班里，如高弘图、姜曰广、吕大器、张国维[②]等，谁敢竟行。这迎立之事，便有几分不妥了。没奈何，又托阮大铖约会四镇武臣[③]，及勋戚内侍，未知如何，好生焦躁。〔副净扮阮大铖急上〕胸有已成之竹，山无难劈之柴。此是马公书房，不免竟入。〔净见问介〕圆老回来了，大事如何？〔副净〕四镇武臣见了书函，欣然许诺，约定四月念八，全备仪仗，齐赴江浦矣。〔净〕妙，妙！那高黄二刘，如何说来？〔坐介〕

【原评】

"此折有佞无忠，阴胜于阳矣。描画拥戴之状，令人失笑，史公笔也。"

【批注】

极写马士英的惟恐天下不乱。奸人逻辑，一语道破。

【原评】

"四镇旧为士英提拔，故招之甚易。"

【催拍】〔副净〕他说受君恩爵封列侯，镇江淮千里借筹[4]；神京未收，神京未收，似我辈滥功糜饷，建牙堪羞。江浦迎銮，愿领貔貅，扶新主持节[5]复仇。临大事，敢夷犹[6]。

〔净〕此外还有何人肯去？〔副净〕还有魏国公徐鸿基[7]，司礼监韩赞周[8]，吏科给事李沾[9]，监察御史朱国昌。〔净〕勋、卫、科、道[10]，都有个把，也就好了。他们都怎么说来？

【前腔】〔副净〕他说马中丞当先出头，众公卿谁肯逗留。职名[11]早投，职名早投，大家去上书陈表，拥入皇州。新主中兴，拜舞龙楼，将今日劳苦功酬，迁旧秩，壮新猷[12]。

〔净〕果然如此，妙的狠了。只是一件，我是一个外吏，那几个武臣勋卫，也算不得部院卿僚，目下写表如何列名？〔副净〕这有甚么考证，取本缙绅便览[13]来，从头抄写便了。〔净〕虽如此说，万一驾到，没有百官迎接，我们三五个官，如何引进朝去？〔副净〕我看满朝诸公，那个是有定见的。乘舆一到，只怕递职名的还挨挤不上哩。〔净〕是，是！表已写就，只空衔名，取本缙绅来，快快开列。〔外扮书办取缙绅上〕西河沿洪家高头便览[14]在此。〔下〕〔副净〕待我抄起来。〔偏头远视介〕表上字体，俱要细楷的，目昏难写，这怎么处？〔想介〕有了。〔腰内取出眼镜戴，抄介〕“吏部尚书臣高弘图。”〔作手颤介〕这手又颤起来了，目下等着起身。一时写

【批注】

马士英一本正经，阮大铖匆忙可笑，一本大悲剧中也少不得这些小闹剧。

不出，急杀人也。〔净〕还叫书办写去罢。〔副净〕这姓名里面都有去取，他如何写得。〔净〕你指示明白，自然不错了。〔叫介〕书办快来。〔外上〕〔副净照缙绅指点向外介〕〔外下〕〔净〕自古道："中原逐鹿，捷足先得。"我们不可落他人之后。快整衣冠，收拾箱包，今日务要出城。〔丑扮长班收拾介〕〔副净问介〕请问老公祖，小弟怎生打扮？〔净〕迎驾大典，比不得寻常私谒，俱要冠带才是。〔副净〕小弟原是废员，如何冠带？〔净〕正是。〔想介〕没奈何，你且权充个赍表官罢，只是屈尊些儿。〔副净〕说那里话，大丈夫要立功业，何所不可，到这时候还讲刚方么。〔净笑介〕妙，妙！才是个软圆老。〔副净换差吏服色介〕

【前腔】拚余生寒灰已休，喜今朝涸海更流；金鳌上钩，金鳌上钩，好似太公一钓，享国千秋[15]。牛马风尘[16]，暂屈何忧，刀笔吏丞相根由[17]；人笑骂，我不羞。

〔外上〕表已列名，老爷过目。〔副净看介〕果然一些不差，就包裹好了，装入箱中。〔外包裹装箱内介〕〔副净〕下官只得背起来了。〔外、丑与副净绑箱背上介〕〔净看，笑介〕圆老这件功劳却也不小哩。〔副净正色介〕不要取笑，日后画在凌烟阁[18]上，倒有些神气的。〔丑牵马介〕天色将晚，请老爷上马。〔净吩咐介〕这迎驾大事，带不的多人，只你两个跟去罢。〔副净〕便

【原评】

"笑骂不羞，是求官妙诀。"

【批注】

写尽向来官场丑态，岂止明末。

益你们，后日都要议叙[19]的。〔俱上马，急走绕场介〕

【前腔】〔合〕趁斜阳南山雨收，控青骢烟驿水邮，金鞭急抽，金鞭急抽，早见浦江[20]云气，楚尾吴头[21]。应运英雄，虎赴龙投，恨不的双翅飕飕，银烛下，拜冕旒。

〔净〕叫左右早去寻下店房。〔副净〕阿呀！我们做的何事，今日还想安歇，快跑快跑！〔加鞭跑介〕

〔净〕江云山气晚悠悠，〔副净〕马走平川似水流。

〔净〕莫学防风随后到[22]，〔副净〕涂山明日会诸侯。

注释

❶九卿：明朝以六部（吏、户、礼、兵、刑、工部）尚书、都察院御史、通政司使、大理寺卿为九卿。

❷高弘图、姜曰广、张国维：高弘图在崇祯时官至工部右侍郎，福王立，拜户部尚书、文渊阁大学士，和姜曰广共辅政，后来都因跟马士英不合而退休。姜曰广在崇祯初年掌南京翰林院，福王立，拜礼部尚书兼东阁大学士。张国维在崇祯年间累擢右佥都御史，巡按应天、安庆等十府，鲁王时封少傅、兵部尚书、武英殿大学士，督师江上，因兵力不支而死。

❸四镇武臣：这里指黄得功、刘泽清、刘良佐、高杰四人。下文的“高黄二刘”也是指这四人。

❹借筹：借箸以筹，替人谋划的意思。

❺持节：古代奉命出使的人要持符节作凭证，这里意即奉命。

❻夷犹：迟疑不进的意思。

❼徐鸿基：明朝功臣徐达的第九世孙，官南京守备，袭封魏国公。

❽司礼监韩赞周：司礼监是明朝设置的内监办事机关之一，掌管宫廷礼仪，后来成为内监中最接近皇帝的一个有权势的部门。韩赞周，崇祯时大宦官。

❾吏科给事李沾：吏科给事即吏科给事中，是明朝专掌吏科谏诤纠弹的官职。李沾在崇祯末年官吏科给事中，和凤阳督抚马士英相勾结，迎立福王。

❿科、道：科指吏、礼、户、兵、刑、工六科给事中，道指各道监察御史。

⓫职名：官员的履历。

⓬“迁旧秩”二句：秩是官职的品级，猷是功绩。这二句意是为了表扬他们的功绩而升迁他们的官阶。

⓭缙绅便览：职官录。缙绅指官员。

⓮西河沿洪家高头便览：西河沿，北京地名。西河沿洪家是当时北京一家书铺，高头便览是每页上头有比较详细的说明的缙绅便览。

⓯“好似太公一钓”二句：太公即吕尚，他曾在渭水钓鱼，遇到周文王，周文王很赏识他，拜他为师，后来他协助武王灭商，得封于齐，传国近千年。

⓰牛马风尘：拿牛马在风尘里比喻一个人不得志的时候。

⓱刀笔吏丞相根由：刀笔吏是办文书的吏员。汉丞相萧何在秦朝本是个刀笔吏，后来协助汉高祖统一天下，屡立大功，成为汉朝的开国丞相。

⓲凌烟阁：纪念功臣的地方。唐太宗曾画功臣像在凌烟阁上。

⓳议叙：论功叙官之意。

⓴浦江：指长江浦口，当时福王避难至淮安，被四镇迎接到浦口。

㉑楚尾吴头：这里泛指长江中下游一带。

㉒防风随后到：防风，传说为夏初一位诸侯，禹在涂山集合众诸侯，防风最后到，被禹杀掉。

第十六出

设朝

甲申五月

【念奴娇】〔小生扮弘光衮冕[①]，小旦、老旦扮二监引上〕高皇旧宇，看宫门殿阁，重重初敞。满目飞腾新紫气[②]，倚着钟山[③]千丈。祖德重光，民心合仰，迎俺青天上。云消帘卷，东南烟景雄壮。

一朵黄云捧御床，醒来魂梦自彷徨。中兴不用亲征战，才洗尘颜着衮裳。寡人乃神宗皇帝之孙，福邸亲王之子，自幼封为德昌郡王。去年贼陷河南，父王殉国，寡人逃避江浦，九死余生；不料北京失守，先帝升遐，南京臣民推俺为监国之主。今乃甲申年五月初一日，早谒孝陵[④]回宫，暂御偏殿，看百官有何章奏。〔外扮史可法，净扮马士英，末扮黄得功，丑扮刘泽清，文武袍笏上〕再见冠裳盛，重瞻殿阁高。金瓯仍未缺，玉烛又新调。我等文武百官，昨日迎銮江浦，今早陪位孝陵；虽投职名，未称朝贺，礼当恭上表文，请登大宝[⑤]。〔众前跪上表介〕南京吏部尚书臣高弘图等，恭请陛下早正大位，改元听政，

【原评】

“前半冠冕端严，后半鼠狐游戏，南朝规模定于此折矣。一篇正面文字，却用侧笔收煞，何等深心。”

以慰臣民之望。恭惟陛下呵，

【本序】 潜龙福邸[6]，望扬扬，貌似神宗，嫡派天潢[7]。久著仁贤声誉重，中外推戴陶唐[8]。瞻仰，牒出金枝，系连花萼，宜承大统诸宗长[9]。臣伏愿登膺御宇[10]，早继高皇。

〔四拜介〕〔小生〕寡人外藩衰宗，才德凉薄，俯顺臣民之请，来守高帝之宫。君父含冤，大仇未报，有何面颜，忝然[11]正位。今暂以藩王监国，仍称崇祯十七年，一切政务，照常办理。诸卿勿得谆请，以重寡人之罪。

【前腔】 休强，中原板荡[12]，叹王孙乞食江头，栖止榛莽。回首尘沙何处去，洛下名园花放。盼望，兵燹[13]难消，松楸[14]多恙，鼎湖弓剑无人葬[15]；吾怎忍垂旒正冕，受贺当阳[16]。

〔众跪呼介〕万岁，万万岁！真仁君圣主之言，臣等敢不遵旨。但大仇不当迟报，中原不可久失，将相不宜缓设。谨具题本，伏候裁决。〔上本介〕

【前腔】 开朗，中兴气象，见罘罳[17]瑞霭祥云，王业重创。不共天仇，从此后尝胆眠薪休忘。参想，收复中原，调燮黄阁[18]，急须封拜卜忠亮；还缺少百官庶士，乞选才良。

〔小生〕览卿题本，汲汲以报仇复国为请，俱见忠悃。至于设立将相，寡人已有成议，众卿听着：

【前腔】 职掌，先设将相，论麒麟画阁[19]功劳，迎立为上。捧表江头，星夜去拥着乘舆仪仗。寻访，加体黄袍[20]，嵩呼拜舞[21]，百忙难把玺符让。今日里论功叙赏，文武谁当。

众卿且退，午门候旨。〔小生、内官随下〕〔外、净、末、丑退班立介〕〔外〕若论迎立之功，今日大拜，自然让马老先生了。〔净〕下官风尘外吏，焉能越次而升。若论国家用武之际，史老先生现居本兵，理当大拜。〔向末、丑介〕四镇实有护驾之劳，加封公侯，只在目下。〔末、丑〕皆赖恩帅提拔。〔老旦扮内监捧旨上〕圣旨下：凤阳督抚马士英，倡议迎立，功居第一，即升补内阁大学士，兼兵部尚书，入阁办事。吏部尚书高弘图、礼部尚书姜曰广、兵部尚书史可法，亦皆升补大学士，各兼本衔。高弘图、姜曰广入阁办事，史可法着督师江北。其余部院大小官员，现任者，各加三级；缺员者，将迎驾人员，论功选补。又四镇武臣，靖南伯黄得功，兴平伯高杰，东平伯刘泽清，广昌伯刘良佐，俱进封侯爵，各归汛地。谢恩！〔众谢恩介〕万岁，万万岁！〔起介〕〔外向末、丑介〕老夫职居本兵，每以不能克复中原为耻，圣上命俺督师江北，正好戮力报效。今与列侯约定，于五月初十日，齐集扬州，共商复仇之事。各须努力，勿得迟延。〔末、丑〕是。〔外〕老夫走马到任去也。正是：重兴东汉逢明主，收复中原任老臣。〔别众下〕〔末、丑欲下介〕〔净唤介〕将军转来。

【批注】

史可法督师江北，实非弘光的军事部署，而是马、阮排挤的结果。

〔拉手话介〕圣上录咱迎立之功，拜相封侯。我等皆系勋旧大臣，比不得别个。此后内外消息，须要两相照应，千秋富贵，可以常保矣。〔末、丑〕蒙恩携带，得有今日，敢不遵谕。〔末、丑急下〕〔净笑介〕不料今日做了堂堂首相，好快活也。〔副净扮阮大铖探头瞧介〕〔净欲下介〕且住，立国之初，诸事未定，不要叫高、姜二相夺了俺的大权。且慢回家，竟自入阁办事便了。〔欲入介〕〔副净悄上作揖介〕恭喜老公祖，果然大拜了。〔净惊问介〕你从那里来？〔副净〕晚生在朝房藏着，打听新闻来。〔净〕此系禁地，今日立法之始，你青衣小帽，在此不便，请出去罢。〔副净〕晚生有要紧话说。〔附耳介〕老师相叙迎立之功，获此大位；晚生赍表前往，亦有微劳，如何不见提起？〔净〕方才宣旨，各部院缺员，许将迎驾之人叙功选补矣。〔副净喜介〕好，好！还求老师相荐拔。〔净〕你的事何待谆嘱。〔欲入介〕〔副净〕事不宜迟，晚生权当班役，跟进内阁，看看机会何如？〔净〕学生初入内阁，未谙机务；你来帮一帮，也不妨事，只要小心着。〔副净〕晓得。〔替净拿笏板随行介〕

【原评】

“小人钻营，无地不到，一刻不松。”

【赛观音】〔净〕旧黄扉[22]，新丞相，喜一旦趾高气扬，廿四考中书模样[23]。〔副净〕莫忘辛勤老陪堂[24]。

〔净〕殿阁东偏晓雾黄，〔副净〕新参知政气昂昂。

〔净〕过江同是从龙彦㉕，〔副净〕也步金阶抱笏囊。

注释

❶弘光衮冕：福王朱由崧在南京即位后，改元弘光。衮冕是我国古代皇帝的冠服。

❷紫气：祥瑞之气。帝王之家常被代称作紫气。

❸钟山：紫金山，在南京城东。

❹孝陵：明太祖的陵墓，在南京城东北。

❺大宝：帝位。

❻潜龙福邸：龙指皇帝，意为朱由崧是潜藏在福王邸第里的皇帝。

❼天潢：皇族。

❽陶唐：唐尧。

❾诸宗长：在各派宗族里地位最高。

❿登膺御宇：登帝位，治天下。

⓫忝然：惭愧意。

⓬板荡：形容乱世。《板》《荡》都是《诗经·大雅》里的篇名，是写周厉王无道，引起国内变乱的诗。

⓭兵燹（xiǎn）：兵灾。

⓮松楸：本是指种植在坟上的树木，这里代指陵园。

⓯鼎湖弓剑无人葬：指崇祯皇帝自杀死，没有人去埋葬他。鼎湖，传说是黄帝铸鼎的地方。黄帝把鼎铸好之后，便乘龙上天去。所以后人往往拿鼎湖来形容帝王驾崩。

⓰当阳：南面。皇帝坐北向南。

⓱罘罳（fúsī）：宫殿里的门屏。

⓲黄阁：宰相办事的地方。调燮黄阁意为有好的宰相。

⓳麒麟画阁：汉宣帝将功臣霍光、苏武等十一人的画像挂在麒麟阁上，表示对他们的尊崇，这里借指当时为国立功的大臣。

⑳加体黄袍：指拥立皇帝。

㉑嵩呼拜舞：朝见皇帝时的仪式，三呼万岁，叩头拜舞。

㉒黄扉：黄阁，宰相办事的地方。

㉓廿四考中书模样：廿四考中书指郭子仪，考是指朝廷对职官功绩的考核。《旧唐书·郭子仪传》："校中书令，考二十有四，权倾天下。"这里马士英借他来自比。

㉔陪堂：俗语称帮闲、狎客为陪堂。下第十七出又有"院里常留老白相，朝中新聘大陪堂"语，以妓院比拟朝廷，都是对腐朽政局和阮大铖之流的无情嘲讽。

㉕过江同是从龙彦：东晋元帝在江南建立政权时，中原名士纷纷过江相从。马士英借此表示他和阮大铖都是拥立弘光的人。

第十七出

拒媒

甲申五月

【燕归梁】〔末扮杨文骢冠带上〕南朝领略风流尽，新立个妙龄君。清江隔断浊烟尘，兰署[①]里买香薰。

下官杨文骢，因叙迎驾之功，补了礼部主事。盟兄阮大铖，仍以光禄起用。又有同乡越其杰、田仰[②]等，亦皆补官，同日命下，可称一时之盛。目下漕抚缺人，该推升田仰。适才送到聘金三百，托俺寻一美妓，要带往任所。我想青楼色艺之精，无过香君，不免替他去问。〔唤介〕长班走来。〔杂扮长班上〕胸中一部缙绅，脚下千条胡同。〔见介〕老爷有何使唤？〔末〕你快请清客丁继之，女客卞玉京，到我书房说话。〔杂〕禀老爷，小人是长班，只认的各位官府，那些串客、表子，没处寻觅。〔末〕听我吩咐：

【渔灯儿】闹端阳，正纷纭，水阁含春。便有那乌衣子弟[③]伴红裙，难道是织女牵牛天汉津[④]。〔杂〕就在那秦淮河房么，小人晓得了。〔末指介〕你望着枣花帘影杏纱纹，那壁厢款问殷勤。

【原评】

“南朝用人，行政之始。用者何人，田仰也。行者何政，教戏也。因田仰而香君逼嫁，因教戏而香君入宫，离合之情又发端于此。”

〔副净扮丁继之、外扮沈公宪、净扮张燕筑上〕院里常留老白相，朝中新聘大陪堂。〔副净〕来此是杨老爷私宅，待我叫门。〔叫介〕位下那里？〔杂出见介〕众位何来？〔副净〕老汉是丁继之，同这沈、张两敝友，求见杨老爷；烦位下通报一声。〔杂喜介〕正要去请，来的凑巧，待我通报。〔欲入介〕〔老旦扮卞玉京、小旦扮寇白门、丑扮郑妥娘上〕紫燕来何早，黄莺到已迟。〔小旦叫介〕三位略等一等，同进去罢。〔副净〕原来是你姊妹们。〔净〕你们来此何干？〔丑〕大家是一样病根，你们怕做师父，我们怕做徒弟的。〔俱入介〕〔末喜介〕如何来的恰好。〔众〕无事不敢轻造，今日特来恳恩，尚容拜见。〔俱叩介〕〔末拉起介〕请坐，有何见教？〔副净问介〕新补光禄阮老爷是杨老爷至交么？〔末〕正是。〔副净〕闻得新主登极，阮老爷献了四种传奇，圣心大悦，把《燕子笺》钞发总纲，要选我们入内教演，有这话么？〔末〕果然有此盛举。〔净〕不瞒老爷说，我们两片唇，养着八张嘴。这一入内庭，岂不"灭门绝户了一家儿"？〔丑〕我们也是八张嘴，靠着两片皮哩。〔末笑介〕不必着忙，当差承应⑤，自有一班教坊男女；你们都算名士数里的，谁好拿你。〔众〕只求老爷护庇则个。〔末〕明日开列姓名，送与阮圆海，叫他一概免拿便了。〔众〕多谢老爷。

【前腔】看一片秣陵春，烟水消魂，借着些笙歌裙屐醉斜曛。若把俺尽数选入呵，从此后江潮暮雨掩柴门，再休想白舫青帘载酒樽。老爷果肯见怜，这功德不小，保秦淮水软山温。

〔末〕下官也有一事借重。〔副净〕老爷有何见教？〔末〕舍亲田仰，不日就升漕抚，适才送到聘金三百，托俺寻一小宠。〔丑〕让我去罢。〔净〕你去不得，你去了，这院中便散了板儿了。〔丑〕怎的便散了板儿？〔净〕没人和我打钉了。〔丑〕啐！〔副净〕老爷意中可有一个人儿么？〔末〕人是有一个在这里，只要你去作伐。〔老旦〕是那个？〔末〕便是李家的香君。〔副净摇头介〕这使不得。〔末〕如何使不得？〔副净〕他是侯公子梳栊过的。

【锦渔灯】现有个秦楼上吹箫旧人，何处去觅封侯柳老三春。[⑥]留着他燕子楼中昼闭门[⑦]，怎教学改嫁的卓文君。

〔末〕侯公子一时高兴，如今避祸远去，那里还想着香君哩。但去无妨。〔老旦〕香君自侯郎去后，立志守节，不肯下楼，岂有嫁人之理，去也无益。

【锦上花】似一只雁失群，单宿水，独叫云，每夜里月明楼上度黄昏。洗粉黛，抛扇裙，罢笛管，歇喉唇，竟是长斋绣佛女尼身，怕落了风尘。

〔末〕虽如此说，但有强如侯郎的，他自然肯嫁。〔副净〕香君之母，原是老爷厚人，倒是老爷面讲更好。〔末〕你是知道的，侯郎梳栊香君，原是下官作伐。今日觌面，如何讲说，还烦二位走走，自有重谢。〔净、外〕这等我们

【批注】

龙友处处多

也去走走。〔小旦、丑〕呸！皮肉行里经纪[8]，只许你们做么，俺也同去。〔末〕不必争闹，待他二位说不来时，你们再去。〔众〕是，是！辞过老爷罢。〔末〕也不远送了。狎客满堂消我闷，嫁衣终日为人忙。〔下〕〔副净、老旦〕杨老爷免了咱们差事，莫大的恩典哩。〔外、净〕正是。〔副净〕你四位先回，俺要到香君那边，替杨老爷说事去了。〔丑〕赚了钱不可偏背，大家八刀[9]才好。〔众诨下〕〔副净、老旦同行介〕〔副净〕记得侯公子梳栊香君，也是我们帮衬来。

【锦中拍】想当初华筵盛陈，配才子佳人，排列着花林粉阵，逐趁着筝声笛韵。如今又去帮衬别家，好不赧颜，似邮亭马厮，迎官送宾。〔老旦〕我们不去何如。〔副净〕俺若不去呵，又怕他新铮铮春官匣印，硬选入秋宫院门[10]。〔老旦〕这等如之奈何？〔副净〕俺自有个两全之法，到那边款语商量，柔情索问，做一个闲蜂蝶花里混。

〔老旦〕妙，妙！〔副净〕来此已是，不免竟进。〔唤介〕贞娘出来。〔旦上〕空楼寂寂含愁坐，长日恹恹带病眠。〔问介〕楼下那个？〔老旦〕丁相公来了。〔旦望介〕原来是卞姨娘同丁大爷光降，请上楼来。〔副净、老旦见介〕令堂怎的不见？〔旦〕往盒子会里去了。〔让介〕请坐，献茶。〔同坐介〕〔老旦〕香君闲坐楼窗，和那个顽耍？〔旦〕姨娘不知：

事，但正反人物中幸有此人能两面交通，随处往来，情节因他而连缀，消息由他而沟通，从全剧针线看，此人实不可少。

【锦后拍】俺独自守空楼，望残春，白头吟[11]罢泪沾巾。〔老旦〕何不招一新婿？〔旦〕奴家已嫁侯郎，岂肯改志。〔副净〕我们晓你苦心。今日礼部杨老爷说，有一位大老田仰，肯输三百金，娶你作妾，托俺来问一声。〔旦〕这题目错认，这题目错认，可知定情诗红丝拴紧，抵过他万两雪花银。〔老旦〕这事凭你裁酌，你既不肯，另问别家。〔旦〕卖笑哂，有勾栏艳品。奴是薄福人，不愿入朱门。

〔老旦〕既如此说，回他便了。〔副净〕令堂回家，不要见钱眼开。〔旦〕妈妈疼奴，亦不肯相强的。〔副净〕如此甚好，可敬，可敬！〔起介〕别过了。〔外、净、小旦、丑急上〕两处红丝千里系，一条黑路六人忙。〔净〕快去，快去！他二人说成，便偏背我们了。〔丑〕我就不依他，饶他吃到口里，还倒出脏来。〔进介〕〔净〕香君恭喜了。〔旦〕喜从何来？〔小旦〕双双媒人来你家，还不喜哩。〔旦〕敢也说田仰的事么？〔净〕便是。〔旦〕方才奴已拒绝了。〔外〕杨老爷的好意，如何拒得。

【原评】

“他人艳羡而不得，香君弃之不顾，所谓人各有志。”

【北骂玉郎带上小楼】他为你生小绿珠花月身，寻一个金谷绮罗里石季伦。[12]〔旦〕奴家不图富贵，这话休和我讲。〔副净、老旦〕我二人在此劝了半日，他决不肯嫁人的。〔小旦〕他不嫁人，明日拿去学戏，要见个男子的面，也不能够哩。歌残舞罢锁长门，卧氍毹夜夜伤神。〔旦〕

奴便终身守寡，有何难哉，只不嫁人。〔丑〕难道三百两花银，买不去你这黄毛丫头么？〔旦〕你要银子，你便嫁他，不要管人家闲事。〔丑怒介〕好丫头，抢白起姨娘来了，我就死在你家。〔撒泼介〕小私窠贱根，小私窠贱根，掉巧舌讪谤尊亲。〔净发威介〕好大胆奴才！杨老爷新做了礼部，连你们官儿都管的着，明日拿去拶掉你指头。管烟花要津，管烟花要津，触恼他风狂雨迅，准备着桃伤柳损。〔旦〕尽你吓唬，奴的主意已定了。〔老旦〕看他小小年纪，倒有志气。〔副净〕吓他不动，走罢，走罢。〔丑〕我这里撒泼，没个人来拉拉，气死我也。他不嫁人，我扭也扭他下楼。硬推来门外双轮，硬推来门外双轮；兜折[13]宝钏，扯断湘裙。〔副净〕自古有钱难买不卖货，撒了赖当不的，大家散罢。〔外、小旦〕我两个原要不来，吃亏老燕、老妥强拉到此，惹了这场没趣。走，走，走！快出门，掩羞面，气忍声吞。〔净、丑〕我们也走罢，干发虚，没钞分，遗臊撒粪。

〔外、净、小旦、丑俱诨下〕〔副净、老旦〕香君放心，我们回绝杨老爷，再不来缠你便了。〔旦拜介〕这等多谢二位。〔作别介〕

〔副净〕蜂媒蝶使闹纷纷，〔旦〕阑入红窗搅梦魂。

〔老旦〕一点芳心采不去，〔旦〕朝朝楼上望夫君。

【批注】

这里让三清客、三妓女出场，为了衬托香君。

注释

❶兰署：兰台。兰台是汉朝宫中藏书的地方，有兰台令史，管理图书。这里借指礼部衙门。

❷越其杰、田仰：越其杰，贵阳人，擅长诗文，善于骑射，官至河南巡抚。田仰是马士英的亲戚，弘光时奉命巡抚淮扬。

❸乌衣子弟：富贵人家的子弟。晋时王导、谢安诸贵族住在南京乌衣巷，他们的子弟被称作乌衣子弟。

❹难道是织女牵牛天汉津：全句意为那些妓女清客不是天上的织女、牵牛，不难找到的。

❺当差承应：过去封建社会的妓女要承应官差，凡是官府举行什么宴会，或长官私人有什么喜庆事，都要她们去歌舞或劝酒。

❻“现有个秦楼上吹箫旧人”二句：传说春秋时的萧史擅长吹箫，秦穆公把女儿弄玉嫁给他。这里的旧人指侯方域。第二句意谓侯方域不知到何处去求功名，现已三春柳老，都没有回来。

❼燕子楼中昼闭门：燕子楼在江苏铜山西北。唐张愔镇守徐州，建燕子楼给爱妾关盼盼居住，张死后，关盼盼在这楼上守节。

❽皮肉行里经纪：指妓馆里的交易。

❾八刀：拆“分”字。

❿“又怕他新铮铮春官匣印”二句：春官即礼部，杨文骢新任礼部主事，明朝教坊司是归礼部管辖的，因此说怕他新任春官把她们硬选入内廷去。

⓫白头吟：相传汉朝司马相如和卓文君结婚后不久，相如又爱上另一个人，卓文君写了一首《白头吟》，表示自己的怨恨。

⓬“他为你生小绿珠花月身”二句：石季伦即石崇，晋朝人，石崇曾在洛阳西北建筑一座很奢华的金谷园，给他的爱妾绿珠居住。这里借绿珠比喻香君、石崇比喻田仰，是说杨文骢要替她找一个富贵的丈夫。

⓭兜折：拗折之意。

第十八出

争位

甲申五月

〔生上〕无定输赢似弈棋，书空殷浩[①]欲何为？长江不限天南北，击楫中流[②]看誓师。小生侯方域，前日替史公修书，一时激烈，有“三大罪、五不可立”之议。不料福王今已登极，马士英竟入阁办事，把那些迎驾之臣，皆录功补用。史公虽亦入阁，又令督师江北，这分明有外之之意了。史公却全不介意，反以操兵剿贼为喜，如此忠肝义胆，人所难能也。现在开府扬州，命俺参其军事；约定今日齐集四镇，共商防河之计，不免上前一问。〔作至书房介〕管家那里？〔小生扮书童上〕侯爷来了，待我通报。〔小生请外介〕

【北点绛唇】〔外上〕持节江皋[③]，龙骧虎啸[④]，忧国事，不顾残躯，双鬓苍白了。

〔见生介〕世兄可知今日四镇齐集，共商大事；不日整师誓旅，雪君父之仇了。〔生〕如此甚妙。只有一件，高杰镇守扬、通[⑤]，兵骄将傲，那黄、刘三镇，每发不平之恨。今日相见，大费

【批注】

侯生调解四镇干戈安能奏效？实写清流书生无为误国。全剧虽写侯生为国事奔波，但并无赞词，且处处以柳、苏义勇反衬，说明作者已注目市井，而于复社文人也不无保留。

调停，万一兄弟不和，岂不为敌人之利乎。〔外〕所说极是。今日相见，俺自有一番劝慰之言。〔小生报介〕辕门传鼓，说四镇到齐，伺候参谒。〔生下〕〔外升帐吹打开门，杂排左右仪卫介〕〔副净扮高杰，末扮黄得功，丑扮刘泽清，净扮刘良佐，俱介胄上〕只恨燕京无乐毅[⑥]，谁知江左有夷吾。〔入见，禀介〕四镇小将，叩谒阁部大元帅。〔拜介〕〔外拱手立介〕列侯请起。〔副净等俱排立介〕听候元帅将令。〔外〕本帅以阁部督师，君命隆重，大小将士俱在指挥之下。〔众〕是。〔外〕四镇乃堂堂列侯，不比寻常武弁。〔举手介〕屈尊侍坐，共议军情。〔众〕岂敢。〔外〕本帅命坐，便如军令一般，不可推辞。〔众〕是。〔揖介〕告坐了。〔副净首坐，末、丑、净依次坐介〕〔末怒视副净介〕

【混江龙】〔外〕淮南险要，江河保障势滔滔，一带奇云结阵，满目细柳垂条。铁马嘶风先突塞，犀军放弩早惊潮。[⑦]说甚么徐、常、沐、邓[⑧]，比得上绛、灌、萧、曹[⑨]。同心共把乾坤造。看古来功臣阁丹青图画，似今日列侯会剑佩弓刀。

〔末怒介〕元帅在上，小将本不该争论。〔指介〕这高杰乃投诚草寇[⑩]，有何战功，今日公然坐俺三镇之上。〔副净〕我投诚最早，年齿又尊，岂肯居尔等之下。〔丑〕此处是你汛地，我们都是客兵，连一个宾主之礼不晓得，还要统兵。〔净〕他在扬州享受繁华，尊大惯了；今日也该让咱们来享享。〔副净〕你们敢来，我就奉让。〔末〕那个是不敢来的。〔起介〕两位刘兄同我出来，即刻见个强弱。〔怒下〕〔外向副净介〕他讲的有理，你还该谦逊才是。〔副净〕小将宁死不在他们之下。〔外〕你这就大错了。

【油葫芦】四镇堂堂气象豪，倚仗着恢复北朝。看您挨肩雁序，恰似好同胞，为甚的争坐位失了同心好，斗齿牙变了协恭貌。一个眼睁睁同室操戈盾，一个怒冲冲平地起波涛。没见阵上逞威风，早已窝里相争闹，笑中兴封了一伙〔指介〕小儿曹。

不料四镇英雄，可笑如此；老夫一天高兴，却早灰冷一半也。没奈何，且出张告示，晓谕三镇，叫他各回汛地，听候调遣。〔向副净介〕你既驻扎本境，就在本帅标下做个先锋，各有执掌，他们也不敢来争闹了。〔副净〕多谢元帅。〔外〕待老夫写起告示来。〔写介〕〔内呐喊介〕〔副净不辞，出介〕〔末、丑、净持刀上〕高杰快快出来！〔副净出见介〕你青天白日，持刀呐喊，竟是反了。〔末〕我们为甚么反，只要杀你这个无礼贼子。〔副净〕你们敢在帅府门前如此放肆，难道不是无礼贼子么？〔末、丑、净赶杀副净介〕〔副净入辕门叫介〕阁部大老爷救命呀，黄、刘三贼杀入帅府来了。〔末、丑、净门外喊骂介〕〔外惊立介〕

【原评】

“以告示调停乃书生之见。”

【天下乐】俺只道塞马南来把战挑，杀声渐高，却是咱兵自鏖。这时候协力同仇还愁少，怎当的阋墙[11]鼓噪，起了个离间根苗。这才是将难调，北贼易讨。

〔吩咐介〕快请侯相公出来。〔杂向内介〕侯爷有请。〔生急上〕晚生已听的明白了。〔外〕借重高才，传俺帅令，安抚乱军。〔生〕如何安抚？〔外〕老夫有告示一纸，快去晓谕他们便了。〔生〕遵命。〔接告示出见介〕列侯请了！小弟乃本府参谋，奉阁部大元帅之命，晓谕三镇知悉：恭逢新主中兴，闯贼未讨，正我辈枕戈待旦、立功报效之时；不宜怀挟小忿，致乱大谋。俟收复中原，太平赐宴，论功叙坐，自有朝仪。目下军容匆遽[12]，凡事权宜，皆当相谅，无失旧好。兴平侯高，原镇扬、通，今即留在本帅标下，委作先锋。靖南侯黄，仍回庐、和[13]。东平侯刘，仍回淮、徐。广昌侯刘，仍回凤、泗。静听调遣，勿得抗违。军法懔然，本帅不能容情也。特谕。〔末〕我们只要杀无礼贼子，怎敢犯元帅军法。〔生〕目今辕门截杀，这就是军法难容的了。〔丑〕既是这等，不要惊着元帅，大家且散。〔净〕明日杀到高杰家里去罢。正是"国仇犹可恕，私恨最难消"。〔下〕〔生入见介〕三镇闻令，暂且散去，明日还要厮杀哩。〔外〕这却怎处？〔指副净介〕

【后庭花】高将军，你横将仇衅招，为甚的

不谦恭，妄自骄；坐了个首席乡三老，惹动他诸侯五路刀。凭仪秦[14]一番舌战巧，也不过息兵半晌饶。费调停，干焦躁；难消释，空懊恼。这情形何待瞧，那事业全去了。

〔副净〕元帅不必着急，明日和他见个输赢，把三镇人马并俺一处，随着元帅恢复中原，却亦不难也。〔外〕你说的是那里话。现今流寇北来，将渡黄河，总兵许定国[15]不能阻当，连夜告急；正要与四镇商议，发兵防河。今日一动争端，偾[16]俺大事，岂不可忧！〔副净〕他三镇也不为别的，只因扬州繁华，要来夺取，俺怎肯让他。〔外〕这话益发可笑了。

【煞尾】领着一枝兵，和他三家傲，似垒卵泰山压倒。你占住繁华廿四桥，竹西明月夜吹箫[17]；他也想隋堤[18]柳下安营巢，不教你蕃釐观独夸琼花少[19]。谁不羡扬州鹤背飘，妒杀你腰缠十万好[20]，怕明日杀声咽断广陵[21]涛。

罢，罢，罢！老夫已拚一死，更无他法；侯兄长才，只索凭你筹画了。〔生〕且看局势，再做商量。〔外、生下〕〔吹打掩门，杂俱下〕〔副净吊场介〕俺高杰也是一条好汉，难道坐以待毙不成。明早黄金坝上，点齐人马，排下阵势，等他来时，迎敌便了。正是：

龙争虎斗逞雄豪，杯酒筵边动剑刀。

刘项[22]何须成败论，将军头断不降曹[23]。

注释

❶书空殷浩：书空就是用手指在空中写字。殷浩是东晋长平人，曾经都督扬、豫、徐、兖、青五州的军事，出征姚襄，兵败后，在家整日用手指在空中写“咄咄怪事”四个字。

❷击楫中流：晋元帝时，祖逖统兵北伐，渡江，击楫宣誓要收复中原。

❸持节江皋：督军镇守江边。

❹龙骧虎啸：形容将帅的威武。骧是马昂头奔跑时的神态。

❺扬、通：扬州、南通州。

❻乐毅：战国时有名的军事家。燕昭王时，他曾率领燕、赵、楚、韩、魏五国军队攻下齐国七十多城。

❼“铁马嘶风先突塞”二句：意为这淮南一带是南北用兵必争之地。“铁马嘶风”句是说铁骑嘶风南下要先从这里突破边防。“犀军放弩”句，意为水师要在这里射退潮头，防守长江。

❽徐、常、沐、邓：徐达、常遇春、沐英、邓愈，他们都是明太祖朱元璋的功臣。

❾绛、灌、萧、曹：绛侯周勃、灌婴、萧何、曹参，他们都是汉高祖刘邦的功臣。

❿高杰乃投诚草寇：高杰原属李自成部下，后来投降官兵。

⓫阋（xì）墙：指兄弟间发生争执，形容内部冲突。

⓬匆遽：匆促、紧急。

⓭庐、和：庐州、和州。

⓮仪秦：张仪、苏秦，都是战国时有名的说客。

⓯许定国：河南太康人，明末由行伍出身，官至河南总兵。清兵南下时，他杀高杰迎降。

⓰偾（fèn）：败坏。

⓱“你占住繁华廿四桥”二句：说高杰占领扬州，享尽繁华。杜牧《扬州》诗：“二十四桥明月夜，玉人何处教吹箫。”竹西指竹西亭，在扬州北门外五里。

⓲隋堤：在今扬州。

⓳不教你蕃釐观独夸琼花少：意即不让高杰独占扬州。蕃釐观在旧扬州府城

外。琼花是一种非常珍贵的植物，从前只有蕃釐观有一株，到元时枯死。

⑳“谁不羡扬州鹤背飘”二句：殷芸《小说》载，以前有几个人围在一起谈自己的志愿，第一个要做扬州刺史官，第二个希望有许多钱，第三个想骑鹤上天。另外一个人说：“我愿腰缠十万贯，骑鹤上扬州。”这里暗用此故事寓指高杰在扬州的贪横，也寓指三镇对高杰的嫉妒。

㉑广陵：扬州。

㉒刘项：刘邦、项羽，都是秦末农民起义军的首领。

㉓将军头断不降曹：意即死也不向三镇妥协。将军头断，用严颜的故事。严颜是后汉刘璋的将官，驻守巴郡，他被张飞擒获后，张飞要他投降，他说：“我们这里只有断头的将军，没有投降的将军。”按，严颜是不降刘备，而不是不降曹，作者为了押韵，故信手拈来。

第十九出

和战

甲申五月

〔末、净、丑扮黄得功、刘良佐、刘泽清戎装，杂扮军校执旗帜器械呐喊上〕〔末〕兄弟们俱要小心着，闻得高杰点齐人马，在黄金坝上伺候迎敌。我们分作三队，依次而进。〔净〕我带的人马原少，让我挑战，两兄迎敌便了。〔末〕我的田雄[①]不曾来，我作第二队，总叫河洲[②]哥哥压哨罢。〔丑〕就是如此，大家杀向前去。〔摇旗呐喊急下〕〔副净扮高杰戎装，军校执械随上〕大小三军排开阵势，伺候迎敌。〔杂扮探卒上〕报，报，报！三家贼兵摇旗呐喊，将次到营了。〔净持大刀上〕老高快快出马，今日和你争个谁大谁小。〔副净持枪骂上〕你花马刘[③]，是咱家小兄弟，那个怕你！〔内击鼓，净、副净厮杀介〕〔副净叫介〕三军齐上，活捉了这个刘贼。〔杂上乱战介〕〔净败下〕〔末持双鞭上〕我黄闯子[④]的本领你是晓得的，快快磕头，饶你一死。〔副净〕我高老爷不稀罕你这活头，要取你那颗死头的。〔内击鼓，末、副净厮杀介〕〔副

【批注】

本折为传侯生而写，以说明南明“文争于内，武哄于外”的混乱局面。

净叫介〕三军再来。〔杂上乱战介〕〔末急介〕从来将对将，兵对兵，如何这样混战。到底是个无礼贼子，今日且输与你。〔败下〕〔丑持双刀领众喊上介〕高杰，你不要逞强，我刘河洲也带着些人马哩，咱就混战一场，有何不可。〔副净〕我翻天鹞子[5]不怕人的，凭你竖战也可，横战也可。杀，杀，杀！〔两队领众混战介〕〔生持令箭立高台，小兵持锣敲介〕〔众止杀，仰看介〕〔生摇令箭介〕阁部大元帅有令：四镇作反，皆督师之过。请先到帅府，杀了元帅，次到南京，抢了宫阙；不必在此混战，骚害平民。〔丑〕我们并不曾作反，只因高杰无礼，混乱坐次，我们争个明白，日后好参谒元帅。〔副净〕我高杰乃本标[6]先锋，怎敢作反；他们领兵来杀，只得迎敌。〔生〕不奉军令，妄行厮杀，都是反贼。明日奏闻朝廷，你们自去分辩罢。〔丑〕朝廷是我们迎立的，元帅是朝廷差来的，我们违了军令，便是叛了朝廷，如何使得。情愿束身待罪，只求元帅饶恕。〔生〕高将军，你如何说？〔副净〕我高杰是元帅犬马，犯了军法，只听元帅处分。〔生〕既如此说，速传黄、刘二镇，同赴辕门，央求元帅。〔丑〕二镇败走，各回汛地去了。〔生〕你淮、扬两镇，唇齿之邦，又无宿嫌，为何听人指使。快快前去，候元帅发落。〔众兵下〕〔生下台〕〔丑、副净同行，到介〕〔生〕已到辕门了，两位将军在外等候，待俺传进去。〔稍迟

即出介〕元帅有令：四镇擅相争夺，皆当军法从事；但高将军不知礼体，挑嫌起衅，罪有所归，着与三镇服礼。俟解和之日，再行处分。

【香柳娘】劝将军自思，劝将军自思，祸来难救，负荆⑦早向辕门叩。〔副净恼介〕我高杰乃元帅标下先锋，元帅不加护庇，倒叫与三镇服礼，可不羞死人也。罢，罢，罢！看来元帅也不能用俺了，不免领兵渡江，另做事业去。这屈辱怎当，这屈辱怎当，渡过大江头，事业从新做。〔唤介〕三军快来，随俺前去。〔众兵上，呐喊摇旗随下〕〔丑望介〕呀，呀，呀！高杰竟要过江了，想江南有他的党与，不日要领来与俺厮闹；俺也早去约会黄、刘二镇，多带人马，到此迎敌。笑力穷远走，笑力穷远走，长江洗羞，防他重来作寇。

〔丑下〕〔生呆介〕不料局势如此，叫俺怎生收救。

【前腔】恨山河半倾，恨山河半倾，怎能重构；人心瓦解忘恩旧。〔南望介〕那高杰竟是反了。看扬扬渡江，看扬扬渡江，旗帜乱中流，直入南徐⑧口。〔北望介〕那刘泽清也急忙北去，要约会三镇人马，同来迎敌。这烟尘遍有，这烟尘遍有，好叫俺元帅搔头，参谋搓手。

〔行介〕且去回覆了阁部，再作计较。正是：

堂堂开府辖通侯⑨，江北淮南数上游⑩。

只恐楼船与铁马，一时都羡好扬州。

【批注】

山河半倾，人心瓦解，复社文人竟也束手无策。

注释

❶田雄：明朝总兵，是黄得功的部将。清兵下江南时，雄缚福王投降。

❷河洲：刘泽清的别号。

❸花马刘：刘良佐的绰号。

❹黄闯子：黄得功的绰号。

❺翻天鹞子：高杰的绰号。

❻本标：元帅的本部。

❼负荆：肉袒负荆，谢罪的意思。

❽南徐：今江苏镇江。

❾通侯：汉朝武将的爵位。开府辖通侯，指史可法统率四镇。

❿江北淮南数上游：意为史可法统辖的江北淮南一带，算是上游形势的地方。

第二十出

移防

甲申六月

【锦上花】〔副净扮高杰领众执械上〕策马欲何之？策马欲何之？江锁坚城，弩射雄师。①且收兵，且收兵，占住这扬州市。

俺高杰领兵渡江，要抢苏、杭，不料巡抚郑瑄，操舟架炮，堵住江口，没奈何又回扬州；但不知黄、刘三镇，此时何往。〔杂扮报卒上〕报上将军，黄、刘三镇会齐人马，南来迎敌，前哨已到高邮了。〔副净〕阿呀！不好了！南下不得，北上又不能，好叫俺进退两难。〔想介〕罢，罢！还到史阁部辕门，央他的老体面，替俺解救罢。〔行介〕

【前腔】速去乞恩慈，速去乞恩慈，空忝羞颜，答对何辞。这才是，这才是，自作孽，天教死。

〔内喊介〕〔副净领众走下〕

【捣练子】〔外扮史可法从人上〕局已变，势难支，踌躅中夜少眠时。〔生上〕自叹经纶空满纸。

【原评】

"和不成则移之，移高兵并移侯生，侯生移而香君守矣。男女之离合与国家兴亡相关，故并为传出。"

〔外向生介〕世兄，你看高杰不辞而去，三镇又不遵军法；俺本标人马，为数无几，怎能守得住江北。眼看大事已去，奈何，奈何！〔生〕闻得巡抚郑瑄，堵住江口，高杰不能南下，又回扬州来了。〔外〕那三镇如何？〔生〕三镇知他退回，会齐人马，又来迎敌，前哨已到高邮了。〔外愁介〕目前局势更难处矣。

【玉抱肚】三百年事，是何人掀翻到此；只手儿怎擎青天，却莱兵[②]总仗虚词。〔合〕烟尘满眼野横尸，只倚扬州兵一枝。

〔丑扮中军官传鼓介〕〔杂问介〕门外击鼓，有何军情？〔丑〕将军高杰，领兵到辕，求见元帅。〔外〕他果然来了。传他进来，看他有何话说。〔外升帐，开门，左右排列介〕〔副净急跑上介〕小将高杰，擅离汛地，罪该万死。求元帅开恩饶恕！〔外〕你原是一介乱民，朝廷许你投诚，加封侯爵，不曾薄待了你。为何一言不合，竟自反去；及至渡江不得，又投辕门。忽而作反，忽而投诚，把个作反投诚，当做儿戏，岂不可恨！本该军法从事，姑念你悔罪之速，暂且饶恕。〔副净叩头起介〕〔外问介〕你还有何说？〔副净又跪介〕前日擅离汛地，只为不肯服礼。今三镇知俺回来，又要交战，小将虽强，独力怎支，还望元帅解救。〔向生央介〕侯先生替俺美言一句。〔生〕你不肯服礼，叫元帅如何处断？〔外〕正是，事到今日，本帅也不能偏护了。

【批注】

只手难擎，孤军难守，是封建王朝没落时必然出现的现象，也是史可法无可避免的悲剧命运。作者企图以此回答明朝三百年基业败于何人的问题，还只看到它表面的现象。

【前腔】争论坐次，动干戈不知进止。他三家鼎足称雄，你孤军危命如丝。〔合前〕〔副净〕元帅不肯解救，小将宁可碎首辕门，断不拜他下风。〔生〕你那黄金坝上威风那里去了？〔副净〕那时他没带人马，俺用全军混战，因而取胜。今日三家卷土齐来，小将不得不临事而惧矣。〔生〕小生倒有个妙计，只怕你不肯依从。〔副净〕除了服礼，都依都依。〔生〕目今流贼南下，将渡黄河，许定国不能阻当，连夜告急。元帅正要发兵防河，你何不奉命前往，坐镇开、洛③；既解目前之围，又立将来之功。他三镇知你远去，也不能兴无名之师了。将军以为何如？〔副净低头思介〕待我商量。〔内呐喊介〕〔外〕城外杀声震天，是何处兵马？〔丑报介〕黄、刘三镇，领兵到城，要与高将军厮杀哩。〔副将惧介〕这怎么处，只得听元帅调遣了。〔外〕既然肯去，速传军令，晓谕三镇。〔拔令箭丢地介〕〔丑拾令箭跪介〕〔外〕高杰无礼，本当军法从事，但时值用人之际，又念迎驾之功，暂且饶恕，罚往开、洛防河，将功赎罪，今日已离扬州。三镇各释小嫌，共图大事，速速回汛，听候调遣。〔丑〕得令。〔下〕〔外指高杰介〕高将军，高将军，只怕你的性气，到处不能相安哩。

【前腔】黄河难恃，劝将军谋终虑始。那许定国也不是个安静的。须提防酒前茶后，软刀枪怎斗雄雌。〔合前〕

〔向生介〕防河一事，乃国家要着，我看高将军勇多谋少，倘有疏虞，罪坐老夫。仔细想来，河南原是贵乡，吾兄日图归计，路阻难行，何不随营前往；既遂还乡之愿，又好监军防河，且为桑梓造福，岂非一举而三得乎。〔生〕多谢美意，就此辞过元帅，收拾行装，即刻起程便了。〔副净〕一同告辞罢。〔拜别介〕〔外向生介〕参谋此去，便如老夫亲身防河一般；只恐势局叵测，须要十分小心，老夫专听好音也。正是：人事无常争胜负，天心有定管兴亡。〔下〕〔吹打掩门〕〔生、副净出介〕〔副净〕侯先生，你听杀声未息，只怕他们前面截杀。〔生〕无妨也，他们知你移防，怒气已消，自然散去的。况且三镇之兵，俱走东路，我们点齐人马，直出北门，从天长、六合[4]，竟奔河南，有何阻当。〔众兵旗仗伺候介〕〔副净〕就此起程。〔行介〕

【朝元令】〔生〕乡园系思，久断平安字；乌栖一枝，郁郁难居此。结伴还乡，白云如驶，遂了三年归志。〔副净〕统着全师，烟城柳驿行参差；莫逞旧雄姿，函关偷度[5]时。〔合〕扬州倒指，看不见平山萧寺[6]，平山萧寺。

〔副净〕落日林梢照大旗，〔生〕从军北去慰乡思。

〔副净〕黄河曲里防秋[7]将，〔生〕好似英雄末路时。

注释

❶“江锁坚城”二句：意为巡抚郑瑄凭长江的形势，坚守苏州，并架炮防守江口。

❷莱兵：春秋时孔子跟鲁定公和齐君在夹谷相会，齐君使莱人以兵劫鲁公，赖孔子的一番话把莱兵退去。

❸开、洛：开封、洛阳。

❹天长、六合：天长，安徽地名；六合，江苏地名。

❺函关偷度：用战国时齐孟尝君田文偷度秦函谷关的故事，表示偷越敌人的防线。函关即函谷关，在河南灵宝西南。

❻平山萧寺：平山堂，在扬州西北蜀冈上，宋朝欧阳修盖。萧寺即佛寺，相传梁武帝萧衍造了许多佛寺，因此后人有称佛寺作萧寺的。

❼防秋：古时西北各游牧部族往往趁秋高马肥时南侵，因此中原王朝也要在这时候加强边防力量，这叫作防秋。

闰二十出

闲话

甲申七月

〔内鸣金播鼓呐喊介〕〔外扮老官人，白巾麻衣背包裹急上〕戎马消何日，乾坤剩此身；白头江上客，红泪自沾巾。〔立住大哭介〕〔小生扮山人背行李上〕日淡村烟起，江寒雨气来。〔丑扮贾客背行李上〕年年经过路，离乱使人猜。〔小生见丑介〕请了，我们都是上南京的，天色将晚，快些趱行。〔丑〕正是兵荒马乱，江路难行，大家作伴才好。〔指外介〕那个老者为何立住了脚，只顾啼哭？〔小生问外介〕老兄想是走错了路，失迷什么亲人了。〔外摇手介〕不是，不是。俺是从北京下来的，行到河南，遇着高杰兵马，受了无限惊恐。刚得逃生，渡过江来，看见满路都是逃生奔命之人，不觉伤心恸哭几声。〔掩泪介〕〔小生〕原来如此，可怜，可叹！〔丑〕既是北京下来的，俺正要问问近日的消息，何不同宿村店，大家谈谈。〔外〕甚妙，我老腿无力，也要早歇哩。〔小生指介〕这座村店稍有墙壁，就此同宿了罢。〔让介〕请进。〔同入介〕

【批注】

从七出以来，尽皆兵戎政事，至此才喘一口气。作者于豆棚闲话中寄兴亡之感，同时又承前启后，使前后针线密、衔接紧。

〔外仰看介〕好一架豆棚。〔小生〕大家放下行李，便坐这豆棚之下，促膝闲话也好。〔同放行李，坐介〕〔副净扮店主人上〕村店新泥壁，田家老瓦盆。〔问介〕众位客官，还用晚饭么？〔众〕不消了。〔小生〕烦你买壶酒来，削瓜剥豆，我与二位解解困乏罢。〔外向小生介〕怎好取扰？〔丑向外介〕四海兄弟，却也无妨；待用完此酒，咱两个再回敬他。〔副净取酒、菜上〕〔三人对饮介〕〔外问介〕方才都是路遇，不曾请教尊姓大号，要到南京有何贵干？〔小生〕在下姓蓝名瑛，字田叔，是西湖画士，特到南京访友的。〔丑〕在下是蔡益所，世代南京书客，才从江浦索债回来的。〔问外介〕老兄是从北京下来的了；敢问高姓大名，有甚急事，这等狼狈？〔外〕不瞒二位说，下官姓张名薇[1]，原是锦衣卫堂官。〔丑惊介〕原来是位老爷，失敬了。〔小生问介〕为何南来？〔外〕三月十九日，流贼攻破北京，崇祯先帝缢死煤山，周皇后也殉难自尽。下官走下城头，领了些本管校尉，寻着尸骸，抬到东华门外，买棺收殓，独自一个戴孝守灵。〔小生〕那旧日的文武百官，那里去了？〔外〕何曾看见一人。那时闯贼搜查朝官，逼索兵饷，将我监禁夹打。我把家财尽数与他，才放我守灵戴孝。别个官儿走的走，藏的藏，或被杀，或下狱，或一身殉难，或阖门死节。〔小生〕有这样忠臣，可敬，可敬。〔外〕还有进朝称贺，

【原评】

“张道士、蔡益所、蓝田叔皆下本结场之人，而此上本末折方令出场，笔意高绝。又两结场皆是中元，皆鬼神之事。又全折但用科白，不填一曲，是异样变化文字。”

【原评】

“《哭主》一折止报北京之失，而帝后殉国，流贼破城始末皆于此折补出，虽补笔也，实小结场法。”

做闯贼伪官的哩。〔丑〕有这样狗彘，该杀，该杀。〔外掩泪介〕可怜皇帝、皇后两位梓宫[2]，丢在路旁，竟没人偢睬。〔小生、丑俱掩泪介〕〔外〕直到四月初三日，礼部奉了伪旨，将梓宫抬送皇陵。我执幡送殡，走到昌平州；亏了一个赵吏目，纠合义民，捐钱三百串，掘开田皇妃[3]旧坟，安葬当中。下官就看守陵旁，早晚上香。谁想五月初旬，大兵进关[4]，杀退流贼，安了百姓，替明朝报了大仇；特差工部查宝泉局[5]内铸的崇祯遗钱，发买工料，从新修造享殿碑亭，门墙桥道，与十二陵[6]一般规模。真是亘古希有的事。下官也没等工完，亲手题了神牌，写了墓碑，连夜走来，报与南京臣民知道，所以这般狼狈。〔小生〕难得，难得！若非老先生在京，崇祯先帝竟无守灵之人。〔丑问介〕但不知太子二王[7]，今在何处？〔外〕定、永两王，并无消息；闻太子渡海南来，恐亦为乱兵所害矣。〔掩泪介〕〔小生问介〕闻得北京发书一封与阁部史可法，责备亡国将相，不去奔丧哭主，又不请兵报仇。史公答了回书，特着左懋第[8]披麻扶杖，前去哭临，老先生可晓得么？〔外〕下官半路相遇，还执手恸哭了一场的。〔内作大风雷声介〕〔副净掌灯急上〕大雨来了，快些进房罢。〔众起，以袖遮头入房介〕好雨，好雨。〔外〕天色已晚，下官该行香了。〔丑问介〕替那个行香？〔外〕大行皇帝未满周年，下官现穿孝服，每早每晚要行香哭拜的。〔取包裹出香炉、香盒，设几上介〕〔洗手介〕〔望北两拜介〕〔跪上香介〕大行皇帝呀，大行皇帝呀！今日七月十五，孤臣张薇，叩头上香了。〔内作大风雷不止介〕〔外伏地放声大哭介〕〔小生呼丑介〕过来，过来，我两个草莽之臣[9]，也该随拜举哀的。〔小生、丑同跪，陪哭介〕〔哭毕，俱叩头起，又两拜介〕〔小生〕老先生远路疲倦，早早安歇了罢。〔外〕正是，各人自便了。〔各解行李卧倒介〕〔小生〕窗外风雨益发不住，明早如何登程？〔外〕老天的阴晴，人也料他不定。〔丑问介〕请问老爷，方才说的那些殉节文武，都有姓名么？〔外〕问他怎的？〔丑〕我小铺中要编成唱本，传示四方，叫万人景仰他哩。〔外〕好，好！下官写有手折，明日取出奉送罢。〔丑〕多谢！〔小生〕那些投顺闯贼，不忠不义的姓名，也该流传，叫人唾骂。〔外〕都有抄本，一总奉上。〔丑〕更妙。〔俱作睡熟介〕〔内作众鬼号呼介〕〔外惊听介〕奇怪，奇怪！窗外风雨声中，又有哀苦号呼之声，是何物类？〔杂扮阵亡厉鬼，跳叫上〕〔外隔窗看介〕怕人，怕人！都是些没头折足阵亡厉鬼，为何到此？〔众鬼下〕〔外睡倒介〕〔内作细乐警跸[10]声介〕〔外惊听介〕窗外又有人马鼓乐声，待我开门看来。〔起看介〕〔杂扮文武冠带骑马，幡幢细乐引导，扮帝后乘舆上〕〔外惊出跪迎介〕万岁，万岁，万万岁！孤臣张薇恭迎圣驾。〔众下〕〔外起呼介〕皇帝，皇后，何处巡游，我孤臣张薇不能随驾了。〔又拜哭介〕〔小生、丑醒问介〕天已发亮，老爷怎的又哭起来，想是该上早香了。〔外掩泪介〕奇事，奇事！方才睡去，听得许多号呼之声，隔窗张看，都是些阵亡厉鬼。〔小生〕是了，昨夜乃中元赦罪之期，想是赴盂兰会[11]的。〔外〕这也没相干，还有奇事哩。〔丑〕还有什么奇事？〔外〕后来又听的人马鼓吹之声，我便开门出看，明明见崇祯先帝同着周皇后乘舆东行，引导的文武官员，都是殉难忠臣；前面奏着细乐，排着仪仗，像个要升天的光景。我伏俯路旁，送驾过去，不觉失声大哭起来。〔小生〕有这等异事。先皇帝、先皇后自然是超升天界的，也还是张老爷一片至诚，故此特特显圣。〔外〕下官今日发一愿心，要到明年七月十五日，在南京胜境，募建水陆道场，修斋追荐，并脱度一切冤魂，二位也肯随喜[12]么？〔丑〕老爷果能做此好事，俺们情愿搭醮[13]。〔外〕好人，好人。到南京时，或买书，或求画，不时要相会的。〔丑〕正是。〔小生〕大家收拾行李作别罢。〔各背行李下〕

雨洗鸡笼[14]翠，江行趁晓凉，
乌啼荒冢树，槐落废宫墙。
帝子魂何弱，将军气不扬，
中原垂老别，恸哭过沙场。

【批注】

作者在此，让崇祯亡灵在幡幢细乐引导下从舞台走过，并让张薇涕泪滂沱，高呼万岁，这和卷四之末立崇祯牌位一样，都反映了明代遗民的亡国之痛。

注释

❶张薇：字瑶星，上元人，明末任锦衣卫千户官，明亡隐居南京城外栖霞山中，著有《玉气剑光集》。

❷梓宫：皇帝或皇后的棺材。

❸田皇妃：明思宗的妃子，死于崇祯十五年五月，葬昌平。

❹大兵进关：指清兵入关。

❺宝泉局：明代国家铸钱的机关。

❻十二陵：明代从成祖到熹宗十二朝皇帝的陵，都在昌平。

❼太子二王：明思宗的太子朱慈烺及永王慈炤、定王慈炯。

❽左懋第：明末莱阳人，字萝石，崇祯进士。福王时，曾任应天、徽州府的巡抚。清兵连破李自成军队，他被派去跟清兵议和，被清兵扣留。南京失陷后，他不屈而死。

❾草莽之臣：不在朝任官的臣子。

❿警跸：由侍卫呼喝，禁止行人在车驾前后往来，叫作警跸。

⓫盂兰会：世俗在七月十五日，邀请和尚结盂兰会，诵经，说是可以对鬼魂施舍。

⓬随喜：佛家语，本取见人行善事，随之而生欢喜心之意。一般用作布施的代语。

⓭搭醮：参加一份斋醮。

⓮鸡笼：山名，即鸡笼山，在江苏南京北。

加二十一出

孤吟

康熙甲子八月

【天下乐】〔副末毡巾道袍，扮老赞礼上〕雨洗秋街不动尘，青山红树满城新。谁家剩有闲金粉，撒与歌楼照镜人[①]？

老客无家恋，名园杯自劝。朝朝贺太平，看演《桃花扇》。〔内问〕老相公又往太平园，看演《桃花扇》么？〔答〕正是。〔内问〕昨日看完上本，演的何如？〔答〕演的快意，演的伤心，无端笑哈哈，不觉泪纷纷。司马迁作史笔，东方朔上场人。只怕世事含糊八九件，人情遮盖两三分。〔行唱介〕

【甘州歌】流光箭紧，正柳林蝉噪，荷沼香喷。轻衫凉笠，行到水边人困；西窗乍惊连夜雨，北里[②]重消一枕魂。梧桐院，砧杵村[③]，青苔虫语不堪闻。闲携杖，漫出门，宫槐满路叶纷纷。

【前腔】鸡皮瘦损，看饱经霜雪，丝鬓如银。伤秋扶病，偏带旅愁客闷；欢场那知还剩我，老境翻嫌多此身。儿孙累，名利奔，一般流

【批注】

这是下本演出前的引子，全用词曲，以烘托悲剧气氛。

【批注】

作者在上本开场时自说“实事实人，有凭有据”，下本开场时又说不免含糊、遮盖。合而观之，方不至片面。

水付行云。诸侯怒，丞相嗔，无边衰草对斜曛。

【前腔】〔换头〕望春不见春，想汉宫图画，风飘灰烬。棋枰客散，黑白胜负难分；南朝古寺王谢坟，江上残山花柳阵。人不见，烟已昏，击筑[4]弹铗与谁论。黄尘变，红日滚，一篇诗话易沉沦。

【前腔】〔换头〕难寻吴宫旧舞茵[5]，问开元遗事，白头人尽[6]。云亭词客，阁笔几度酸辛；声传皓齿曲未终，泪滴红盘蜡已寸。袍笏[7]样，墨粉痕，一番妆点一番新。文章假，功业诨，逢场只合酒沾唇。[8]

【余文】老不羞，偏风韵，偷将拄杖拨红裙。那管他扇底桃花解笑人。

当年真是戏，今日戏如真。

两度旁观者，天留冷眼人。

那马士英又早登场，列位请看。〔拱下〕

注释

❶金粉：铅粉，妇女的化妆品。歌楼照镜人即歌妓，这里指演唱《桃花扇》的优伶。

❷北里：一般指妓女聚居的地方，这里疑别有所指。

❸砧杵村：砧是捣衣石，杵是捣衣的木槌。砧杵村表现秋天乡村的景象，因为天气凉了，妇女捣衣的多了。

❹击筑：筑是一种像筝的乐器，用竹来敲击发声。击筑典出战国高渐离送荆轲的故事，多借以表达悲壮之意。

❺吴宫旧舞茵：暗用吴王宠西施的故事。

❻“问开元遗事”二句：“开元遗事”指唐玄宗遗事。元稹《行宫》：“寥落古行宫，宫花寂寞红。白头宫女在，闲坐说玄宗。”这里用开元遗事比喻南明遗事，但用意比元稹《行宫》更深一层，是说要问南明遗事，连白头宫女也找不到了。

❼袍笏：指古代大臣上朝时的朝服和手板。

❽“文章假”三句：意为人世间的文章功业，都是假的，只有逢场行乐最合算。这是一种寓于旷达之中的牢骚话。

第二十一出

媚座

甲申十月

【菊花新】〔净冠带扮马士英，外扮长班从人喝道上〕调和鼎鼐[①]费心机，别户分门[②]恩济威；钻火燃寒灰[③]，这燮理阴阳非细。

下官马士英，官居首辅，权握中枢。天子无为，从他闭目拱手；相公养体[④]，尽咱吐气扬眉。那朱紫半朝，只不过呼朋引党；这经纶满腹，也无非报怨施恩。人都说养马成群，滚尘不定[⑤]；他怎知立君由我，杀人何妨。〔笑介〕这几日太平无事，又且早放红梅，设席万玉园中，会些亲戚故旧，但看他趋奉之多，越显俺尊荣之至。人生行乐耳，须富贵此时。〔叫介〕长班，今日下的是那几位请帖？〔外〕都是老爷同乡。有兵部主事杨文骢，佥都御史越其杰，新推漕抚田仰，光禄寺卿阮大铖，这几位老爷。〔净疑介〕那阮大铖不是同乡呀。〔外〕他常对人说是老爷至亲。〔净笑介〕相与不同，也算的个至亲了。〔吩咐介〕今日不是外客，就在这梅花书屋设席罢。〔外〕是！〔净〕天已过午，快去请客。〔外〕不用去请，俱在门房

【原评】

"上本之末皆写草创争斗之状，下本之首皆写偷安宴游之情。争斗则朝宗分其忧，宴游则香君罹其苦，一生一旦为全本纲领，而南朝之治乱系焉。香君一生谁合之，谁离之，谁害之，谁救之，作好作恶者皆龙友也。昔贤云：'善且不为，而况乎恶?'龙友多事，殊不可解。传中不即不离，能写其神。"

候着哩。只传他一声，便齐齐进来了。〔传介〕老爷有请！〔末、副净忙上〕阍人[6]片语千钧重，相府重门万里深。〔进见足恭介〕〔净〕我道是谁。〔向末介〕杨妹丈是咱内亲，为何也不竟进？〔末〕如今亲不敌贵了。〔净〕说那里话。〔向副净介〕圆老一向来熟了的，为何也等人传？〔副净〕府体尊严，岂敢冒昧。〔净〕这就见外了。〔让净告坐，打恭介〕

【好事近】〔净〕吾辈得施为，正好谈心花底；兰友瓜戚，门外不须倒屣[7]。休疑，总是一班桃李，相逢处把臂倾杯，何必拘冠裳套礼。俺肯堂堂相府，宾从疏稀。

【批注】

本出用素描工笔写南明官僚丑态。马、阮、杨三人各具性格，须眉毕现，表现了作者现实主义艺术的高度，不徒以史事翔实见长。

〔茶到让净先取，打恭介〕〔净〕今日天气微寒，正宜小饮。〔副净、末打恭介〕正是。〔净〕才下朝来，日已过午；昼短夜长，差了三个时辰了。〔副净、末打恭介〕是，是！皆老师相调燮之功也。〔吃茶完，让净先放茶杯，打恭介〕〔净问外介〕怎么越、田二位还不见到？〔外〕越老爷痔漏发了，早有辞帖；田老爷明日起身，打发家眷上船，夜间才来辞行。〔净〕罢了，吩咐排席。〔吹打，排三席，安座介〕〔副净、末谦恭告坐介〕〔入座饮介〕

【泣颜回】〔净〕朝罢袖香微，换了轻裘朱履；阳春十月，梅花早破红蕊。南朝雅客，半闲堂[8]且说风流嘴；拚长宵读画评诗，叹吾党知心有几。

【批注】

自比南宋的贾似道。

〔副净问介〕相府连日宴客，都是那几位年翁？〔净〕总是吾党，但不如两公风雅耳。〔末问介〕是谁？〔净唤介〕长班拿客单来看。〔外〕客单在此。〔副净接看介〕张孙振、袁宏勋、黄鼎、张捷、杨维垣⑨。〔末〕果然都是大有经济的。〔净〕个个是学生提拔，如今皆成大僚了。〔副净打恭介〕晚生等已废之员，还蒙起用；老师相为国吐握，真不啻周公矣⑩。〔净〕岂敢。〔拱介〕二位不比他人，明日嘱托吏部，还要破格超升。〔末打恭介〕〔副净跪介〕多谢提拔。〔净拉起介〕

【前腔】〔副净、末〕提携，铩羽忽高飞，剑出丰城狱底⑪。随朝待漏⑫，犹如狗续貂尾。华筵一饮，出公门，满面春风起；这恩荣锡衮封圭，不比那登龙御李⑬。

〔起介〕〔净〕撤了大席，安排小酌，我们促膝谈心。〔设一席，更衣围坐介〕〔净〕也不再把盏了。〔副净、末〕岂敢重劳。〔杂扮二价献赏封介〕〔净摇手介〕不必，不必！花间雅集，又无梨园，怎么行这官席之礼。〔副净〕舍下小班，日日得闲，为何不唤来承应。〔净〕圆老见惯的，另请别客，借来领教罢。

【太平令】妙部⑭新奇，见惯司空自品题。〔副净〕是，是！名园山水清音美，又何用丝竹随。

〔末笑介〕从来名花倾国，缺一不可。今日红梅之下，梨园可省，倒少不了一声“晓风残

【批注】

以客单介绍奸党人物，简洁明白。

月”哩。

【前腔】半放红梅，只少韦娘一曲[15]催。〔净大笑介〕妹丈多情，竟要做个苏州刺史了。苏州刺史魂消矣，想一个丽人陪。

〔净〕这也容易。〔吩咐介〕叫长班传几名歌妓，快来伺候。〔外〕禀老爷，要旧院的，要珠市[16]的？〔净向末介〕请教杨姑老爷。〔末〕小弟物色已多，总无佳者；只有旧院李香君，新学《牡丹亭》，倒还唱得出。〔净吩咐介〕长班快去唤来！〔外应下〕〔副净问末介〕前日田百源[17]用三百金，要娶做妾的，想是他了？〔末〕正是。〔净问末介〕为何不娶去？〔末〕可笑这个呆丫头，要与侯朝宗守节，断断不从。俺往说数次，竟不下楼，令我扫兴而回。〔净怒介〕有这样大胆奴才。

【风入松】不知开府爪牙威，杀人如同虱虮。笑他命薄烟花鬼，好一似蛾扑灯蕊。〔副净〕这都是侯朝宗教坏的，前番辱的晚生也不浅。〔净大怒介〕了不得，了不得！一位新任漕抚，拿银三百，买不去一个妓女。岂有此理！难道是珍珠一斛，偏不能换蛾眉。[18]

〔副净〕田漕台是老师相的乡亲，被他羞辱，所关不小。〔净〕正是，等他来时，自有处法。〔外上〕禀老爷，小人走到旧院，寻着香君，他推托有病，不肯下楼。〔净寻思介〕也罢！叫长班家人，拿着衣服财礼，竟去娶他。

【前腔】不须月老几番催，一霎红丝联喜，花花彩轿门前挤，不少欠分毫茶礼。莫管他鸨子肯不肯，竟将香君拉上轿子，今夜还送到田漕抚船上。惊的他迷离似痴，只当烟波上遇湘妃。

〔外等急应下〕〔副净喜介〕妙，妙！这才燥脾。〔末〕天色太晚，我们告辞罢。〔净〕正好快谈，为何就去？〔副净〕动劳久陪，晚生不安。〔俱起打恭介〕〔净〕还该远送一步。〔副净、末〕不敢。〔连打三恭〕〔净先入内介〕〔副净〕难得令舅老师相在乡亲面上，动此义举；龙老也该去帮一帮。〔末〕如何去帮？〔副净〕旧院是你熟游之处，竟去拉下楼来，打发起身便了。〔末〕也不可太难为他。〔副净怒介〕这还便益了他。想起前番，就处死这奴才，难泄我恨。

【批注】

两句话分出两个人物来。

【尾声】当年旧恨重提起，便折花损柳心无悔。那侯朝宗空梳栊了一番。看今日琵琶抱向阿谁[19]？

〔副净〕封侯夫婿[20]几时归，〔末〕独守妆楼掩翠帏。

〔副净〕不解巫山风力猛，〔末〕三更即换雨云衣。

【批注】

龙友究竟不同于阮胡子。

注释

❶调和鼎鼐：鼎鼐是古代烹调饮食的两种铜器。我国古典文学作品里习惯用

和羹来比喻执政大臣在政治上的调度。

❷别户分门：指在政治上分成门户、宗派。

❸钻火燃寒灰：意为使魏阉余党死灰复燃。

❹相公养体：相公指宰相。养体，见《孟子·告子上》，本是养其大体的意思，这大体指一个人的心志。这里讽刺马士英把它误解，以为由他吐气扬眉，便是养体。

❺“养马成群”二句：这是南明的谚语，讽刺马士英结党成群，混乱朝局。

❻阍人：守门人。

❼“兰友瓜戚”二句：兰友指知心的朋友，瓜戚指有瓜葛关系的亲戚，倒屣表示对宾客的欢迎。古人脱屣席地而坐，当好朋友来时，急起迎接，有时连屣都倒穿了。二句的意思是，彼此都是至亲好友，用不着出门迎接。

❽半闲堂：南宋末年，宰相贾似道在杭州西湖葛岭建筑半闲堂，并在其中塑自己的像，大小朝政都在那里决定。

❾张孙振、袁宏勋、黄鼎、张捷、杨维垣：这几个人都是马士英、阮大铖的私党。

❿“为国吐握”二句：吐握指吐哺握发。周公对伯禽说：“我为了及时接待贤士，洗一回头要握发三次；吃一顿饭要吐哺三次。”阮大铖借此奉承马士英，说他比周公还重视贤才。

⓫“铩（shā）羽忽高飞”二句：铩羽指羽毛摧落，不能高飞，一般用来比喻失志。剑出丰城狱底典出雷焕的故事。传说晋朝雷焕为丰城县令，在丰城狱底掘出龙泉、太阿两柄宝剑。这两句意为失志的人又得到高升，埋没了的贤才被重新发掘出来。

⓬待漏：古代大臣们入朝以前要在待漏院等待。

⓭“这恩荣锡衮封圭”二句：锡即赐。衮在这里指古代上公的礼服；圭是古代诸侯所执的玉。锡衮封圭，意即受封很高的爵位。登龙即登龙门，东汉的李膺有贤名，士大夫被他接见的，身价即大大提高，因此被称作登龙门。荀爽去拜候他，并为他驾御车马，回家后对人说：“今日乃得御（驾御车马）李君矣！”“御李”就指这个故事。这两句意为他们这种封官拜爵的恩荣，不是那登龙御李的光荣所可比的。

⓮妙部：部即菊部，也是乐部。妙部指很好的戏班。

⑮韦娘一曲：与下文“苏州刺史”都是用刘禹锡“司空见惯”的典故。

⑯珠市：南京另一个妓馆集中的地方，在南京内桥旁。

⑰田百源：田仰。

⑱“难道是珍珠一斛”二句：蛾眉是美人的代词。据说石崇曾用珍珠三斛买美女绿珠为妾。

⑲看今日琵琶抱向阿谁：琵琶别抱本指妇女再嫁，这句是看今日香君再嫁给谁的意思。典同白居易《琵琶行》。

⑳封侯夫婿：指侯方域。

第二十二出

守楼

甲申十月

〔外、小生拿内阁灯笼、衣、银跟轿上〕天上从无差月老，人间竟有错花星[1]。〔外〕我们奉老爷之命，硬娶香君，只得快走。〔小生〕旧院李家母子两个，知他谁是香君。〔末急上呼介〕转来同我去罢。〔外见介〕杨姑老爷肯去，定娶不错了。〔同行介〕月照青溪水，霜沾长板桥。来此已是，快快叫门。〔叫门介〕〔杂扮保儿上〕才关后户，又开前庭；迎官接客，卑职驿丞[2]。〔问介〕那个叫门？〔外〕快开门来。〔杂开门惊介〕呵呀！灯笼火把，轿马人夫，杨老爷来夸官了。〔末〕哇！快唤贞娘出来。〔杂大叫介〕妈妈出来，杨老爷到门了。〔小旦急上问介〕老爷从那里赴席回来么？〔末〕适在马舅爷相府，特来报喜。〔小旦〕有什么喜？〔末〕有个大老官来娶你令爱哩。〔指介〕

【渔家傲】你看这彩轿青衣门外催，你看这三百花银，一套绣衣。〔小旦惊介〕是那家来娶，怎不早说？〔末〕你看灯笼大字成双对，是中

【原评】

"《却奁》一折，写香君之有为；《守楼》一折，写香君之有守。"

【批注】

在一批亡国士大夫醉生梦死之中，写一个妓女的有为有守，表现了作家民主思想的进步倾向与鲜明的爱憎感情。

堂[3]阁内。〔小旦〕就是内阁老爷自己娶么？〔末〕非也。漕抚田公，同乡至戚，赠个佳人捧玉杯。

〔小旦〕田家亲事，久已回断，如何又来歪缠？〔小生拿银交介〕你就是香君么，请受财礼。〔小旦〕待我进去商量。〔外〕相府要人，还等你商量；快快收了银子，出来上轿罢。〔末〕他怎敢不去，你们在外伺候，待我拿银进去，催他梳洗。〔末接银，杂接衣，同小旦作进介〕〔小生、外〕我们且寻个老表子燥脾去。〔俱暂下〕〔小旦、末、杂作上楼介〕〔末唤介〕香君睡下不曾？〔旦上〕有甚紧事，一片吵闹。〔小旦〕你还不知么？〔旦见末介〕想是杨老爷要来听歌。〔小旦〕还说甚么歌不歌哩。

【剔银灯】忙忙的来交聘礼，凶凶的强夺歌妓；对着面一时难回避，执着名别人谁替。〔旦惊介〕唬杀奴也！又是那个天杀的？〔小旦〕还是田仰，又借着相府的势力，硬来娶你。堪悲，青楼薄命，一霎时杨花乱吹。

〔小旦向末介〕杨老爷从来疼俺母子，为何下这毒手？〔末〕不干我事，那马瑶草知你拒绝田仰，动了大怒，差一班恶仆登门强娶。下官怕你受气，特为护你而来。〔小旦〕这等多谢了，还求老爷始终救解。〔末〕依我说三百财礼，也不算吃亏；香君嫁个漕抚，也不算失所；你有多大本事，能敌他两家势力？〔小旦思介〕杨老爷

【原评】

"来人之错认，妙；贞娘之含糊，妙；龙友之调停，妙。皆为错娶张本。"

说的有理，看这局面，拗不去了。孩儿趁早收拾下楼罢！〔旦怒介〕妈妈说那里话来！当日杨老爷作媒，妈妈主婚，把奴嫁与侯郎，满堂宾客，谁没看见。现收着定盟之物。〔急向内取出扇介〕这首定情诗，杨老爷都看过，难道忘了不成？

【摊破锦地花】案齐眉[④]，他是我终身倚，盟誓怎移。宫纱扇现有诗题，万种恩情，一夜夫妻。〔末〕那侯郎避祸逃走，不知去向；设若三年不归，你也只顾等他么？〔旦〕便等他三年；便等他十年；便等他一百年；只不嫁田仰。〔末〕呵呀！好性气，又像摘翠脱衣骂阮圆海的那番光景了。〔旦〕可又来，阮、田同是魏党，阮家妆奁尚且不受，倒去跟着田仰么？〔内喊介〕夜已深了，快些上轿，还要赶到船上去哩。〔小旦劝介〕傻丫头！嫁到田府，少不了你的吃穿哩。〔旦〕呸！我立志守节，岂在温饱。忍寒饥，决不下这翠楼梯。

〔小旦〕事到今日，也顾不得他了。〔叫介〕杨老爷放下财礼，大家帮他梳头穿衣。〔小旦替梳头，末替穿衣介〕〔旦持扇前后乱打介〕〔末〕好利害，一柄诗扇，倒像一把防身的利剑。〔小旦〕草草妆完，抱他下楼罢。〔末抱介〕〔旦哭介〕奴家就死不下此楼。〔倒地撞头晕卧介〕〔小旦惊介〕呵呀！我儿苏醒，竟把花容，碰了个稀烂。〔末指扇介〕你看血喷满地，连这诗扇都溅坏了。〔拾扇付杂介〕〔小旦唤介〕保儿，扶

【批注】

原评曰：“取扇在手，看者着眼。”这说明作者已注意到人物的贯串性。

【批注】

血溅诗扇，表现香君宁死不屈的性格，即借以贯串全部剧情。

起香君，且到卧房安歇罢。〔杂扶旦下〕〔内喊介〕夜已三更了，诓去银子，不打发上轿，我们要上楼拿人哩。〔末向楼下介〕管家略等一等；他母子难舍，其实可怜的。〔小旦急介〕孩儿碰坏，外边声声要人，这怎么处？〔末〕那宰相势力，你是知道的，这番羞了他去，你母子不要性命了。〔小旦怕介〕求杨老爷救俺则个。〔末〕没奈何，且寻个权宜之法罢！〔小旦〕有何权宜之法？〔末〕娼家从良，原是好事，况且嫁与田府，不少吃穿，香君既没造化，你倒替他享受去罢。〔小旦急介〕这断不能。一时一霎，叫我如何舍得。〔末怒介〕明日早来拿人，看你舍得舍不得。〔小旦呆介〕也罢！叫香君守着楼，我去走一遭儿。〔想介〕不好，不好，只怕有人认得。〔末〕我说你是香君，谁能辨别。〔小旦〕既是这等，少不得又妆新人了。〔忙打扮完介〕〔向内叫介〕香君我儿，好好将息，我替你去了。〔又嘱介〕三百两银子，替我收好，不要花费了。〔末扶小旦下楼介〕

【批注】

一句嘱托，令人感到格外悲凉，又要她收好三百两银子，仍是鸨儿声口。

【麻婆子】〔小旦〕下楼下楼三更夜，红灯满路辉；出户出户寒风起，看花未必归。

〔小生、外打灯抬轿上〕好，好，新人出来了，快请上轿。〔小旦别末介〕别过杨老爷罢。〔末〕前途保重，后会有期。〔小旦〕老爷今晚且宿院中，照管孩儿。〔末〕自然。〔小旦上轿介〕萧郎从此路人窥，侯门再出岂容易。[5]〔行介〕舍了笙歌队，今夜伴阿谁。

〔俱下〕〔末笑介〕贞丽从良，香君守节，雪了阮兄之恨，全了马舅之威！将李代桃，一举四得，倒也是个妙计。〔叹介〕只是母子分别，未免伤心。

匆匆夜去替蛾眉，一曲歌同易水悲⑥。

燕子楼中人卧病，灯昏被冷有谁知。

【原评】

“传奇中多有错娶，亦属厌套。此折错娶，却是新文。”

注释

❶花星：《帝京景物略》“女怕花星照”，表示婚姻的征兆、男女风情的纠葛。

❷驿丞：掌管驿站的官，经常要迎官接客，因此保儿拿他来自比。

❸中堂：唐朝在中书省设政事堂，是宰相办事的地方，后人因此称宰相作中堂。

❹案齐眉：形容夫妻相敬。案是一种食具，东汉时梁鸿的妻子孟光每次吃饭都举案齐眉，表示对梁鸿的尊敬。

❺“萧郎从此路人窥”二句：这两句是李贞丽引崔郊的故事来说明自己这一入田府，恐怕再难出来。崔郊是唐元和间秀才，他姑母有一个非常美丽的婢女，卖给连帅。崔郊十分想念这位婢女，为她写了一首诗，末了二句是“侯门一入深如海，从此萧郎是路人”。萧郎是唐代一般美好男子的通称。

❻一曲歌同易水悲：借用战国荆轲与太子丹在易水分别的故事来形容李香君母女的分别。

第二十三出

寄扇

甲申十一月

【**醉桃源**】〔旦包帕病容上〕寒风料峭透冰绡，香炉懒去烧。血痕一缕在眉梢，胭脂红让娇。孤影怯，弱魂飘，春丝命一条[①]。满楼霜月夜迢迢，天明恨不消。

【批注】

一场大搏斗后，继以悲切的抒情，以静衬动，以悲助壮，中外悲剧，往往皆然。

〔坐介〕奴家香君，一时无奈，用了苦肉之计，得遂全身之节。只是孤身只影，卧病空楼，冷帐寒衾，无人作伴，好生凄凉。

【**北新水令**】冻云残雪阻长桥，闭红楼冶游人少。栏杆低雁字[②]，帘幕挂冰条；炭冷香消，人瘦晚风峭。

奴家虽在青楼，那些花月欢场，从今罢却了。

【**驻马听**】绣户萧萧，鹦鹉呼茶声自巧；香闺悄悄，雪狸[③]偎枕睡偏牢。榴裙裂破舞风腰，鸾靴剪碎凌波靿；愁多病转饶[④]，这妆楼再不许风情闹。

【批注】

冷寂孤弱，一齐袭来。

想起侯郎匆匆避祸，不知流落何所；怎知奴家独住空楼，替他守节也。〔起唱介〕

【沉醉东风】 记得一霎时娇歌兴扫，半夜里浓雨情抛；从桃叶渡头寻，向燕子矶边找，乱云山风高雁杳。那知道梅开有信，人去越遥；凭栏凝眺，把盈盈秋水，酸风冻了。

可恨恶仆盈门，硬来娶俺；俺怎肯负了侯郎。

【雁儿落】 欺负俺贱烟花薄命飘飖，倚着那丞相府忒骄傲。得保住这无瑕白玉身，免不得揉碎如花貌。

最可怜妈妈替奴当灾，飘然竟去。〔指介〕你看床榻依然，归来何日。

【得胜令】 恰便似桃片逐雪涛，柳絮儿随风飘；袖掩春风面，黄昏出汉朝[5]。萧条，满被尘无人扫；寂寥，花开了独自瞧。

说到这里，不觉一阵酸心。〔掩泪坐介〕

【乔牌儿】 这肝肠似搅，泪点儿滴多少。也没个姊妹闲相邀，听那挂帘栊的钩自敲。

独坐无聊，不免取出侯郎诗扇，展看一回。〔取扇介〕嗳呀！都被血点儿污坏了，这怎么处。

【甜水令】 你看疏疏密密，浓浓淡淡，鲜血乱蘸。不是杜鹃抛；是脸上桃花做红雨儿飞落[6]，一点点溅上冰绡。

侯郎，侯郎！这都是为你来。

【折桂令】 叫奴家揉开云髻，折损宫腰；睡昏昏似妃葬坡平，血淋淋似妾堕楼高[7]。怕旁人呼号，舍着俺软丢答的魂灵没人招。银镜里朱霞

【批注】

九曲联唱，反复咏叹，思前想后，十分悲切。

残照，鸳枕上红泪春潮。恨在心苗，愁在眉梢，洗了胭脂，涴了鲛绡。

一时困倦起来，且在妆台盹睡片时。〔压扇睡介〕〔末扮杨文骢便服上〕认得红楼水面斜，一行衰柳带残鸦。〔净扮苏昆生上〕银筝象板佳人院，风雪今同处士家。〔末回头见介〕呀！苏昆老也来了。〔净〕贞丽从良，香君独住，放心不下，故此常来走走。〔末〕下官自那日打发贞丽起身，守了香君一夜，这几日衙门有事，不能脱身；方才城东拜客，便道一瞧。〔入介〕〔净〕香君不肯下楼，我们上去一谈罢。〔末〕甚好。〔登楼介〕〔末指介〕你看香君抑郁病损，困睡妆台，且不必唤他。〔净看介〕这柄扇儿展在面前，怎么有许多红点儿？〔末〕此乃侯兄定情之物，一向珍藏不肯示人，想因面血溅污，晾在此间。〔抽扇看介〕几点血痕，红艳非常，不免添些枝叶，替他点缀起来。〔想介〕没有绿色怎好？〔净〕待我采摘盆草，扭取鲜汁，权当颜色罢。〔末〕妙极！〔净取草汁上〕〔末画介〕叶分芳草绿，花借美人红。〔画完介〕〔净看喜介〕妙，妙！竟是几笔折枝桃花。〔末大笑指介〕真乃桃花扇也。〔旦惊醒见介〕杨老爷、苏师父都来了，奴家得罪。〔让坐介〕〔末〕几日不曾来看，额角伤痕渐已平复了。〔笑介〕下官有画扇一柄，奉赠妆台。〔付旦扇介〕〔旦接看介〕这是奴的旧扇，血迹腌臜，看他怎的。〔入袖介〕〔净〕

【批注】

龙友妙想妙手，遂成千古必传之妙事，亏作者想得出。

扇头妙染，怎不赏鉴。〔旦〕几时画的？〔末〕得罪，得罪！方才点坏了。〔旦看扇叹介〕咳！桃花薄命，扇底飘零。多谢杨老爷替奴写照了。

【锦上花】一朵朵伤情，春风懒笑；一片片消魂，流水愁漂。[8]摘的下娇色，天然蘸好；便妙手徐熙[9]，怎能画到。樱唇上调朱，莲腮上临稿，写意儿几笔红桃。补衬些翠枝青叶，分外夭夭，薄命人写了一幅桃花照。

〔末〕你有这柄桃花扇，少不得个顾曲周郎；难道青春守寡，竟做个入月嫦娥不成。〔旦〕说那里话，那关盼盼也是烟花，何尝不在燕子楼中，关门到老。〔净〕明日侯郎重到，你也不下楼么？〔旦〕那时锦片前程，尽俺受用，何处不许游耍，岂但下楼。〔末〕香君这段苦节，今世少有。〔向净介〕昆老看师弟之情，寻着侯郎，将他送去，也省俺一番悬挂。〔净〕是，是！一向留心访问，知他随任史公，住淮半载。自淮来京，自京到扬，今又同着高兵防河去了。晚生不日还乡，顺便找寻。〔向旦介〕须得香君一书才好。〔旦向末介〕奴家言出无文，求杨老爷代写罢。〔末〕你的心事，叫俺如何写得出。〔旦寻思介〕罢，罢！奴的千愁万苦，俱在扇头，就把这扇儿寄去罢。〔净喜介〕这封家书，倒也新样。〔旦〕待奴封他起来。〔封扇介〕

【碧玉箫】挥洒银毫[10]，旧句他知道；点染红么[11]，新画你收着。便面[12]小，血心肠一万条；

【批注】

寓意由此点出。

【原评】

“步步引导，逼出寄扇，匠心奇巧之文。”

手帕儿包，头绳儿绕，抵过锦字书[13]多少。

〔净接扇介〕待我收好了，替你寄去。〔旦〕师父几时起身？〔净〕不日束装了。〔旦〕只望早行一步。〔净〕晓得。〔末〕我们下楼罢。〔向旦介〕香君保重。你这段苦节，说与侯郎，自然来娶你的。〔净〕我也不再来别了。正是：新书远寄桃花扇。〔末〕旧院常关燕子楼。〔下〕〔旦掩泪介〕妈妈不归，师父又去，妆楼独闭，益发凄凉了。

【鸳鸯煞】 莺喉歇了南北套，冰弦住了陈隋调[14]；唇底罢吹箫，笛儿丢，笙儿坏，板儿掠。只愿扇儿寄去的速，师父束装得早；三月三刘郎到了[15]，携手儿下妆楼，桃花粥吃个饱。

书到梁园[16]雪未消，青溪一道阻春潮。

桃根桃叶无人问，丁字帘[17]前是断桥。

【原评】

“借血点作桃花，千古新奇之事，既新矣奇矣，安得不传。既传矣，遂将离合兴亡之故付于鲜血数点中。闻《桃花扇》之名者，羡其最艳最韵，而不知其最伤心、最惨目也。”

注释

❶春丝命一条：生命好像春天的游丝一样柔弱。

❷栏杆低雁字：意为望到栏杆外低低的雁行。

❸雪狸：白猫。

❹转饶：更多的意思。

❺“袖掩春风面”二句：暗用汉朝昭君出塞的故事，来比喻李贞丽被迫远嫁田仰。

❻“不是杜鹃抛”二句：传说杜鹃的啼声很凄苦，甚至啼到口里流出血来。李贺《将进酒》诗：“桃花乱落如红雨。”这里借来形容李香君的头破血流。

❼“睡昏昏似妃葬坡平”二句：借用杨贵妃在马嵬坡被迫自缢的故事来形容

香君的卧病。晋石崇的爱妾绿珠，不从孙秀，跳楼而死，这里借其典故来形容香君的被逼毁容。

❽“一朵朵伤情”四句：这四句都是形容扇上桃花的娇艳，前二句暗用崔护“桃花依旧笑春风”诗意，后二句暗用杜甫“轻薄桃花逐水流”诗意。

❾徐熙：南唐画家，善画花树竹木之类，尤其擅长画花果。

❿银毫：笔。

⓫红么：么是骰子的一点，红点，故称红么，这里即指扇上桃花。

⓬便面：团扇，因便于遮面，所以叫作便面。

⓭锦字书：指前秦苏蕙寄给丈夫的织锦回文诗。苏蕙因知晓丈夫窦滔做官时爱上别人，心里很难过，就将自己所写的二百多首回文诗织成锦寄给他。

⓮陈隋调：指陈隋时所流行的《玉树后庭花》《春江花月夜》等曲调。

⓯刘郎到了：疑借用刘晨在天台山遇到仙女的故事。

⓰梁园：本是西汉时梁孝王的园地，这里借指侯方域的家乡中州归德。

⓱丁字帘：地名，在南京利涉桥畔，明时为妓女聚居的地方。

第二十四出

骂筵

乙酉正月

【缕缕金】〔副净扮阮大铖吉服上〕风流代，又遭逢，六朝金粉样，我偏通。管领烟花，衔名供奉[①]。簇新新帽乌衬袍红，皂皮靴绿缝，皂皮靴绿缝。

〔笑介〕我阮大铖，亏了贵阳相公破格提挈，又取在内庭供奉；今日到任回来，好不荣耀。且喜今上性喜文墨，把王铎补了内阁大学士，钱谦益[②]补了礼部尚书。区区不才，同在文学侍从之班；天颜日近，知无不言。前日进了四种传奇，圣心大悦，立刻传旨，命礼部采选宫人，要将《燕子笺》被之声歌，为中兴一代之乐。我想这本传奇，精深奥妙，倘被俗手教坏，岂不损我文名。因而乘机启奏："生口不如熟口，清客强似教手。"圣上从谏如流，就命广搜旧院，大罗秦淮，拿了清客妓女数十余人，交与礼部拣选。前日验他色艺，都只平常，还有几个有名的，都是杨龙友旧交，求情免选，下官只得勾去。昨见贵阳相公说道："教演新戏是圣上心事，难道不选

【批注】

此为全剧高潮，正邪势力直接交锋，先写马、阮得意之状，接着写在马、阮演戏的考验面前，有的顺从，有的逃避，惟香君能拼死骂筵。进一步表现其崇高品格。

好的，倒选坏的不成。”只得又去传他，尚未到来。今乃乙酉新年人日[3]佳节，下官约同龙友，移樽赏心亭；邀俺贵阳师相，饮酒看雪。早已吩咐把新选的妓女，带到席前验看。正是：花柳笙歌隋事业，谈谐裙屐晋风流。〔下〕

【黄莺儿】〔老旦扮卞玉京道妆背包急上〕家住蕊珠宫[4]，恨无端业海风[5]，把人轻向烟花送。喉尖唱肿，裙腰舞松，一生魂在巫山洞。俺卞玉京，今日为何这般打扮，只因朝廷搜拿歌妓，逼俺断了尘心。昨夜别过姊妹，换上道妆，飘然出院，但不知那里好去投师。望城东云山满眼，仙界路无穷。

〔飘飘下〕〔副净、外、净扮丁继之、沈公宪、张燕筑三清客上〕

【皂罗袍】〔副净〕正把秦淮箫弄，看名花好月，乱上帘栊。风纸[6]签名唤乐工，南朝天子春心动。我丁继之年过六旬，歌板久抛；前日托过杨老爷，免我前往，怎的今日又传起来了。〔外净〕俺两个也都是免过的，不知又传，有何话说。〔副净拱介〕两位老弟，大家商量，我们一班清客，感动皇爷，召去教歌，也不是容易的。〔外净〕正是。〔副净〕二位青年上进，该去走走，我老汉多病年衰，也不望甚么际遇了。今日我要躲过，求二位遮盖一二。〔外〕这有何妨，太公钓鱼，愿者上钩。〔净〕是，是！难道你犯了王法，定要拿去审问不成。〔副净〕既然

【批注】

玉京和继之是香君侯生最终皈依之师，故先去了，写在这里正是忙里偷闲，足见安排之妙。

如此，我老汉就回去了。〔回行介〕急忙回首，青青远峰；逍遥寻路，森森乱松。〔顿足介〕若不离了尘埃，怎能免得牵绊。〔袖出道巾、黄绦换介〕〔转头呼介〕二位看俺打扮罢，道人醒了扬州梦⑦。

〔摇摆下〕〔外〕咦！他竟出家去了，好狠心也。〔净〕我们且坐廊下晒暖，待他姊妹到来，同去礼部过堂。〔坐地介〕〔小旦扮寇白门，丑扮郑妥娘，杂扮差役跟上〕〔小旦〕桃片随风不结子。〔丑〕柳绵浮水又成萍⑧。〔望介〕你看老沈老张不约俺一声儿，先到廊下向暖，我们走去，打他个耳刮子。〔相见，诨介〕〔外问杂介〕又传我们到那里去？〔杂〕传你们到礼部过堂，送入内庭教戏。〔外〕前日免过俺们了。〔杂〕内阁大老爷不依，定要借重你们几个老清客哩。〔净〕是那几个？〔杂〕待我瞧瞧票子。〔取票看介〕丁继之、沈公宪、张燕筑。〔问介〕那姓丁的如何不见？〔外〕他出家去了。〔杂〕既出了家，没处寻他，待我回官罢！〔向净、外介〕你们到了的，竟往礼部过堂去。〔净〕等他姊妹们到齐着。〔杂〕今日老爷们秦淮赏雪，吩咐带着女客，席上验看哩。〔外、净〕既是这等，我们先去了。正是：传歌留乐府，擫笛傍宫墙⑨。〔下〕〔杂看票问小旦介〕你是寇白门么？〔小旦〕是。〔杂问丑介〕你是卞玉京么？〔丑〕不是，我是老妥。〔杂〕是郑妥娘了。〔问介〕那

【原评】

"寇、郑二妓才来，若俗笔必以寇、郑陪玉京，如沈、张之陪继之矣。"

下玉京呢？〔丑〕他出家去了。〔杂〕咦！怎么出家的都配成对儿。〔问介〕后边还有一个脚小走不上来的，想是李贞丽了？〔小旦〕不是，李贞丽从良去了！〔杂〕我方才拉他下楼，他说是李贞丽，怎的又不是？〔丑〕想是他女儿顶名替来的。〔杂〕母子总是一般，只少不了数儿就好了。〔望介〕他早赶上来也。

【原评】

"不与郑、寇同行是香君身分。"

【忒忒令】〔旦〕下红楼残腊雪浓，过紫陌早春泥冻；不惯行走，脚儿十分痛。传凤诏，选蛾眉，把丝鞭，骑骄马；催花使乱拥。

奴家香君，被捉下楼，叫去学歌，是俺烟花本等，只有这点志气，就死不磨。〔杂喊介〕快些走动！〔旦到介〕〔小旦〕你也下楼了，屈尊，屈尊。〔丑〕我们造化，就得服侍皇帝了。〔旦〕情愿奉让罢。〔同行介〕〔杂〕前面是赏心亭了，内阁马老爷，光禄阮老爷，兵部杨老爷，少刻即到。你们各人整理伺候。〔杂同小旦、丑下〕〔旦私语介〕难得他们凑来一处，正好吐俺胸中之气。

【前腔】赵文华陪着严嵩[⑩]，抹粉脸席前趋奉；丑腔恶态，演出真鸣凤[⑪]。俺做个女祢衡，挝渔阳，声声骂，看他懂不懂。

【批注】

比喻既妙又符合歌妓身份。

〔净扮马士英，副净扮阮大铖，末扮杨文骢，外、小生扮从人喝道上〕〔旦避下〕〔副净〕琼瑶楼阁朱微抹。〔末〕金碧峰峦粉细勾。〔净〕好一派雪景也。〔副净〕这座赏心亭，原是看雪之所。〔净〕怎么原是看雪之所？〔副净〕宋真宗曾出周昉雪图，赐与丁谓。说道："卿到金陵，可选一绝景处张之。"因建此亭。〔净看壁介〕这壁上单条，想是周昉雪图了。〔末〕非也。这是画友蓝瑛新来见赠的。〔净〕妙，妙！你看雪压钟山，正对图画，赏心胜地，无过此亭矣。〔末吩咐介〕就把炉、榼、游具，摆设起来。〔外、小生设席坐介〕〔副净向净介〕荒亭草具，恃爱高攀，着实得罪了。〔净〕说那里话。可笑一班小人，奉承权贵，费千金盛设，十分丑态，一无所取，徒传笑柄。〔副净〕晚生今日扫雪烹茶，清谈攀教，显得老师相高怀雅量，晚生辈也免了几笔粉抹。〔净〕呵呀！那戏场粉笔，最是利害⑫，一抹上脸，再洗不掉；虽有孝子慈孙，都不肯认做祖父的。〔末〕虽然利害，却也公道，原以儆戒无忌惮之小人，非为我辈而设。〔净〕据学生看来，都吃了奉承的亏。〔末〕为何？〔净〕你看前辈分宜相公严嵩，何尝不是一个文人，现今《鸣凤记》里抹了花脸，着实丑看。岂非赵文华辈奉承坏了。〔副净打恭介〕是，是！老师相是不喜奉承的，晚生惟有心悦诚服而已。〔末〕请酒！〔同举杯介〕〔副净问外介〕选的妓女，可曾叫到了么？〔外禀介〕叫到了。〔杂领众妓叩头介〕〔净细看介〕〔吩咐介〕今日雅集，用不着他们，叫他礼部过堂去罢。〔副净〕特令到此伺候酒席的。〔净〕留下那个年小的罢。

【批注】

马正说吃了奉承的亏，阮就以"老师相不喜奉承"来奉承他，写尽吹牛拍马者的用心。

〔众下〕〔净问介〕他唤什么名字？〔杂禀介〕李贞丽。〔净笑介〕丽而未必贞也。〔笑向副净介〕我们扮过陶学士了，再扮一折党太尉何如？[13]〔副净〕妙，妙！〔唤介〕贞丽过来斟酒唱曲。〔旦摇头介〕〔净〕为何摇头？〔旦〕不会。〔净〕呵呀！样样不会，怎称名妓。〔旦〕原非名妓。〔掩泪介〕〔净〕你有甚心事，容你说来。

【江儿水】〔旦〕妾的心中事，乱似蓬，几番要向君王控。拆散夫妻惊魂迸，割开母子鲜血涌，比那流贼还猛。做哑装聋，骂着不知惶恐。

〔净〕原来有这些心事。〔副净〕这个女子却也苦了。〔末〕今日老爷们在此行乐，不必只是诉冤了。〔旦〕杨老爷知道的，奴家冤苦，也值当不的一诉。

【五供养】堂堂列公，半边南朝，望你峥嵘。出身希贵宠，创业选声容，后庭花[14]又添几种。把俺胡撮弄，对寒风雪海冰山，苦陪觞咏[15]。

〔净怒介〕哇！这妮子胡言乱道，该打嘴了。〔副净〕闻得李贞丽，原是张天如、夏彝仲辈品题之妓，自然是放肆的。该打，该打！〔末〕看他年纪甚小，未必是那个李贞丽。〔旦恨介〕便是他待怎的！

【玉交枝】东林伯仲[16]，俺青楼皆知敬重。干儿义子从新用，绝不了魏家种。〔副净〕好大胆，骂的是那个，快快采去丢在雪中。〔外采旦推倒介〕〔旦〕冰肌雪肠原自同，铁心石腹何愁

【批注】

香君正揭着奸人痛处，有此痛骂，愧煞多少文臣武将。

冻。〔副净〕这奴才，当着内阁大老爷，这般放肆，叫我们都开罪了。可恨，可恨！〔下席踢旦介〕〔末起拉介〕〔净〕罢，罢！这样奴才，何难处死，只怕妨了俺宰相之度。〔末〕是，是！丞相之尊，娼女之贱，天地悬绝，何足介意。〔副净〕也罢！启过老师相，送入内庭，拣着极苦的脚色，叫他去当。〔净〕这也该的。〔末〕着人拉去罢！〔杂拉旦介〕〔旦〕奴家已拚一死。吐不尽鹃血满胸，吐不尽鹃血满胸。

〔拉旦下〕〔净〕好好一个雅集，被这奴才搅乱坏了。可笑，可笑！〔副净、末连三揖介〕得罪，得罪！望乞海涵，另日竭诚罢。〔净〕兴尽宜回春雪棹。〔副净〕客羞应斩美人头[17]。〔净、副净从人喝道下〕〔末吊场介〕可笑香君才下楼来，偏撞两个冤对，这场是非免不了的；若无下官遮盖，香君性命也有些不妥哩。罢，罢！选入内庭，倒也省了几日悬挂；只是媚香楼无人看守，如何是好？〔想介〕有了，画友蓝瑛托俺寻寓，就接他暂住楼上；待香君出来，再作商量。

赏心亭上雪初融，煮鹤烧琴宴巨公[18]。

恼杀秦淮歌舞伴，不同西子入吴宫。

【原评】

“骂筵一折，比之《四声猿·渔阳三弄》尤觉痛快。哄丁侦戏之辱，仅及于阮，非此一骂，而马竟漏网。”

注释

❶衔名供奉：供奉是指以文学、技艺供奉内廷的官。衔指官衔。

❷钱谦益：字受之，号牧斋，常熟人，弘光时官礼部尚书。南京陷，他投降

了清朝。

❸乙酉新年人日：乙酉为南明弘光二年，即1645年。人日是正月初七。

❹蕊珠宫：神仙居住的地方。

❺业海风：业海是佛界用语，意为世人造成种种罪业，无量无边，有如大海。业海风指从业海吹来的风。

❻凤纸：凤诏，指代皇帝的诏书。

❼道人醒了扬州梦：意为他已从歌舞繁华中清醒过来。

❽柳绵浮水又成萍：我国古来传说，以为浮萍是柳绵入水所化的。

❾擫（yè）笛傍宫墙：用唐李谟的故事。李谟爱好音乐，唐玄宗在宫里奏乐时，他拿笛子在宫墙外偷听，把曲调都记下来。擫笛，用手按笛子。

❿赵文华陪着严嵩：严嵩，明代江西人，弘治年间进士，累官至太子太师，和儿子严世蕃、私党赵文华等恃宠揽权。御史杨继盛因劾他十大罪、五奸，被他害死。后来他被御史邹应龙等人弹劾，罢职为民。

⓫鸣凤：《鸣凤记》传奇，相传为明朝王世贞撰，演杨继盛劾严嵩事。

⓬那戏场粉笔，最是利害：我国戏曲里演曹操、严嵩等奸臣的，要用粉笔开大白脸，因此马士英说他“利害”。

⓭“我们扮过陶学士了”二句：陶学士指陶谷，字秀实，历仕晋、汉，至周为翰林学士。入宋历任礼、刑、户三部尚书。他曾得宋太尉党进的家姬。一天，陶谷用雪水烹茶，问那家姬：“党家有这样的风味吗?”那家姬答道：“他是粗人，只知道在销金帐下浅斟低唱，饮羊羔美酒，哪有这种风味。”这里引用这个典故，拿陶学士和党太尉代表雅、俗不同的两种生活。

⓮后庭花：歌曲名，传为陈后主作。陈后主经常和贵妃、学士、狎客写诗听曲，不理国事，以致亡国。因此后人一般以《后庭花》指亡国之音。

⓯觞咏：饮酒赋诗。

⓰伯仲：本指兄弟，这里意指朋党。

⓱客羞应斩美人头：《史记·平原君列传》载，平原君的美人在楼上看见一个跛子，不觉大笑。跛子告诉平原君，平原君没有理他。门下食客以为他“爱色而贱士”，稍稍散去。平原君为此斩了美人的头，送给跛子谢罪。

⓲煮鹤烧琴宴巨公：煮鹤烧琴指煞风景的事情。巨公指大官。

第二十五出

选优

乙酉正月

〔场上正中悬一匾，书“薰风殿”，两旁悬联，书“万事无如杯在手，百年几见月当头”。款书“东阁大学士臣王铎奉敕书”〕〔外扮沈公宪，净扮张燕筑，小旦扮寇白门，丑扮郑妥娘同上〕〔外〕天子多情爱沈郎①。〔净〕当年也是画眉张②。〔小旦〕可怜一树白门柳。〔丑〕让我风流郑妥娘。〔外〕我们被选入宫，伺候两日，怎么还不见动静。〔净仰看介〕此处是薰风殿，乃奏乐之所；闻得圣驾将到，选定脚色，就叫串戏哩。〔外〕如何名薰风殿？〔净〕你不晓得，琴曲里有一句“南风之薰兮”，取这个意思。〔丑〕呸！你们男风兴头，要我们女客何用。〔小旦〕我们女客得了宠眷，做个大嫔妃，还强如他男风哩。〔丑〕正是，他男风得了宠眷，到底是个小兄弟。〔净〕好徒弟，骂及师父来了。〔外〕咱们掌了班时，不要饶他。〔净〕谁肯饶他。明日教动戏，叫老妥试试我的鼓槌子罢。〔丑嗤笑，指介〕你老张的鼓槌子，我曾试过，没相干的。

【原评】

“此折写香君入宫与侯郎隔绝，所谓离合之情也。而南朝君臣荒淫景态一一摹出，岂非兴亡之感乎。”科诨庸俗。

〔众笑介〕〔副净冠带扮阮大铖上〕

【绕地游】 汉宫如画，春晓珠帘挂，待粉蝶黄莺打。歌舞西施，文章司马，厮混了红袖乌纱。

〔见介〕你们俱已在此，怎的不见李贞丽？〔小旦〕他从雪中一跌，至今忍痛，还卧在廊下哩。〔副净〕圣驾将到，选定脚色，就要串戏；怎么由得他的性儿。〔众〕是，是，俺们拉他过来。〔同下〕〔副净自语介〕李贞丽这个奴才，如此可恶，今日净、丑脚色，一定借重他了。〔杂扮二内监执龙扇前引，小生扮弘光帝，又扮二监提壶捧盒，随上〕〔小生〕满城烟树间梁陈，高下楼台望不真。原是洛阳花里客[3]，偏来管领秣陵春。〔坐介〕寡人登极御宇，将近一年，幸亏四镇阻当，流贼不能南下；虽有叛臣倡议欲立潞藩[4]，昨已捕拿下狱。目今外侮不来，内患不生，正在采选淑女，册立正宫，这也都算小事；只是朕独享帝王之尊，无有声色之奉，端居高拱[5]，好不闷也。〔副净跪介〕光禄寺卿臣阮大铖恭请万安。〔小生〕平身。〔副净起介〕

【掉角儿】〔小生〕看阳春残雪早花，蹙愁眉慵游倦耍。〔副净〕圣上安享太平，正宜及时行乐；慵游倦耍，却是为何？〔小生〕朕有一桩心事，料你也应晓得。〔副净〕想怕流贼南犯？〔小生〕非也。阻隔着黄河雪浪，那怕他天汉浮槎[6]。〔副净〕想愁兵弱粮少？〔小生〕也不是。

【批注】

本应十分担心的事，却并不关心，这是辛辣的讽刺手法。

俺有那镇淮阴诸猛将，转江陵大粮艘，有甚争差。〔副净〕既不为内外兵马，想是正宫未立，配德无人？〔小生〕也不为此。那礼部钱谦益，采选淑女，不日册立。有三妃九嫔，教国宜家。〔副净〕又不为此，臣晓得了。〔私奏介〕想因叛臣周镳、雷缜祚，倡造邪谋，欲迎立潞王耳。〔小生〕益发说错了。那奸人倡言惑众，久已搜拿。

〔副净低头沉吟介〕却是为何？〔小生〕卿供奉内庭，乃朕心腹之臣，怎不晓得朕的心事。〔副净跪介〕圣虑高深，臣衷愚昧，其实不能窥测。伏望明白宣示，以便分忧。〔小生〕朕谕你知道罢，朕贵为天子，何求不遂。只因你所献《燕子笺》，乃中兴一代之乐，点缀太平，第一要事；今日正月初九，脚色尚未选定，万一误了灯节，岂不可恼！〔指介〕你看阁学王铎书的对联道："万事无如杯在手，百年几见月当头。"一年能有几个元宵，故此日夜踌蹰，饮膳俱减耳。〔副净〕原来为此，巴里之曲，有廑[7]圣怀，皆微臣之罪也。〔叩头介〕臣敢不鞠躬尽瘁，以报主知。〔起唱介〕

【前腔】忝卿僚填词辨挝[8]，备供奉诙谐风雅。恨不能腮描粉墨，也情愿怀抱琵琶。但博得歌筵前垂一顾，舞茵边受寸赏[9]，御酒龙茶，三生侥幸，万世荣华。这便是为臣经济，报主功阀[10]。

【批注】

周、雷二公被逮，南朝大狱也，虽非正传，而于行乐之时，亦先为说出。凡题外闲文，皆有原委。读《桃花扇》者当处处留神也。

【批注】

阮大铖故意装傻以讨昏君欢心，又是深刻讥讽处。

〔前问介〕但不知内庭女乐，少何脚色？〔小生〕别样脚色，都还将就得过，只有生、旦、小丑不惬朕意。〔副净〕这也容易，礼部送到清客、歌妓，现在外厢，听候拣选。〔小生〕传他进来。〔副净〕领旨。〔急入领外、净、旦、小旦、丑上〕〔俱跪介〕〔小生问外、净介〕你二人是串戏清客么？〔外、净〕不敢，小民串戏为生。〔小生〕既会串戏，新出传奇也曾串过么？〔外、净〕新出的《牡丹亭》《燕子笺》《西楼记》[11]，都曾串过。〔小生〕既会《燕子笺》，就做了内庭教习罢。〔外、净叩头介〕〔小生问介〕那三个歌妓，也会《燕子笺》么？〔小旦、丑〕也曾学过。〔小生喜介〕益发妙了。〔问旦介〕这个年小的，怎不答应？〔旦〕没学。〔副净跪介〕臣启圣上，那两个学过的，例应派做生、旦。这一个没学的，例应派做丑脚。〔小生〕既有定例，依卿所奏。〔小旦、丑、旦叩头介〕〔小生〕俱着起来，伺候串戏。〔俱起介〕〔丑背喜介〕还是我老妥做了天下第一个正旦。〔小生向副净介〕卿把《燕子笺》摘出一曲，叫他串来，当面指点。〔外、净、小旦、丑随意演《燕子笺》一曲，副净作态指点介〕〔小生喜介〕有趣，有趣！都是熟口，不愁扮演了。〔唤介〕长侍斟酒，庆贺三杯。〔杂进酒，小生饮介〕〔小生起介〕我们君臣同乐，打一回十番何如？〔副净〕领旨。〔小生〕寡人善于打鼓，你们各认乐器。〔众打雨夹雪一套，

【批注】

歌舞升平尽写热闹，愈如此愈令人生悲，此即中国悲剧乐极生悲之法。

完介]〔小生大笑介〕十分忧愁消去九分了。〔唤介〕长侍斟酒，再庆三杯。〔杂进酒，小生饮介〕

【前腔】旧吴宫重开馆娃[12]，新扬州初教瘦马[13]。淮阳鼓昆山弦索，无锡口姑苏娇娃。[14]一件件闹春风，吹暖响，斗晴烟，飘冷袖，宫女如麻。红楼翠殿，景美天佳。都奉俺无愁天子[15]，语笑喧哗。

〔看旦介〕那个年小歌妓，美丽非常，派做丑脚，太屈他了。〔问介〕你这个年小歌妓，既没学《燕子笺》，可曾学些别的么？〔旦〕学过《牡丹亭》。〔小生〕这也好了，你便唱来。〔旦羞不唱介〕〔小生〕看他粉面发红，像是腼腆；赏他一柄桃花宫扇，遮掩春色。〔杂掷红扇与旦介〕〔旦持扇唱介〕

【懒画眉[16]】为甚的玉真重溯武陵源，也只为水点花飞在眼前。是他天公不费买花钱，则咱人心上有啼红怨。咳！辜负了春三二月天。

〔小生喜介〕妙绝，妙绝！长侍斟酒，再庆三杯。〔杂进酒，小生饮介〕〔指旦介〕看此歌妓，声容俱佳，岂可长材短用；还派做正旦罢。〔指丑介〕那个黑色的，倒该做丑脚。〔副净〕领旨。〔丑撅嘴介〕我老妥又不妥了。〔小生向副净介〕你把生、丑二脚，领去入班；就叫清客二名，用心教习，你也不时指点。〔副净跪应介〕是，此乃微臣之专责，岂敢辞劳。〔急领外、净、小旦、丑下〕〔小生向旦介〕你就在这薰风殿

【批注】

前人金陵怀古诗："百年洛蜀关时运，六代烟花兆甲兵。"二语足尽此书大旨。

中，把《燕子笺》脚本，三日念会，好去入班。〔旦〕念会不难，只是没有脚本。〔小生唤介〕长侍，你把王铎抄的楷字脚本，赏与此旦。〔杂取脚本付旦，跪接介〕〔小生〕千年只有歌场乐，万事何须酒国愁。〔杂引下〕〔旦掩泪介〕罢了，罢了！已入深宫，那有出头之日。

【前腔】锁重门垂杨暮鸦，映疏帘苍松碧瓦。凉飕飕风吹罗袖，乱纷纷梅落宫髽[17]。想起那拆鸳鸯，离魂惨，隔云山，相思苦，会期难拿。倩人寄扇，擦损桃花。到今日情丝割断，芳草天涯。

〔叹介〕没奈何，且去念会脚本；或者天恩见怜，放奴出宫，再会侯郎一面，亦未可知。

【尾声】从此后入骨髓愁根难拔，真个是广寒宫姮娥守寡。只这两日呵！瘦损宫腰剩一把。

曲终人散日西斜，殿角凄凉自一家。

纵有春风无路入，长门关住碧桃花。

【批注】

香君妥协，本意在此。

注释

❶沈郎：古典戏曲中凡称沈郎，一般系指梁尚书令沈约，这里沈公宪引以自比。

❷画眉张：指汉张敞，他曾替妻子画眉。

❸原是洛阳花里客：福王原封在洛阳。

❹潞藩：指朱常淓，潞简王翊镠的嗣子，袭封潞王。

❺端居高拱：端居而高拱双手，形容帝王清静无事。

❻那怕他天汉浮槎：天汉指天河，槎指水中的浮木。传说天河与海通，有人

在海边住，每年八月都乘浮槎到天河。那怕他天汉浮槎，意即不怕他从天河上乘槎飞渡。

❼厘：本为少的意思。这里应解作损。

❽忝卿僚填词辨挝：意为自己惭愧地列在大臣里面，能够填词奏乐。挝，这里指击鼓的音节。

❾舞茵边受寸赏：舞茵指舞蹈的地毯。寸赏指极微的奖赏。

❿功阀：阀即阀阅，就是挂在门上记载功劳的榜，挂在左门叫阀，右门叫阅。功阀即功劳。

⓫《西楼记》：剧曲名，明末袁于令撰，演于鹃和妓女穆素徽的故事。

⓬旧吴宫重开馆娃：馆娃指馆娃宫，是吴王夫差建筑给西施住的地方。这句话暗中讽刺弘光帝又走上吴王宠西施的亡国道路。

⓭新扬州初教瘦马：白居易《有感》诗："莫养瘦马驹，莫教小妓女。"后来扬州风俗称妓女作瘦马。

⓮"淮阳鼓昆山弦索"二句：这二句是当时吴中俗谚。淮阳的鼓、昆山的弦索、无锡的唱口、苏州的美女都是当时著名的。

⓯无愁天子：北齐后主作《无愁曲》，自弹琵琶而唱，有数百侍者和。民间因称无愁天子。

⓰"懒画眉"全曲：这是汤显祖《牡丹亭·寻梦》中的一支曲文。玉真本是传说中仙女的名字，《牡丹亭》中女主角杜丽娘在这里借以自称。武陵源指桃源。

⓱宫髽（zhuā）：髽本是妇女的丧髻。这里宫髽指一般宫女的髻子。

第二十六出

赚将

乙西正月

【破阵子】〔生上〕水驿山城烟霭，花村酒肆尘埋。百里白云亲舍近，不得斑衣效老莱[1]，从军心事乖。

小生侯方域奉史公之命，监军防河。争奈主将高杰，性气乖张，将总兵许定国当面责骂；只恐挑起争端，难于收救，不免到中军帐内，劝谏一番。〔入介〕〔副净扮高杰上〕一声叱退黄河浪，两手推开紫塞烟[2]。〔相见坐介〕先生入帐，有何见教？〔生〕小生千里相随，只为防河大事。今到睢州[3]呵！

【四边静】威名震，人人惊魄，家尽移宅。鸡犬不留群，军民少宁刻。营中一吓，帐中一责；敌国在萧墙，祸事恐难测。

〔副净〕那许定国拥兵十万，夸胜争强，昨日教场点卯，一个个老弱不堪。欺君糜饷[4]，本当军法从事，责骂几声，也算从轻发放了。〔生〕元帅差矣。

【福马郎】此时山河一半改，倚着忠良帅，

【原评】

“高杰之死本不足传，而大兵从此下江南，则兴亡之大机也。况侯生参其军事，不为所信，致有今日，则侯生实关乎兴亡之数者也，安得不细细传出。”

速奏凯。收拾人心，招纳英才，莫将衅端开。成功业，只在将和谐。

〔副净〕虽如此说，那许定国托病不来，倒请俺入城饮酒，总是十分惧怕了。俺看睢州城外，四面皆水，只有单桥小路，也是可守之邦。明日叫他让出营房，留俺歇马。他若依时便罢，若不依时，俺便夺他印牌，另委别将，却也容易。〔生摇手介〕这事万万行不得，昨日教场一骂，争端已起。自古道："强龙不压地头蛇。"他在唇齿肘臂之间，早晚生心，如何防备。〔副净指生介〕书生之见，益发可笑。俺高杰威名盖世，便是黄、刘三镇，也拜下风；这许定国不过走狗小将，有何本领，俺倒防备起他来。〔生打恭介〕是，是，是！元帅既有高见，小生何用多言。就此辞归，竟在乡园中，打听元帅喜信罢。〔副净拱介〕但凭尊意。〔生冷笑拂袖下〕〔副净起唤介〕叫左右。〔净、丑扮二将上〕元帅呼唤，有何军令？〔副净〕你二将各领数骑，随我入城饮酒顽要。这大营人马，不许擅动。〔净、丑〕得令。〔即下〕〔领四卒上〕〔副净〕就此前行。〔骑马绕场介〕

【批注】

侯生有见识却无行动，史公以重任相托，他却扬长而去，可知书生误国也。

【刬锹儿】南朝划就黄河界，东流把住白云隘[⑤]；飞鸟不能来，强弓何用买。〔合〕望荒城柳栽，上危桥板坏；按辔徐行，军容潇洒。

〔暂下〕〔外扮家将捧印牌上〕杀人不用将军印，奏凯全凭娘子军。咱乃睢州许总兵的家将，俺总爷被高杰一骂，吓得水泻不止。亏了夫人侯氏，有胆有谋，昨夜画定计策；差俺捧着牌印，前来送交，就请他进城筵宴。约定饮酒中间，放炮为号，如此如此，这般这般。倒也是条妙计，只不知天意若何，好怕人也。〔望介〕远望高杰前来，不免在桥头跪接。〔副净等唱前合上〕〔外跪接介〕〔副净问介〕你是何处差官？〔外〕小的是总兵许定国家将，叩接元帅大老爷。〔副净〕那许总兵为何不接？〔外〕许总兵卧病难起，特差小的送到牌印，就请元帅爷进城筵宴，点查兵马。〔副净〕席设何处？〔外〕设在察院⑥公署。〔副净〕左右收了牌印。〔净、丑收介〕〔副净笑介〕妙，妙，牌印果然送到，明日安营歇马，任俺区处了。〔吩咐外介〕你便引马前行。〔外前引，唱前合，行介〕〔外跪禀介〕已到察院，请元帅爷入席。〔副净下马入坐介〕〔吩咐介〕军卒外面伺候。〔向净、丑介〕你二将不同别个，便坐下席，陪俺欢乐。〔净、丑安放牌印，叩头介〕告坐了。〔就地列坐介〕〔外斟副净酒介〕〔末、小生扮二将斟净、丑酒介〕〔又副净、净、丑身旁各立一杂摆菜介〕〔外〕请酒。〔副净怒介〕这样薄酒，拿来灌俺。〔摔杯介〕〔外急换酒介〕〔外〕请菜。〔副净怒介〕这样冷菜，如何下箸。〔摔箸介〕〔外急换菜介〕〔副净〕今日正月初十，预赏元宵，怎的花灯优人，全不预备。〔外跪禀介〕禀元帅爷，这睢州偏僻之所，没处买灯叫戏。且把衙门灯笼悬挂起

【批注】

原评曰："康熙癸酉，见侯夫人于京邸，年八十余，犹健也，历历言此事。"可见剧中有些素材，出于作者的实地调查，有些批语，出于作者的手笔。

来，军中鼓角吹打一通罢。〔挂灯吹打介〕〔副净向净、丑介〕我们多饮几杯。

【普天乐】镇河南，威风大，柳营列，星旗摆。灯筵上，灯筵上，将印兵牌。〔净、丑起奉副净酒介〕行军令，酒似官差。〔副净与净、丑猜拳介〕任哗拳叫彩，三家拇阵排。〔外、末、小生〕这八卦图中新势，只怕鬼谷难猜。[7]

〔净、丑〕小的酒都有了，今日还要伺候元帅爷点查兵马哩。〔副净〕天色已晚，明日点查罢，大家再饮几杯。〔又斟酒饮介〕〔内放纸炮介〕〔杂急拿副净手，外拔刀欲杀，副净挣脱跳梁上介〕〔一杂急拿净手，末杀死净介〕〔一杂急拿丑手，小生杀死丑介〕〔闻炮声拿杀要一齐介〕〔外喊介〕高杰走脱了，快寻，快寻。〔杂点火把各处寻介〕〔外仰视介〕顶破椽瓦，想是爬房走了。〔杂又寻介〕〔外指介〕那楼脊兽头边，闪闪绰绰，似有人影。快快放箭！〔末、小生放箭介〕〔副净跳下介〕〔杂拿住副净手介〕〔外认介〕果然是老高哩。〔副净呵介〕好反贼，俺是皇帝差来防河大帅，你敢害我？〔外〕俺只认的许总爷，不认的甚么黄的黑的。快伸头来。〔副净跳介〕罢了，罢了！俺高杰有勇无谋，竟被许定国赚了。〔顿足介〕咳！悔不听侯生之言，致有今日。〔伸脖介〕取我头去。〔外指介〕老高果然是条好汉。〔割副净头，手提介〕〔唤介〕两个兄弟快捧牌印，大家回报总爷去。〔末、小生捧牌印介〕〔末〕且莫慌张，三将虽死，还有小卒在外哩。〔外〕久已杀得干净了。〔小生〕还有一件，城外大营，明日知道，必来报仇。快去回了总爷，求侯夫人妙计。〔外〕侯夫人妙计，早已领来了。今夜悄悄出城，带着高杰首级献与北朝，就引着北朝人马，连夜踏冰渡河，杀退高兵。算我们下江南第一功了。

宛马嘶风缓辔来⑧，黄河冰上北门开。

南朝正赏春灯夜，让我当筵杀将才。

注释

❶“百里白云亲舍近”二句：白云亲舍是唐朝狄仁杰的故事。狄仁杰做并州法曹参军时，他的双亲都在河阳。一天，他登太行山，眺望河阳，只见一片白云飘动，不觉对左右说：“我的父母，就在那白云底下居住。”后人往往用这故事表示思亲之意。这里白云亲舍指父母住的地方。老莱，指老莱子，春秋时楚国人，七十多岁还经常穿着五色的彩衣，表演婴孩的动作，来娱乐父母。这两句意为已经临近了家乡，却不能亲自去侍奉父母。

❷紫塞烟：紫塞指边塞。紫塞烟意指边疆的战火烟尘。

❸睢州：今河南睢县。

❹糜饷：浪费国家的军饷。

❺白云隘：在山西阳城南，与河南济源接壤，形势很险要，两崖夹峙，中间只有狭径通过。

❻察院：官署名，明朝都察院的简称。

❼“这八卦图中新势”二句：八卦图指诸葛亮按八卦原理创造的八阵图，阵势变化很多，不易识破。鬼谷子是传说中的神仙，张仪、苏秦的师父，善占卜，能料事。这两句是说他们新排的八卦阵势，恐怕鬼谷子也难以料到。

❽宛马嘶风缓辔来：宛马指大宛马，西域大宛所产名马。嘶风，指马迎风而鸣，表示胜利。辔是马缰。这句话的意思是清兵可以悠然南渡。

第二十七出

逢舟

乙酉二月

【水底鱼】〔净扮苏昆生背包裹骑驴急上〕戎马纷纷，烟尘一望昏；魂惊心震，长亭连远村。〔丑扮执鞭人赶呼介〕客官慢走，你看黄河堤上，逃兵乱跑，不要被他夺了驴去。〔净不听，急走介〕〔杂扮乱兵三人迎上〕弃甲掠盾[1]，抱头如鼠奔；无暇笑哂，大家皆败军，大家皆败军。〔遇净，推下河，夺驴跑下〕〔丑赶下〕〔净立水中，头顶包裹高叫介〕救人呀，救人呀！〔外扮舟子撑船，小旦扮李贞丽贫妆上〕

【前腔】流水浑浑，风涛拍禹门[2]；堤边浪稳，泊舟杨柳根。〔欲泊船介〕〔小旦唤介〕驾长，你看前面浅滩中，有人喊叫；我们撑过船去，救他一命，积个阴騭如何？〔外〕黄河水溜，不是当耍的。〔小旦〕人行好事，大王爷爷[3]自然加护的。〔外〕是，是，待我撑过去。〔撑介〕风急水紧，舍生来救人；哀声迫窘，残生一半魂，残生一半魂。

〔近净呼介〕快快上来，合该你不死，遇着

【批注】

两条线索始得交叉，三方交代，十分明晰，千补百衲，却天衣无缝。

好人。〔伸篙下，净攀篙上船介〕〔作颤介〕好冷，好冷！〔外取干衣与净介〕〔小旦背立介〕〔净换衣介〕多谢驾长，是俺重生父母。〔叩介〕〔外〕不干老汉事，亏了这位娘子叫我救你的。〔净作揖起，惊认介〕你是李贞娘，为何在这船里？〔小旦惊认介〕原来是苏师父。你从何处来？〔净〕一言难尽。〔小旦〕请坐了讲。〔坐介〕〔外泊船介〕且到岸上买壶酒吃去。〔下〕

【琐窗寒】〔净〕一从你嫁朱门，锁歌楼，叠舞裙；寒风冷雪，哭杀香君。〔小旦掩泪介〕香君独住，怎生过活。〔净〕他托俺前来寻访侯郎。征人战马，侯郎无信，茫茫驿路殷勤问。〔小旦问介〕因何落水？〔净〕正在堤上行走，被乱兵夺驴，把俺推下水的。蒙救出浊流，故人今夕重近。

〔小旦〕原来如此，合该师父不死，也是奴家有缘，又得一面。〔净问介〕贞娘，你既入田府，怎得到此？〔小旦〕且取火来，替你烘干衣裳，细细告你。〔小旦取火盆上介〕〔副净扮舟子撑船，生坐船急上〕才离虎豹千林雾④，又逐鲸鲵万里波。〔呼介〕驾长，这是吕梁⑤地面了，扯起篷来，早赶一程；明日要起早哩。〔副净〕相公不要性急，这样风浪，如何行的。前面是泊船之所，且靠帮住一宿罢。〔生〕凭你。〔泊船介〕〔生〕惊魂稍定，不免略打个盹儿。〔卧介〕〔净烘衣，小旦旁坐谈介〕奴家命苦，如今又不

在那田家了。想起那晚。

【前腔】匆忙扮作新人，夺藏娇，金屋春；一身宠爱，尽压钗裙。〔净〕这好的狠了。〔小旦〕谁知田仰嫡妻，十分悍妒。狮威[6]胜虎，蛇毒如刃。把奴揪出洞房，打个半死。〔净〕呀，呀！了不得，那田仰怎不解救？〔小旦〕田郎有气吞声忍，竟将奴赏与一个老兵。〔净〕既然转嫁，怎么在这船上？〔小旦〕此是漕标报船[7]，老兵上岸下文书去了。奴自坐船头，旧人来说新恨。

〔生一边细听介〕〔听完起坐介〕隔壁船中，两个人絮絮叨叨，谈了半夜，那汉子的声音，好似苏昆生，妇人的声音，也有些相熟；待我猛叫一声，看他如何？〔叫介〕苏昆生！〔净忙应介〕那个唤我？〔生喜介〕竟是苏昆生。〔出见介〕〔净〕原来是侯相公，正要去寻，不想这里撞着。谢天谢地，遇的恰好。〔唤介〕请过船来，认认这个旧人。〔生过船介〕还有那个？〔见小旦惊认介〕呀！贞娘如何到此。奇事，奇事！香君在那里？〔小旦〕官人不知，自你避祸夜走，香君替你守节，不肯下楼。〔生掩泪介〕〔小旦〕后来马士英差些恶仆，拿银三百，硬娶香君，送与田仰。〔生惊介〕我的香君，怎的他适了。〔小旦〕嫁是不曾嫁，香君惧怕，碰死在地。〔生大哭介〕我的香君，怎的碰死了！〔小旦〕死是不曾死，碰的鲜血满面；那门外还声声要人，一时无奈，妾身竟替他嫁了田仰。〔生喜介〕好，好！

【批注】

倘若当初香君嫁田仰，即是如此命运，此处交代，可见作者细密笔法。

【原评】

“忽惊忽哭，忽喜忽笑，情景宛然。”

【批注】

此出全用惊喜哭笑，错落成文。

你竟嫁与田仰了，今日坐船要往那里去？〔小旦〕就住在船上。〔生〕为何？〔小旦羞介〕〔净〕他为田仰妒妇所逐，如今转嫁这船上一位将爷了。〔生微笑介〕有这些风波，可怜，可怜！〔问净介〕你怎得到此？〔净〕香君在院，日日盼你，托俺寄书来的。〔生急问介〕书在那里？

【奈子花】〔净取包介〕这封书不是笺纹，折宫纱夹在斑筠[8]。题诗定情，催妆分韵。〔生接扇介〕这是小生赠他的诗扇。〔净指扇介〕看桃花半边红晕，情恳！千万种语言难尽。

〔生看扇问介〕那一面是谁画的桃花？〔净〕香君碰坏花容，溅血满扇，杨龙友添上梗叶，成了几笔折枝桃花。〔生细看喜介〕果然是些血点儿，龙友点缀，却也有趣。这柄桃花扇，倒是小生之宝了。〔问介〕你为何今日带来？〔净〕在下出门之时，香君说道，千愁万苦俱在扇头，就把扇儿当封书罢！故此寄来的。〔生又看，哭介〕香君，香君！叫小生怎生报你也！〔问净介〕你怎的寻着贞娘来？〔净指唱介〕

【前腔】俺呵，走长堤驴背辛勤，遇逃兵推下寒津。〔生〕呵呀！受此惊险。〔问介〕怎的不曾湿了扇儿？〔净作势介〕横流没肩，高擎书信，将兰亭保全真本[9]。〔生拱介〕为这把桃花扇，把性命都轻了，真可感也。〔问介〕后来怎样呢？〔净〕亏了贞娘，不怕风浪，移船救我。思忖，从井救别人谁肯。

〔生〕好，好！若非遇着贞娘，这黄河水溜，谁肯救人。〔小旦〕妾本无心，救他上船，才认的是苏师父。〔生〕这都是天缘凑巧处。〔净〕还不曾问侯相公，因何南来？〔生〕俺自去秋随着高杰防河，不料匹夫无谋，不受谏言；被许定国赚入睢州，饮酒中间，遣人刺死。小生不能存住，买舟黄河，顺流东下。你看大路之上，纷纷乱跑，皆是败兵，叫俺有何面目，再见史公也。〔净〕既然如此，且到南京，看看香君，再作商量。〔生〕也罢，别过贞娘，趁早开船。〔小旦〕想起在旧院之时，我们一家同住；今日船中，只少一个香君，不知今生还能相见否。

【金莲子】一家人离散了，重聚在水云。言有尽，离绪百分；掌中娇养女，何日说艰辛。

〔生〕只怕有人踪迹，昆老快快换衣，就此别过罢。〔净换衣介〕〔生、净掩泪过船介〕〔净〕归计登程犹未准。〔生〕故人见面转添愁。〔副净撑船下〕〔小旦〕妾心厌倦烟花，伴着老兵度日，却也快活。不意故人重逢，又惹一天旧恨；你听涛声震耳，今夜那能成寐也。

悠悠萍水一番亲，旧恨新愁几句论。
漫道浮生无定著，黄河亦有住家人。

【原评】

“重题旧境，怆然欲泪。”

注释

❶掠盾：弃盾。

❷禹门：龙门，在山西河津西北。这里泛指黄河上险要处。

❸大王爷爷：指河神。

❹虎豹千林雾：指许定国、高杰的乱兵。

❺吕梁：江苏徐州东南的吕梁滨。

❻狮威：封建文人用以形容妇女的强悍。

❼漕标报船：漕抚本标传报文书信息的船。

❽折宫纱夹在斑�：折意为折叠。宫纱是一种质地轻细的丝织品。斑�即斑竹。全句的意思是指桃花扇。

❾将兰亭保全真本：兰亭真本是晋朝著名书法家王羲之写的《兰亭集序》法帖。这里暗用“落水兰亭”故事，来比喻苏昆生落水后还不顾性命把桃花扇保全。元初著名书画家赵孟频，得到一本名贵的兰亭帖，归途大风覆舟，他落水后不顾性命，将帖高举过顶，终于保全了这帖。见陶宗仪《辍耕录》卷九。

第二十八出

题画

乙酉三月

〔小生扮山人蓝瑛上〕美人香冷绣床闲，一院桃开独闭关。无限浓春烟雨里，南朝留得画中山。自家武林[①]蓝瑛，表字田叔，自幼驰声画苑。与贵筑杨龙友笔砚至交，闻他新转兵科，买舟来望，下榻这媚香楼上。此楼乃名妓香君梳妆之所，美人一去，庭院寂寥，正好点染云烟[②]，应酬画债。不免将文房画具，整理起来。〔作洗砚、涤笔、调色、揩盏介〕没有净水怎处？〔想介〕有了，那花梢晓露，最是清洁，用他调丹濡粉，鲜秀非常。待我下楼，向后园收取。〔手持色盏暂下〕

【破齐阵】〔生新衣上〕地北天南蓬转，巫云楚雨丝牵。[③]巷滚杨花，墙翻燕子，认得红楼旧院。触起闲情柔如草，搅动新愁乱似烟，伤春人正眠。

小生在黄河舟中，遇着苏昆生，一路同行，心忙步急，不觉来到南京。昨晚旅店一宿，天明早起，留下昆生看守行李；俺独自来寻香君，且

【批注】

此出从情节上看，似可有可无，但从悲剧气氛上看，却不可少。侯生兴冲冲来访香君，以为久别重逢，不知如何惊喜。不意人去楼空，使人更觉离散之苦。若与《寄扇》对看，则破人郁结，生人神智矣。

喜已到院门之外。

【刷子序犯】只见黄莺乱啭，人踪悄悄，芳草芊芊。粉坏楼墙，苔痕绿上花砖。应有娇羞人面，映着他桃树红妍；重来浑似阮刘仙，借东风引入洞中天。

〔作推门介〕原来双门虚掩，不免侧身潜入，看有何人在内。〔入介〕

【朱奴儿犯】呀，惊飞了满树雀喧，踏破了一墀苍藓。这泥落空堂帘半卷，受用煞双栖紫燕。闲庭院，没个人传，蹑踪儿[4]回廊一遍，直步到小楼前。

〔上指介〕这是媚香楼了。你看寂寂寥寥，湘帘昼卷，想是香君春眠未起。俺且不要唤他，慢慢的上了妆楼，悄立帐边；等他自己醒来，转睛一看，认得出是小生，不知如何惊喜哩！〔作上楼介〕

【普天乐】手拽起翠生生罗襟软，袖拨开绿杨线。一层层栏坏梯偏，一桩桩尘封网罥。艳浓浓楼外春不浅，帐里人儿腼腆。〔看几介〕从几时收拾起银拨冰弦[5]；摆列着描春容脂箱粉盏，待做个女山人画叉乞钱[6]。

〔惊介〕怎的歌楼舞榭，改成个画院书轩，这也奇了。〔想介〕想是香君替我守节，不肯做那青楼旧态，故此留心丹青，聊以消遣春愁耳。〔指介〕这是香君卧室，待我轻轻推开。〔推介〕呀！怎么封锁严密，倒象久不开的；这又奇了，

【批注】

有景有情有行动，酷似《西厢》曲文。

难道也没个人看守。〔作背手彷徨介〕

【雁过声】萧然，美人去远，重门锁，云山万千。知情只有闲莺燕，尽着狂，尽着颠，问着他一双双不会传言。熬煎，才待转，嫩花枝靠着疏篱颤。〔下听介〕帘栊响，似有个人略喘。

〔瞧介〕待我看是谁来。〔小生持盏上楼，惊见介〕你是何人，上我寓楼？〔生〕这是俺香君妆楼，你为何寓此？〔小生〕我乃画士蓝瑛。兵科杨龙友先生送俺来寓的。〔生〕原来是蓝田老，一向久仰。〔小生问介〕台兄尊号？〔生〕小生河南侯朝宗，亦是龙友旧交。〔小生惊介〕呵呀！文名震耳，才得会面。请坐，请坐！〔坐介〕〔生〕我且问你，俺那香君那里去了？〔小生〕听说被选入宫了。〔生惊介〕怎……怎的被选入宫了！几时去的？〔小生〕这倒不知。〔生起，掩泪介〕

【倾杯序】寻遍，立东风渐午天，那一去人难见。〔瞧介〕看纸破窗棂，纱裂帘幔。裹残罗帕，戴过花钿，旧笙箫无一件。红鸳衾尽卷，翠菱花放扁[7]，锁寒烟，好花枝不照丽人眠。

想起小生定情之日，桃花盛开，映着簇新新一座妆楼；不料美人一去，零落至此。今日小生重来，又值桃花盛开，对景触情，怎能忍住一双眼泪。〔掩泪坐介〕

【玉芙蓉】春风上巳天，桃瓣轻如翦，正飞绵作雪，落红成霰。不免取开画扇，对着桃花赏

【原评】

“千思百转，沉吟顿挫，天壤间有数妙文。”

【批注】

物是人非，情事不堪，此曲一唱三叹，无限低回，正写出悲剧的典型环境，以衬托“重到红楼意惘然”之意。关键时刻离不了桃花扇。

玩一番。〔取扇看介〕溅血点作桃花扇，比着枝头分外鲜。这都是为着小生来。携上妆楼展，对遗迹宛然，为桃花结下了死生冤。

〔小生〕请教这扇上桃花，何人所画？〔生〕就是贵东杨龙友的点染。〔小生〕为何对之挥泪？〔生〕此扇乃小生与香君订盟之物。

【山桃红】那香君呵！手捧着红丝砚，花烛下索诗篇。〔指介〕一行行写下鸳鸯券。不到一月，小生避祸远去，香君闭门守志，不肯见客，惹恼了几个权贵。放一群吠神仙朱门犬[⑧]。那时硬抢香君下楼，香君着急，把花容呵，似鹃血乱洒啼红怨。这柄诗扇恰在手中，竟为溅血点坏。〔小生〕可惜，可惜！〔生〕后来杨龙友添上梗叶，竟成了几笔折枝桃花。〔拍扇介〕这桃花扇在，那人阻春烟。

〔小生看介〕画的有趣，竟看不出是血迹来。〔问介〕这扇怎生又到先生手中？〔生〕香君思念小生，托他师父到处寻俺，把这桃花扇，当了一封锦字书。小生接得此扇，跋涉来访，不想香君又入宫去了。〔掩泪介〕〔末扮杨龙友冠带，从人喝道上〕台上久无秦弄玉，船中新到米襄阳。〔杂入报介〕兵科杨老爷来看蓝相公，门外下轿了。〔小生慌迎见介〕〔末上楼见生，揖介〕侯兄几时来的？〔生〕适才到此，尚未奉拜。〔末〕闻得一向在史公幕中，又随高兵防河。昨见塘报，高杰于正月初十日，已为许定国所杀，那时世兄在那里来？〔生〕小弟正在乡园，忽遇此变，扶着家父逃避山中，一月有余。恐为许兵踪迹，故又买舟南来。路遇苏昆生，持扇相访，只得连夜赴约。竟不知香君已去。〔问介〕请问是几时去的？〔末〕正月人日被选入宫的。〔生〕到几时才出来？〔末〕遥遥无期。〔生〕小生只得在此等他了。〔末〕此处无可留恋，倒是别寻佳丽罢。〔生〕小生怎忍负约，但得他一信，去也放心。

【尾犯序】 望咫尺青天，那有个瑶池女使[9]，偷递情笺。明放着花楼酒榭，丢做个雨井烟垣。堪怜！旧桃花刘郎又拈，料得新吴宫西施不愿。[10]横揣俺天涯夫婿，永巷日如年。[11]

〔末〕世兄不必愁烦，且看田叔作画罢。〔小生画介〕〔生、末坐看介〕这是一幅桃源图？〔小生〕正是。〔末问介〕替那家画的？〔小生〕大锦衣张瑶星先生，新修起松风阁，要裱做照屏的。〔生赞介〕妙，妙！位置点染，别开生面，全非金陵旧派。〔小生作画完介〕见笑，见笑！就求题咏几句，为拙画生色如何？〔生〕不怕写坏，小生就献丑了。〔题介〕原是看花洞里人，重来那得便迷津。渔郎诳指空山路，留取桃源自避秦[12]。归德侯方域题。〔末读介〕佳句。寄意深远，似有微怪小弟之意。〔生〕岂敢！〔指画介〕

【鲍老催】 这流水溪堪羡，落红英千千片。抹云烟，绿树浓，青峰远。仍是春风旧境不曾

【原评】

“心尽气绝若死灰矣，此曲皆唤奈何也。”

【批注】

悲中作乐人更悲。点出张瑶星，为审狱伏脉。

变，没个人儿将咱系恋。是一座空桃源，趁着未斜阳将棹转。

〔起介〕〔末〕世兄不要埋怨，而今马、阮当道，专以报仇雪恨为事；俺虽至亲好友，不敢谏言。恰好人日设席，唤香君供唱；那香君性气，你是知道的，手指二公一场好骂。〔生〕呵呀！这番遭他毒手了。〔末〕亏了小弟在旁，十分劝解，仅仅推入雪中，吃了一惊。幸而选入内庭，暂保性命。〔向生介〕世兄既与香君有旧，亦不可在此久留。〔生〕是，是！承教了。〔同下楼行介〕

【尾声】 热心肠早把冰雪咽，活冤业现摆着麒麟楦[13]。〔收扇介〕俺且抱着扇上桃花闲过遣。

〔竟下介〕〔末〕我们别过蓝兄，一同出去罢。〔生〕正是忘了作别。〔作别介〕请了！〔小生先闭门下〕〔生、末同行介〕

〔生〕重到红楼意惘然，〔末〕闲评诗画晚春天。

〔生〕美人公子飘零尽，〔末〕一树桃花似往年。

【批注】

满眼苦境借画发挥。

注释

❶武林：山名，在杭州城西，杭州也因此别称武林。

❷点染云烟：指画风景画。

❸“地北天南蓬转”二句：侯方域自己说虽然四处飘泊，但始终怀恋着

香君。

❹蹑踪儿：小步、轻步。

❺银拨冰弦：指琵琶。银拨是弹琵琶用的银片，冰弦指琵琶的弦。

❻画叉乞钱：画叉是挂画用的铁叉。整句的意思是，要做个女山人靠画画来谋生。

❼翠菱花放扁：意指镜奁掩盖。

❽放一群吠神仙朱门犬：指马士英派出了一批抢香君的恶奴。

❾瑶池女使：传说西王母住在瑶池，青鸟是她的使者。这里意为香君和他虽近在咫尺，却远若青天，怎能有个使者，暗中替香君传递情书呢？

❿“旧桃花刘郎又拈”二句：上句用“前度刘郎今又来”的故事，比喻侯方域重寻香君。下句用西施入吴故事，比喻香君的不愿入宫。拈，拨弄意。

⓫“横揣俺天涯夫婿”二句：侯方域就香君处境设想，说她硬是怀念她的天涯夫婿，在永巷里度日如年。

⓬“渔郎诳指空山路”二句：意为渔郎指给人们到桃花源的路是骗人的，他这样做是为了把桃源留下来给自己避秦。言外表示侯方域对杨龙友告诉他香君已入宫的话不大相信。

⓭麒麟楦：唐朝杨炯把当朝大臣都叫作麒麟楦，比喻他们外面好看，实际上不顶用。他说：“弄假麒麟的人，用皮罩着驴子，装得很像麒麟。但剥了皮以后，还是原来的驴子。”这里麒麟楦指马、阮等奸臣。

第二十九出

逮社

乙酉三月

【凤凰阁】〔丑扮书客蔡益所上〕堂名二酉[①]，万卷牙签[②]求售。何物充栋汗车牛，混了书香铜臭。[③]贾儒商秀[④]，怕遇着秦皇大搜[⑤]。

在下金陵三山街书客蔡益所的便是。天下书籍之富，无过俺金陵；这金陵书铺之多，无过俺三山街；这三山街书客之大，无过俺蔡益所。〔指介〕你看十三经、廿一史、九流三教、诸子百家、腐烂时文[⑥]、新奇小说，上下充箱盈架，高低列肆连楼。不但兴南贩北，积古堆今，而且严批妙选，精刻善印。俺蔡益所既射了贸易诗书之利[⑦]，又收了流传文字之功；凭他进士举人，见俺作揖拱手，好不体面。〔笑介〕今乃乙酉[⑧]乡试之年，大布恩纶[⑨]，开科取士。准了礼部尚书钱谦益的条陈[⑩]，要亟正[⑪]文体，以光新治。俺小店乃坊间首领，只得聘请几家名手，另选新篇。今日正在里边删改批评，待俺早些贴起封面来。〔贴介〕风气随名手[⑫]，文章中试官[⑬]。〔下〕

〔生、净背行囊上〕

【原评】

"逆党挟仇，复社罹殃，南朝亡国之政也，此折俱从实录。又将阮胡得意骄横之态极力描出，如太史公志传，不加贬刺而笔法森然矣。"

【水红花】〔生〕当年烟月满秦楼，梦悠悠，箫声非旧。[14]人隔银汉几重秋，信难投，相思谁救。〔唤介〕昆老，我们千里跋涉，为赴香君之约。不料他被选入宫，音信杳然，昨晚扫兴回来；又怕有人踪迹，故此早早移寓。但不知那处僻静，可以多住几时，打听音信。等他诗题红叶，白了少年头。[15]佳期难道此生休也啰？

〔净〕我看人情已变，朝政日非；且当道诸公，日日罗织正人，报复夙怨。不如暂避其锋，把香君消息，从容打听罢。〔生〕说的也是，但这附近州郡，别无相知；只有好友陈定生住在宜兴，吴次尾住在贵池。不免访寻故人，倒也是快事。〔行介〕

【前腔】故人多狎水边鸥，傲王侯，红尘拂袖[16]。长安棋局[17]不胜愁，买孤舟，南寻烟岫。〔净〕来到三山街书铺廊了，人烟稠密，趱行几步才好。〔疾走介〕妨他豺狼当道，冠带几猕猴[18]。三山榛莽[19]水狂流也啰。

〔生指介〕这是蔡益所书店，定生、次尾常来寓此，何不问他一信。〔住看介〕那廊柱上贴着新选封面，待我看来。〔读介〕“复社文开。”〔又看介〕这左边一行小字，是“壬午、癸未房墨合刊[20]”；右边是“陈定生、吴次尾两先生新选”。〔喜介〕他两人难道现寓此间不成？〔净〕待我问来。〔叫介〕掌柜的那里？〔丑上〕请了，想要买甚么书籍么？〔生〕非也。要借问一信。

〔丑〕问谁？〔生〕陈定生、吴次尾两位相公来了不曾？〔丑〕现在里边，待我请他出来。〔丑下〕〔末、小生同上见介〕呀！原来是侯社兄。〔见净介〕苏昆老也来了。〔各揖介〕〔末问介〕从那来的？〔生〕从敝乡来的。〔小生问介〕几时进京？〔生〕昨日才到。

【玉芙蓉】烽烟满郡州，南北从军走；叹朝秦暮楚，三载依刘[21]。归来谁念王孙瘦，重访秦淮帘下钩。徘徊久，问桃花昔游[22]，这江乡，今年不似旧温柔。

〔问末、小生介〕两兄在此，又操选政[23]了？〔末、小生〕见笑。

【前腔】金陵旧选楼[24]，联榻同良友；对丹黄[25]笔砚，事业千秋。六朝衰弊今须救，文体重开韩柳欧。[26]传不朽，把东林尽收，才知俺中原复社附清流。

〔内唤介〕请相公们里边用茶。〔末、小生〕来了。〔让生、净入介〕〔杂扮长班持拜帖上〕我家官府阮大铖，新升兵部侍郎；特赐蟒玉，钦命防江。今日到三山街拜客，只得先来。〔副净扮阮大铖蟒玉，骄态，坐轿，杂持伞、扇引上〕

【朱奴儿】〔副净〕排头踏青衣前走，高轩稳扇盖交抖。[27]看是何人坐上头，是当日胯下韩侯[28]。〔杂禀介〕请老爷停轿，与佥都越老爷[29]投帖。〔杂投帖介〕〔副净停轿介〕吩咐左右，不必打道，尽着百姓来瞧。〔扇扇大说介〕我阮老爷今日钦赐蟒玉，大轿拜客。那班东林小人，目下奉旨搜拿，躲的影儿也没了。〔笑介〕才显出谁荣谁羞，展开俺眉头皱。

〔看书铺介〕那廊柱上帖的封面，有甚么复社字样；叫长班揭来我瞧。〔杂揭封面，送副净读介〕“复社文开。陈定生吴次尾新选。”〔怒介〕嗄！复社乃东林后起，与周镳、雷缜祚同党；朝廷正在拿访，还敢留他选书。这个书客也大胆之极了。快快住轿！〔落轿介〕〔副净下轿，坐书铺吩咐介〕速传坊官。〔杂喊介〕坊官那里？〔净扮坊官急上，跪介〕禀大老爷，传卑职有何吩咐？

【前腔】〔副净〕这书肆不将法守，通恶少复社渠首。奉命今将逆党搜，须得你蔓引株求[30]。〔净〕不消大老爷费心，卑职是极会拿人的。〔进入拿丑上〕犯人蔡益所拿到了。〔丑跪禀介〕小人蔡益所并未犯法。〔副净〕你刻什么“复社文开”，犯法不小。〔丑〕这是乡会房墨，每年科场要选一部的。〔副净喝介〕哇！目下访拿逆党，功令[31]森严，你容留他们选书，还敢口强，快快招来。〔丑〕不干小人事，相公们自己走来，现在里面选书哩。〔副净〕既在里面，用心看守，不许走脱一人。〔丑应下〕〔副净向净私语介〕访拿逆党，是镇抚司的专责，速递报单，叫他校尉拿人。传缇骑[32]重兴狱囚，笑杨左[33]今番又休。

〔净〕是。〔逮下〕〔副净上轿介〕〔生、末、

【批注】

原评曰：“老阮果有此言，不抹花面不可得也。”可见以富贵骄人者绝不是好角色。

小生拉轿，喊介〕我们有何罪过，着人看守；你这位老先生，不畏天地鬼神了。〔副净微笑介〕学生并未得罪，为何动起公愤来。〔拱介〕请教诸兄尊姓台号？〔小生〕俺是吴次尾。〔末〕俺是陈定生。〔生〕俺是侯朝宗。〔副净微怒介〕哦！原来就是你们三位！今日都来认认下官。

【剔银灯】堂堂貌须长似帚，昂昂气胸高如斗。〔向小生介〕那丁祭之时，怎见的阮光禄难司笾和豆。〔向末介〕那借戏之时，为甚把《燕子笺》弄俺当场丑。〔向生介〕堪羞！妆奁代凑，倒惹你裙钗乱丢。

〔生〕你就是阮胡子，今日报仇来了。〔末、小生〕好，好，好！大家扯他到朝门外，讲讲他的素行[34]去。〔副净佯笑介〕不要忙，有你讲的哩。〔指介〕你看那来的何人？〔副净坐轿下〕〔杂扮白靴四校尉上〕〔乱叫介〕那是蔡益所？〔丑〕在下便是，问俺怎的？〔杂〕俺们是驾上来的，快快领着拿人。〔丑〕要拿那个？〔杂〕拿陈、吴、侯三个秀才。〔生〕不要拿。我们都在这边哩，有话说来。〔杂〕请到衙门里说去罢！〔竟丢锁套三人下〕〔丑吊场介〕这是那里的帐。〔唤介〕苏兄快来！〔净扮苏昆生上〕怎么样的了？〔丑〕了不得，了不得！选书的两位相公拿去罢了，连侯相公也拿去了。〔净〕有这等事！

【前腔】〔合〕凶凶的缧绁[35]在手，忙忙的捉人飞走；小复社没个东林救，新马阮接着崔田

后。堪忧！昏君乱相，为别人公报私仇。

〔净〕我们跟去，打听一个真信，好设法救他。〔丑〕正是。看他安放何处，俺好早晚送饭。

〔丑〕朝市纷纷报怨仇，〔净〕乾坤付与杞人忧。

〔丑〕仓皇谁救焚书祸，〔净〕只有宁南一左侯。

注释

❶二酉：大、小酉山，在今湖南沅陵，相传山洞里有丰富的藏书。这里用作书坊的名字。

❷牙签：本是藏书的标识，这里作书籍解。

❸“何物充栋汗车牛”二句：充栋汗车牛即汗牛充栋。汗牛是说把书运走时可以把牛累得出汗，充栋是说把书放在家里可以堆到屋顶，都是形容藏书丰富的。书香是表示子弟能读书，继承家业。铜臭本是用钱买官的意思，一般也用来讥讽富人。因为当时贩书的书客一方面能读书，另一方面又可赚钱，所以说“混了书香铜臭”。

❹贾儒商秀：贾客又是儒生，商人又是秀才，都是形容蔡益所的身份的。

❺秦皇大搜：指秦始皇焚书坑儒。

❻腐烂时文：指八股文。

❼射了贸易诗书之利：指赚了贩书的利润。射利是形容他们见利就像箭一样去追逐。

❽乙酉：此处指 1645 年。

❾恩纶：皇帝的诏书。

❿条陈：向上级分条陈述事情的呈文。

⓫亟正：亟，急切。亟正指急切纠正。

⓬风气随名手：风气指文章的风气。名手一般意为著名的作家，这里指出名的选家。这句意为文句的风气是跟着著名选家转移的。

⑬文章中试官：我国明、清时科举场里的谚语："不愿文章中主考，但愿文章中试官。"试官是阅卷官，如果试官看中意了，录取就有希望。

⑭"当年烟月满秦楼"三句：暗用萧史和弄玉的故事，表现侯方域在回忆过去美好生活时的惆怅心情。

⑮"等他诗题红叶"二句：诗题红叶，是唐朝于佑的故事。唐僖宗时，宫女韩氏用红叶题诗，从御沟中流出。这红叶为于佑拾取后，也在它上面题一首诗，重投御沟上流，流入宫中，恰巧又被韩氏所得。后僖宗放宫女，于佑娶得了韩氏。白了少年头，见岳飞《满江红》词，是光阴虚度的意思。这两句大意：为等待香君的音讯，头发都白了。

⑯红尘拂袖：意为从繁华的尘市中拂袖而去。

⑰长安棋局：长安泛指都城，这里指南京。棋局暗喻政治形势。

⑱冠带几猕猴：意为当时公卿虽然表面上戴冠围带，实际上跟猕猴类似。化用了"沐猴而冠"的成语。

⑲三山榛莽：意为这热闹的三山街怕要成了榛莽。榛莽，借指草木丛生。

⑳壬午、癸未房墨合刊：壬午、癸未，指1642、1643年，壬午是乡试之年，癸未是会试之年。房墨，中选的试卷。明清时代书坊里每每把士子房墨选印出售。合刊指将这两年的卷子一起刊出。

㉑"叹朝秦暮楚"二句：朝秦暮楚本是反复无常的意思，这里指到处流浪。三载依刘指王粲因西京之乱，往依刘表。这里是侯方域借来比喻自己往依史可法的。

㉒桃花昔游：暗用唐朝崔护的故事。崔护清明日独自郊游，因口渴向一个女子求饮。到第二年清明他再去时，那女子已经不见了。崔护惆怅地写了一首诗："去年今日此门中，人面桃花相映红。人面不知何处去，桃花依旧笑春风。"

㉓操选政：主持选录文章的工作。

㉔金陵旧选楼：金陵旧有文选楼，相传是梁昭明太子萧统编选《文选》处。

㉕丹黄：指赤色和黄色的颜料。古人用来圈点校对书籍。

㉖"六朝衰弊今须救"二句：六朝本指六朝的骈俪文，这里指只注重辞句的典丽而缺乏内容的文风。韩、柳、欧指韩愈、柳宗元、欧阳修，都是我国著名的散文家、唐宋古文运动的领袖。这两句意为要纠正当时衰弊的文风，发扬唐宋古文风气。

㉗“排头踏青衣前走”二句：头踏是古代官员出行时的前列仪仗。青衣是古代下层人民的服色，这里指差役。高轩即高车。扇是仪仗的一种，用来遮日光的。盖即伞。这两句形容阮大铖得意骄矜的状态。

㉘胯下韩侯：韩侯指淮阴侯韩信。他少年时曾受淮阴恶少侮辱，要他从胯下爬过。阮大铖曾一时失势，住裤裆街，受复社的攻击，因此用“胯下韩侯”来自比。

㉙佥都越老爷：佥都御史越其杰。

㉚蔓引株求：牵连根究的意思。

㉛功令：朝廷法令。

㉜缇（tí）骑：赤衣马队，是逮捕犯人的官役。

㉝杨左：杨涟、左光斗，在明熹宗时任左副都御史和御史，是当时比较正直的官员，曾协力劾魏忠贤的罪恶，后皆为魏忠贤所害。

㉞素行：平素的行为。

㉟缧绁：缚犯人的绳子。

第三十出

归山

乙酉三月

【粉蝶儿】〔外白髯扮张薇冠带上〕何处家山，回首上林春老[①]，秣陵城烟雨萧条。叹中兴，新霸业，一声长啸。旧宫袍，衬着懒散衰貌。

下官张薇，表字瑶星，原任北京锦衣卫仪正[②]之职。避乱南来，又遇新主中兴，录俺世勋[③]，仍补旧缺。不料权奸当道，朝局日非，新于城南修起三间松风阁，不日要投闲归老。只因有逆案两人，乃礼部主事周镳，按察副使雷缜祚，马、阮挟仇，必欲置之死地。下官深知其冤，只是无法可救，中夜踌躇，故此去志未决。

【尾犯序】党祸起新朝，正士寒心，连袂高蹈[④]。俺有何求，为他人操刀。急逃！盖了座松风草阁，等着俺白云啸傲；只因这沉冤未解梦空劳。

〔副净扮家僮上，禀介〕禀老爷，镇抚司冯可宗[⑤]拿到逆党三名，候老爷升厅发放。〔杂扮校尉四人，持刑具罗列介〕〔外升厅介〕〔净扮解役投文，押生、末、小生带锁上〕〔跪介〕

【批注】

此出安排尤妙，既让侯生等绝处逢生，又趁此时托出张瑶星这个人物，朝为推官，暮成隐士，朝政前途，其实可知。

〔外看文问介〕据坊官报单，说尔等结社朋谋，替周镳、雷缜祚行贿打点，因而该司捕解；快快从实招来，免受刑拷。

【前腔】〔末、小生〕难招！笔砚本吾曹，复社青衿，评选文稿。无罪而杀，是坑儒根苗。〔生〕休拷！俺来此携琴访友，并不曾流连夜晓。无端的池鱼堂燕一时烧[⑥]。

〔外〕据尔所供，一无实迹，难道本衙门诬良为盗不成！〔拍惊堂介〕叫左右预备刑具，叫他逐个招来。〔末前跪介〕老大人不必动怒。犯生陈贞慧，直隶宜兴人，不合在蔡益所书坊选书，并无别情。〔小生前跪介〕犯生吴应箕，直隶贵池人，不合与陈贞慧同事，并无别情。〔外向净介〕既在蔡益所书坊，结社朋谋，行贿打点，彼必知情。为何竟不拿到？〔投签与净介〕速拿蔡益所质审。〔净应下〕〔生前跪介〕犯生侯方域，河南归德府人，游学到京，与陈贞慧、吴应箕文字旧交。才来拜望，一同拿来了。并无别情。〔外想介〕前日蓝田叔所画桃源图，有归德侯方域题句。〔转问介〕你是侯方域么？〔生〕犯生便是。〔外拱介〕失敬了！前日所题桃源图，大有见解，领教，领教！〔吩咐介〕这事与你无干，请一边候。〔生〕多谢超豁[⑦]了。〔一边坐介〕〔净持签上〕〔禀介〕禀老爷，蔡益所店门关闭，逃走无踪了。〔外〕朋谋打点，全无证据，如何审拟。〔寻思介〕〔副净持书送上介〕王、

【批注】

审狱一节最易无聊，作者写来，却变化无穷，出人意外。

钱二位老爷有公书。〔外看介〕原来是内阁王觉斯，大宗伯钱牧斋[8]两位老先生公书。待俺看来！〔开书背看，点头介〕说的有理，竟不知陈、吴二犯，就是复社领袖。

【红衲袄】 一个是定生兄，艺苑豪；一个是主骚坛，吴次老。为甚的冶长无罪拘皋陶，俺怎肯祸兴党锢推又敲。[9]大锦衣，权自操；黑狱中，白日照。莫教名士清流贾祸含冤也，把中兴文运凋。

〔转拱介〕陈、吴两兄，方才得罪了。〔问介〕王觉斯、钱牧斋二位老先生，一向交好么？〔末、小生〕并无相与。〔外〕为何发书，极道两兄文名，嘱俺开释？〔末、小生〕想出二公主持公道之意。〔外〕是，是。下官虽系武职，颇读诗书，岂肯杀人媚人。〔吩咐介〕这事冤屈，请一边候；待俺批回该司，速行释放便了。〔批介〕〔末、小生一边坐介〕〔副净持朝报送上介〕禀老爷，今日科抄[10]有要紧旨意，请老爷过目。〔外看报介〕“内阁大学士马一本，为速诛叛党，以靖邪谋事。犯官周镳、雷缜祚，私通潞藩，叛迹显然；乞早正法，晓示臣民等语。奉旨周镳、雷缜祚，着监候处决。又兵部侍郎阮一本，为捕灭社党，廓清皇图[11]事。照得东林老奸，如蝗蔽日；复社小丑，似蝻[12]出田。蝗为现在之灾，捕之欲尽；蝻为将来之患，灭之勿迟。臣编有《蝗蝻录》，可按籍而收也等语。奉旨这东林社党，着严行捕获，审拟具奏。该衙门知道!”〔外惊介〕不料马、阮二人，又有这番举动，从此正人君子无孑遗[13]矣。

【前腔】俺正要省约法，画狱牢[14]；那知他铸刑书，加炮烙[15]。莫不是清流欲向浊流抛[16]，莫不是党碑又刻元祐号[17]。这法网，人怎逃；这威令，谁敢拗。眼见复社东林尽入囹圄[18]也，试新刑，搜尔曹。

〔向生等介〕下官怜尔无辜，正思开释。忽然奉此严旨，不但周、雷二公定了死案；从此东林、复社，那有漏网之人。〔生等跪求介〕尚望大人超豁。〔外〕俺若放了诸兄，倘被别人拿获，再无生理，且不要忙。〔批介〕据送三犯，朋谋打点，俱无实迹。俟拿到蔡益所之日，审明拟罪可也。〔向生等介〕那镇抚司冯可宗，虽系功名之徒，却也良心未丧，待俺写书与他。〔写介〕老夫待罪锦衣，多历年所，门户党援[19]，何代无之。总之君子、小人，互为盛衰，事久则变，势极必反；我辈职司风纪，不可随时偏倚，代人操刀。天道好还，公论不泯，慎勿自贻后悔也。〔拱介〕诸兄暂屈狱中，自有昭雪之日。〔净、杂押生等俱下〕〔外退堂介〕俺张薇原是先帝旧臣，国破家亡，已绝功名之念，为何今日出来助纣为虐。自古道：“知几不俟终日[20]。”看这光景，尚容踌躇再计乎。〔唤介〕家僮快牵马来，我要到松风阁养病去了。〔副净牵马上〕坐马在

此。〔外上马，副净随行介〕

【解三酲】〔外〕好趁着晴春晚照，满路上絮舞花飘。遥望见城南苍翠山色好，把红尘客梦全消。且喜已到松风阁，这是俺的世外桃源；不免下马登楼，趁早料理起来。〔下马登楼介〕清泉白石人稀到，一阵松风响似涛。〔唤介〕叫园丁撑开门窗，拂净栏槛，俺好从容眺望。〔杂扮园丁收拾介〕燕泥沾落絮，蛛网罥飞花。禀老爷，收拾干净了。〔下〕〔外窥窗介〕你看松阴低户，沁的人心骨皆凉。此处好安吟榻。〔又凭栏介〕你看春水盈池，照的人须眉皆碧。此处好支茶灶。〔忽笑介〕来的慌了，冠带袍靴全未脱却；如此打扮，岂是桃源中人。可笑，可笑！〔唤介〕家僮开了竹箱，把我买下的箬笠、芒鞋、萝绦、鹤氅[21]，替俺换了。〔换衣带介〕堪投老[22]，才修完三间草阁，便解宫袍。

〔净扮校尉锁丑牵上〕松间批驾帖[23]，竹里验公文。方才拿住蔡益所，闻得张老爷来此养病，只得赶来销签。〔叫介〕门上大叔那里？〔副净出问介〕来禀何事，如此紧急？〔净〕禀老爷，拿到蔡益所了，特来销签。〔缴签介〕〔副净上楼，禀介〕衙门校尉带着蔡益所回话。〔外惊介〕拿了蔡益所，他三人如何开交。〔想介〕有了，叫校尉楼下伺候，听俺吩咐。〔副净传净跪楼下介〕〔外吩咐介〕这件机密重案，不可丝毫泄漏；暂将蔡益所羁候园中，待我回衙，

【原评】

“趣极韵极，令人失笑。”

细细审问。〔净〕是。〔将丑拴树介〕〔净欲下介〕〔外〕转来，园中窄狭，把这匹官马，牵回喂养；我的冠带袍靴，你也顺便带去。我还要多住几时，不许擅来啰唣。〔净应下〕〔外跌足介〕坏了，坏了！衙役走入花丛，犯人锁在松树，还成一个什么桃源哩。不如下楼去罢！〔下楼见丑介〕果是蔡益所哩。〔丑跪介〕犯人与老爷曾有一面之识。〔外〕虽系旧交，你容留复社，犯罪不轻。〔丑叩头介〕是。〔外〕你店中书籍，大半出于复社之手，件件是你的赃证。〔丑叩头介〕只求老爷超生。〔外〕你肯舍了家财，才能保得性命。〔丑〕犯人情愿离家。〔外喜介〕这等就有救矣。〔唤介〕家童与他开了锁头。〔副净开丑介〕〔外〕你既肯离家，何不随我住山。〔丑〕老爷若肯携带，小人就有命了。〔外指介〕你看东北一带，云白山青，都是绝妙的所在。〔唤介〕家童好生看门，我同蔡益所瞧瞧就来。〔副净应下〕〔丑随外行介〕〔外指介〕我们今夜定要宿在那苍苍翠翠之中。〔丑〕老爷要去看山，须差人早安公馆。那山寺荒凉，如何住宿？〔外〕你怎晓得，舍了那顶破纱帽，何处岩穴着不的这个穷道人。〔丑背介〕这是那里说起？〔外〕不要迟疑，一直走去便了。

【前腔】眼望着白云缥缈，顾不得石径迢遥。渐渐的松林日落空山杳，但相逢几个渔樵。翠微深处人家少，万岭千峰路一条。开怀抱，尽

【批注】

开场时，谁能料到，竟是如此结局。

着俺山游寺宿，不问何朝。

境隔仙凡几树桃，才知容易谢尘嚣。

清晨检点白云署，行到深山日尚高。

注释

❶上林春老：上林本是由秦兴建、汉武帝加以扩大的上林苑，后来每用以指一般皇帝的宫苑。上林春老，暗示南明皇朝的衰落。

❷锦衣卫仪正：锦衣卫是明朝掌管侍卫、缉捕、刑狱等事的官署，所属有仪鸾司，仪正可能是仪鸾司大使。

❸录俺世勋：张薇的父亲张可大，在明末任登莱总兵官，毛文龙叛变时，张可大和巡抚孙元化都被杀。张薇即因张可大的功勋而授锦衣卫千户官。

❹连袂（mèi）高蹈：意为相继归隐。

❺冯可宗：《南疆绎史》作冯可京，时在南京任锦衣卫都督。

❻无端的池鱼堂燕一时烧：比喻无辜受祸。池鱼语出“城门失火，殃及池鱼”。堂燕借用古代寓言——燕雀寄居堂上，这房子起了火，燕雀不知大祸临头，仍没有一点惊慌。

❼超豁：超脱免罪。

❽王觉斯、钱牧斋：王铎、钱谦益。

❾“为甚的冶长无罪拘皋陶”二句：冶长指公冶长，孔子的弟子，曾被诬陷入狱。皋陶是狱官，拘皋陶即指被扣在监狱里。这两句意为陈、吴二人无罪被扣，他不愿多方审讯以免党锢之祸。

❿科抄：朝报。

⓫皇图：皇帝统治的版图。

⓬蝻：指孵化出来还不会飞的蝗虫。

⓭无孑遗：没有残留。

⓮“俺正要省约法”二句：形容施行德政。汉高祖入关时，废除秦朝的苛政，与父老约法三章。画狱牢，借用周文王画地为牢的故事。

⓯“铸刑书”二句：形容施行暴政。春秋时，晋国将刑法铸在鼎上。炮烙是

商朝纣王设的一种残酷的刑罚，将油涂在铜柱上，用火烧红，令罪人在柱上行走。

⑯清流欲向浊流抛：唐末大臣裴枢等七人被杀于滑州白马驿，李振对梁王朱全忠说："他们自称清流，要把他们丢到黄河去，使他们永远作浊流。"

⑰党碑又刻元祐号：元祐是宋哲宗的年号。宋徽宗时蔡京专政，斥戮元祐时执政大臣，说他们都是奸党，并在太学端礼门前立碑，把司马光等三百多人的名字刻在上面，叫作党人碑。

⑱囹圄：监狱。

⑲门户党援：指政治上的宗派朋党。

⑳知几不俟终日：这句话见《易经》，意为当预料到事变的萌芽时，一天也不要等待。

㉑萝绦、鹤氅：藤萝做的绦，鹤羽做的袍，都是道士的服装。

㉒投老：投闲告老。

㉓驾帖：这里指诸王、阉党等不经地方官直接拿人的帖子。

第三十一出

草檄

乙酉三月

〔净扮苏昆生上〕万历年间一小童，崇祯朝代半衰翁。曾逢天启干恩荫，又见弘光嗣厂公。[①]我苏昆生，睁着五旬老眼，看了四代时人，故此做这几句口号。你说那两位嗣厂公，有天没日，要把正人君子，捕灭尽绝。可怜俺侯公子，做了个法头例首[②]。我老苏与他同乡同客，只得远来湖广，求救于宁南左侯。谁想一住三日，无门可入；今日江上大操，看他兵马过处，鸡犬无声，好不肃静。等他回营，少不的寻个法儿，见他一面。〔唤介〕店家那里？〔副净扮店主上〕黄鹤楼头仙客少，白云市上酒家多。客官有何话说？〔净〕请问元帅左爷爷，待好回营么？〔副净〕早哩，早哩！三十万人马，每日操到掌灯；况今日又留督抚袁老爷，巡按黄老爷，在教场饮酒，怎得便回。〔净〕既是这等，替我打壶酒来，慢慢的吃着等他罢。〔副净取酒上〕等他做甚。吃杯酒，早些安歇罢。〔净〕俺并不张看，你放心闭门便了。〔副净下〕〔净望介〕你看一轮明月，

【原评】

“写昆生突如而来，写敬亭倏然而去，俱如战国先秦时人，须眉精神，忽忽惊人，奇笔也。”

早出东山，正当春江花月夜；只是兴会不佳耳。〔坐斟酒饮介〕对此杯中物，勉强唱只曲儿，解闷则个。〔自敲鼓板唱介〕

【念奴娇序】长空万里，见婵娟可爱，全无一点纤凝。十二阑干光满处，凉浸珠箔银屏。偏称，身在瑶台，笑斟玉斝，人生几见此佳景。惟愿取，年年此夜，人月双清。

〔自斟饮介〕这样好曲子，除了阮圆海却也没人赏鉴。罢了，罢了！宁可埋之浮尘，不可投诸匪类。〔又饮介〕这时候也待好回营了，待俺细细唱起来。他若听得，不问便罢，倘来问俺，倒是个机会哩。〔又敲鼓板唱介〕

【前腔】孤影，南枝乍冷，见乌鹊缥缈惊飞，栖止不定。〔副净上怨介〕客官安歇罢，万一元帅听得，连累小店，倒不是耍的。〔净唱介〕万叠苍山，何处是修竹吾庐三径。〔副净拉净睡介〕〔净〕不妨事的。俺是元帅乡亲，巴不得叫他知道，才好请俺进府哩。〔副净〕既是这等，凭你，凭你！〔下〕〔净又唱介〕追省，丹桂谁攀，姮娥独住，故人千里漫同情。惟愿取年年此夜，人月双清。

〔杂扮小卒数人，背弓、矢、盔、甲走过介〕〔净听介〕外边马蹄乱响，想是回营了，不免再唱一曲。〔又敲鼓板唱介〕

【前腔】光莹，我欲吹断玉箫，骖鸾归去，不知何处冷瑶京。[3]〔杂扮小军四人旗帜前导介〕

【批注】

昆生所唱三曲，皆《琵琶记》中秋望月出曲词。

〔净听介〕喝道之声，渐渐近来，索性大唱一唱。环佩湿，似月下归来飞琼[4]。〔小生扮左良玉，外扮袁继咸，末扮黄澍冠带骑马上〕朝中新政教歌舞，江上残军试鼓鼙。〔外听介〕咦！将军，贵镇也教起歌舞来了。〔小生〕军令严肃，民间谁敢。〔末指介〕果然有人唱曲。〔小生立听介〕〔净大唱介〕那更、香雾云鬟，清辉玉臂[5]，广寒仙子也堪并。惟愿取年年此夜，人月双清。

〔小生怒介〕目下戒严之时，不遵军法，半夜唱曲。快快锁拿！〔杂打下门，拿出净，跪马前介〕〔小生问介〕方才唱曲，就是你么？〔净〕是。〔小生〕军令严肃，你敢如此大胆。〔净〕无可奈何，冒死唱曲，只求老爷饶恕。〔外〕听他所说，像是醉话。〔末〕唱的曲子，倒是绝调。〔小生〕这人形迹可疑，带入帅府，细细审问。〔带净行介〕

【窣地锦裆】〔合〕操江[6]夜入武昌门，鸡犬寂寥似野村。三更忽遇击筑人，无故悲歌必有因。

〔作到府介〕〔小生让外、末介〕就请下榻荒署，共议军情。〔外、末〕怎好搅扰。〔同入坐介〕〔外〕方才唱曲之人，倒要早早发放。〔小生〕正是。〔吩咐介〕带过那个唱曲的来。〔杂带净跪介〕〔小生问介〕你把犯法情由，从实说来。〔净〕小人来自南京，特投元帅；因无门可入，故意犯法，求见元帅之面的。〔小生〕

哇！该死奴才，还不实说。〔末〕不必动怒。叫他说，要见元帅，有何缘故。

【锁南枝】〔净〕京中事，似雾昏，朝朝报仇搜党人。现将公子侯郎，拿向囹圄困。望旧交，怀旧恩，替新朝，削新忿。

〔小生〕那侯公子，是俺世交，既来求救，必有手书。取出我瞧。〔净叩头介〕那日阮大铖亲领校尉，立拿送狱，那里写得及书。〔外〕凭你口说，如何信得。〔小生想介〕有了，俺幕中有侯公子一个旧人，烦他一认，便知真假。〔吩咐介〕请柳相公出来。〔杂应介〕〔丑扮柳敬亭上〕肉朋酒友，问俺老柳。待俺认来。〔点烛认介〕呀！原来是苏昆生，我的盟弟。〔各掩泪介〕〔小生〕果然认的么？〔丑〕他是河南苏昆生，天下第一个唱曲的名手，谁不认的。〔小生喜介〕竟不知唱曲之人，倒是一个义士。〔拉起介〕请坐，请坐。〔净各揖坐介〕〔丑〕你且说侯公子为何下狱？

【前腔】〔净〕为他是东林党，复社群，曾将魏崔门户分。小阮思报前仇，老马没分寸。三山街，缇骑狠，骤飞来，似鹰隼。

把侯相公拿入狱内，音信不通，俺没奈何，冒死求救。幸亏将军不杀，又得遇着柳兄。〔揖介〕只求长兄恳央元帅，早发救书，也不枉俺一番远来。〔小生气介〕袁、黄二位盟弟，你看朝事如此，可不恨死人也。〔外〕不特此也。闻得旧妃童氏[7]，跋涉寻来，马、阮不令收认；另藏私人，预备采选，要图椒房之亲，岂不可杀。〔末〕还有一件，崇祯太子，七载储君[8]，讲官大臣，确有证据，今欲付之幽囚。人人共愤，皆思寸磔[9]马、阮，以谢先帝。〔小生大怒介〕我辈戮力疆场，只为报效朝廷；不料信用奸党，杀害正人，日日卖官鬻爵，演舞教歌，一代中兴之君，行的总是亡国之政。只有一个史阁部，颇有忠心，被马、阮内里掣肘，却也依样葫芦。剩俺单身只手，怎去恢复中原。〔跌足介〕罢，罢，罢！俺没奈何，竟做要君[10]之臣了。〔揖外介〕临侯替俺修起参本。〔外〕怎么样写？〔小生〕你只痛数马、阮之罪便了。〔外〕领教！〔丑送纸笔，外写介〕

【前腔】朝廷上，用逆臣，公然弃妃囚嗣君。报仇翻案纷纷，正士皆逃遁。寻冶容，教艳品[11]，卖官爵，笔难尽。

〔外写完介〕〔小生〕还要一道檄文，借重仲霖起稿罢。〔揖介〕〔末〕也是这样做么？〔小生〕你说俺要发兵进讨，叫他死无噍类[12]。〔丑〕该，该！〔小生〕你前日劝俺不可前进，今日为何又来赞成。〔丑〕如今是弘光皇帝了，彼一时也，此一时也。〔小生〕是，是！俺左良玉乃先帝老将，先帝现有太子，是俺小主。那马、阮擅立弘光之时，俺远在边方，原未奉诏的。〔末〕待俺做来。〔丑送纸笔，末写介〕

【原评】

"此处填写南朝近事，笔法森然。"

【前腔】清君侧，走檄文，雄兵义旗遮路尘。一霎飞渡金陵，直抵凤凰门。朝帝宫，谒孝寝[13]，搜黄阁，试白刃。

〔末写完介〕〔小生〕就列起名来。〔外〕这样大事，还该请到新巡抚何腾蛟[14]，求他列名。〔小生〕他为人固执，不必相闻，竟写上他罢了。〔外、末列名介〕〔小生〕今夜誊写停当，明早飞递投送；俺随后也就发兵了。〔外〕只怕递铺误事。〔小生〕为何？〔外〕京中匿名文书，纷纷雨集；马、阮每早令人搜寻，随得随烧，并不过目。〔小生〕如此只得差人了。〔末〕也使不得。闻得马、阮密令安庆将军杜弘域[15]，筑起坂矶[16]，久有防备我兵之意。此檄一到，岂肯干休；那差去之人，便死多活少了。〔小生〕这等怎处？〔丑〕倒是老汉去走走罢。〔外、末惊介〕这位柳先生，竟是荆轲之流，我辈当以白衣冠送之。〔丑〕这条老命甚么希罕，只要办的元帅事来。〔小生大喜介〕有这等忠义之人，俺左昆山要下拜了。〔唤介〕左右取一杯酒来。〔杂取酒上，小生跪奉丑酒介〕请尽此杯。〔丑跪饮干介〕〔众拜丑，丑答拜介〕

【原评】“光景动人。”

【前腔】擎杯酒，拭泪痕，荆卿短歌[17]声自吞。夜半携手叮咛，满座各消魂。何日归，无处问，夜月低，春风紧。

【原评】“不啻易水之歌。”

〔各掩泪介〕〔丑向净介〕借重贤弟，暂陪元帅；俺就束装东去了。〔净〕只愿救取公子，早早出狱，那时再与老哥相见罢。〔俱作别介〕〔丑先下〕〔小生〕义士，义士！〔外、末〕壮哉，壮哉！

渺渺烟波夜气昏，一樽酒尽客消魂。

从来壮士无还日，眼看长江下海门。

注释

❶“曾逢天启干恩荫”二句：天启是明熹宗的年号（1621—1627）。恩荫是明代一种制度：遇到朝廷大庆典时，皇帝每每“广布恩泽”给一些较高级的官员或亲信的官员，庇荫官员子孙入官。干恩荫是指干儿孙得以恩荫，这里指魏党。据《明史》记载，熹宗时魏忠贤当权，族党尽蒙恩荫。厂公指掌东厂事的魏忠贤。嗣厂公即厂公的后代，这里指马、阮等。意为苏昆生过去曾碰到熹宗重用魏党，现在又见弘光亲信马、阮。

❷法头例首：指首先受新法条例惩处的人。

❸“光莹，我欲吹断玉箫”四句：莹本是珠玉之色，这里用来形容月色。骖，乘骑。鸾，传说是凤类的鸟，是仙人多乘骑的。瑶京传说中指月宫。这几句暗用苏轼《水调歌头》“我欲乘风归去，又恐琼楼玉宇，高处不胜寒”的词意。

❹飞琼：许飞琼，传说中的仙女。

❺“香雾云鬟”二句：杜甫《月夜》诗：“香雾云鬟湿，清辉玉臂寒。”乃想象其妻子在月下怀念远人的凄清境况之句。

❻操江：在江上操练。

❼旧妃童氏：童氏是福王的继妃。福王即位后，刘良佐、越其杰等送她到南京，福王不认她，把她交锦衣卫严刑拷讯，不久即死在锦衣卫中。下文椒房，指皇后所居。

❽崇祯太子：福王即位不久，曾有自称为崇祯太子者从北方南来。福王将他交锦衣卫审讯，后来自供是假太子，原名王之明。但将官黄得功、刘良佐、左良玉、何腾蛟、袁继咸等均不相信，纷纷抗疏为太子讼冤。储君指太子。

❾寸磔（zhé）：磔是尸裂，寸磔即凌迟处死，是封建时代的极刑。

❿要（yāo）君：要是威胁的意思。要君意为威胁皇帝。

⓫“寻冶容”二句：指马、阮为弘光帝搜寻美女。冶容、艳品，都指容态美丽的女子。

⓬死无噍类：噍类指经过战争而残存的人口。死无噍类意为把他们杀尽诛绝。

⓭孝寝：指明孝陵。

⓮何腾蛟：明末贵州黎平卫人，崇祯十六年十月任湖广巡抚。后辅佐明永历帝起兵抗清，固守湖湘，封中湘王。

⓯安庆将军杜弘域：杜弘域，天启初历延绥副总兵，后官至右都督。崇祯中提督池河、浦口二营，练兵阻止李自成等起义军南进。崇祯十三年移镇浙江。清兵南渡后，回原籍不久即死。

⓰坂矶：地名，指板子矶，三面环抱，是大江上下的要害地方，明朝在这里屯兵驻防。

⓱荆卿短歌：荆卿指荆轲。荆卿短歌指荆轲在燕太子等送别时唱的易水歌。原文：“风萧萧兮易水寒，壮士一去兮不复还！”

第三十二出

拜坛

乙酉三月

【吴小四】〔副末扮赞礼郎冠带白须上〕眼看他，命运差，河北新房一半塌。承继个儿郎贪戏耍，不报冤仇不挣家。①窝里财，奴乱抓。②

在下是太常寺一个老赞礼，住在神乐观旁，专管庙陵祭享之事。那知天翻地覆，立了这位新爷，把俺南京重新兴旺起来。今岁乙酉，改历建号之年，家家庆贺。我老汉三杯入肚，只唱这个随心令儿。旁人劝我道："各人自扫门前雪，莫管他家瓦上霜。"我回言道："大风吹倒梧桐树，也要旁人话短长③。"〔唤介〕孩子们，今日是三月十几日？〔内〕三月十九日了。〔副末〕呵呀！三月十九日，乃崇祯皇帝忌辰。奉旨在太平门外设坛祭祀，派着我当执事的，怎么就忘了。快走，快走！〔走介〕冈冈峦峦，接接连连，竹竹松松，密密丛丛。不觉已到坛前，且喜百官未到，待俺趁早铺设起来。〔作排案，供香、花、烛、酒介〕

【普天乐】〔净扮马士英，末扮杨文骢，素

【批注】

此出可与《哄丁》对看，执事者皆老赞礼。诸生未打，老赞礼先打；百官不哭，老赞礼大哭，以此代表人心所向也。

服从人上〕旧江山，新图画，暮春烟景人潇洒。出城市，遍野桑麻；哭甚么旧主升遐[④]，告了个游春假。〔外扮史可法素服上〕这才去野哭江边奠杯斝，挥不尽血泪盈把。年时此日，问苍天，遭的甚么花甲[⑤]。

〔相见各揖介〕〔净〕今日乃思宗烈皇帝升遐之辰，礼当设坛祭拜。〔末〕正是。〔外问介〕文武百官到齐不曾？〔副末〕俱已到齐了。〔净〕就此行礼。〔副末赞礼，杂扮执事官捧帛、爵介〕〔赞〕执事官各司其事，陪祀官就位，代献官就位。〔各官俱照班排立介〕〔赞〕瘗毛血[⑥]。迎神，参神，伏俯、兴，伏俯、兴，伏俯、兴，伏俯、兴。平身。〔各行礼完，立介〕〔赞〕行奠帛礼[⑦]，升坛。〔净秉笏至神位前介〕〔赞〕搢笏[⑧]，献帛，奠帛。〔净跪奠帛叩介〕〔赞〕平身，出笏，诣读祝位，跪。〔净跪介〕〔赞〕读祝。〔副末跪读介〕维岁次乙酉年，三月十九日，皇从弟嗣皇帝由崧，谨昭告于思宗烈皇帝曰：仰惟文德克承，武功载缵[⑨]，御极[⑩]十有七年，皇纲不振，大宇中倾，皇帝殉社稷，皇后太子俱死君父之难。弟愚不才，忝颜偷生，俯顺臣民之请，正位南都，权为宗庙神人主。恸一人之升遐，惩百僚之怠傲，努力庙谟[⑪]，惴惴忧惧，枕戈饮泣，誓复中原。今值宾天[⑫]忌辰，敬设坛壝[⑬]，遣官代祭。鉴兹追慕之诚，歆此蘋蘩之献[⑭]。尚飨[⑮]！〔赞〕举哀。〔各官哭三声介〕

〔赞〕哀止，伏俯、兴，复位。〔净转下介〕〔赞〕行初献礼，升坛。〔净至神位前介〕〔赞〕搢笏，献爵，奠爵。〔净跪奠爵，叩介〕〔赞〕平身，出笏，复位。〔赞〕〔行亚献终，献礼，同〕〔赞〕彻馔，送神，伏俯、兴。〔四拜同〕〔各官依赞拜完，立介〕〔赞〕读祝官捧祝，进帛官捧帛，各诣瘗位[16]。〔各官立介〕〔赞〕望瘗[17]。〔杂焚祝帛介〕〔赞〕礼毕。〔外独大哭介〕

【朝天子】万里黄风吹漠沙，何处招魂魄。想翠华[18]，守枯煤山几枝花，对晚鸦，江南一半残霞。是当年旧家，孤臣哭拜天涯，似村翁岁腊[19]，似村翁岁腊。

〔副末〕老爷们哭的不恸，俺老赞礼忍不住要大哭一场了。〔大哭一场下〕〔副净扮阮大铖素服大叫上〕我的先帝呀，我的先帝呀！今日是你周年忌辰，俺旧臣阮大铖赶来哭临了。〔拭眼问介〕祭过不曾？〔净〕方才礼毕。〔副净至坛前，急四拜，哭白介〕先帝，先帝！你国破身亡，总吃亏了一伙东林小人。如今都散了。剩下我们几个忠臣，今日还想着来哭你，你为何至死不悟呀！〔又哭介〕〔净拉介〕圆老，不必过哀，起来作揖罢。〔副净拭眼，各见介〕〔外背介〕可笑，可笑！〔作别介〕请了！烟尘三里路，魑魅[20]一班人。〔下〕〔净〕我们皆是进城的，就并马同行罢。〔作更衣上马行介〕

【普天乐】〔合〕奠琼浆，哭坛下，失声相

【批注】

老赞礼哭得可伤，阮大铖哭得可恨，细心刻画，忠奸分明。

向谁真假。千官散，一路喧哗，好趁着景美天佳，闲讲些兴亡话。咏归去，恰似春风浴沂罢[21]，何须问江北戎马。南朝旧例尽风流，只愁春色无价。

〔杂喝道介〕〔净〕已到鸡鹅巷，离小寓不远，请过荒园同看牡丹何如？〔末〕小弟还要拜客，就此作别了。〔末别下〕〔副净〕待晚生趋陪罢。〔作到，下马介〕〔净〕请进。〔副净〕晚生随行。〔净前副净后，入园介〕〔副净〕果然好花。〔净吩咐介〕速摆酒席，我们赏花。〔杂摆席介〕〔净、副净更衣坐饮介〕〔净大笑介〕今日结了崇祯旧局，明日恭请圣上临御正殿，我们"一朝天子一朝臣"了。〔副净〕连日在江上，不知朝中有何新政。〔净〕目下假太子王之明，正在这里商量发放。圆老有何高见？〔副净〕这事明白易处。〔净〕怎么易处？〔副净〕老师相权压中外者，只因推戴二字。〔净〕是，是！〔副净〕既因推戴二字，

【朝天子】若认储君真不差，把俺迎来主，放那搭。〔净〕是，是！就着监禁起来，不要惑乱人心。〔问介〕还有旧妃童氏，哭诉朝门，要求迎为正后。这何以处之？〔副净〕这益发使不得。自古道，君王爱馆娃。系臂纱，先须采选来家，替椒房作伐。[22]〔净〕是，是！俺已采选定了。这个童氏，自然不许进宫的。〔又问介〕那些东林复社，捕拿到京，如何审问？〔副净〕这

【批注】

写赏花以证哭祭是假的，非但作假，原来竟是阴谋。

班人天生是我们冤对，岂可容情。切莫剪草留芽，但搜来尽杀，但搜来尽杀。

〔净大笑介〕有理，有理！老成见到之言，句句合着鄙意。拿大杯来，欢饮三杯。〔杂扮长班持本急上，禀介〕宁南侯左良玉有本章一道，封投通政司[23]，这是内阁揭帖[24]，送来过目。〔净接介〕他有什么好本！〔看本，怒介〕呀，呀！了不得，就是参咱们的疏稿。这疏内数出咱七大罪，叫圣上立赐处分，好恨人也。〔杂又持文书急上〕还有公文一道，差人赍来的。〔净接看，惊介〕又是讨俺的一道檄文，文中骂的着实不堪；还要发兵前来，取咱的首级。这却怎处？〔副净惊起，乱抖介〕怕人，怕人！别的有法，这却没法了。〔净〕难道长伸脖颈，等他来割不成？〔副净〕待俺想来。〔想介〕没有别法，除是调取黄、刘三镇，早去堵截。〔净〕倘若北兵渡河，叫谁迎敌？〔副净向净耳介〕北兵一到，还要迎敌么？〔净〕不迎敌，更有何法？〔副净〕只有两法。〔净〕请教！〔副净作抠衣[25]介〕跑。〔又作跪地介〕降。〔净〕说的也是。大丈夫烈烈轰轰，宁可叩北兵之马，不可试南贼之刀。吾主意已决，即发兵符，调取三镇便了。〔想介〕且住，调之无名，三镇未必肯去。这却怎处？〔副净〕只说左兵东来，要立潞王监国，三镇自然着忙的。〔净〕是，是！就烦圆老亲去一遭。

【普天乐】〔合〕发兵符，乘飞马，过江速

【批注】

正在看花快意之时，传来天外惊雷，奸人丧胆。全剧转换灵活，惯用此法。

【原评】

“私君私臣，私恩私仇，南朝无一非私，焉得不亡。”这一大段写马、阮结党营私，狼狈为奸，正面回答了“三百年基业，隳于何人，败于何事”的问题。

劝黄、刘驾。舟同济，舵又同拿，才保得性命身家。非是俺魂惊怕，怎当得百万精兵从空下，顷刻把城阙攻打。全凭铁锁断长江，拉开强弩招架。

〔副净〕辞过老师相，晚生即刻出城了。〔净〕且住，还有一句密话。〔附耳介〕内阁高弘图、姜曰广，左袒[26]逆党，俱已罢职了。那周镳、雷缜祚，留在监中，恐为内应，趁早取决何如？〔副净〕极该，极该。〔净拱介〕也不送了。〔竟下〕〔副净出〕〔杂禀介〕那个传檄之人，还拿在这里，听候发落。〔副净〕没有甚么发落，拿送刑部请旨处决便了。〔上马欲下介〕〔寻思介〕且不要孟浪。我看黄、刘三镇，也非左兵敌手，万一斩了来人，日后难于挽回。〔唤介〕班役，你速到镇抚司，拜上冯老爷[27]，将此传檄之人，用心监候。〔杂应下〕〔副净〕几乎误了大事。〔上马速行介〕

江南江北事如麻，半倚刘家半阮家[28]。

三面和棋休打算，西南一子怕争差。[29]

【原评】

“为敬亭出脱，得法。”

注释

❶“承继个儿郎贪戏耍”二句：比喻弘光皇帝征歌教舞，不知振作报仇。

❷“窝里财”二句：比喻马、阮等的争权夺利。

❸“大风吹倒梧桐树”二句：古代谚语，意为事情的长短是非，旁人自有公论。

❹升遐：皇帝去世。

❺遭的甚么花甲：意为碰上的是什么年月啊。

❻瘗毛血：明朝祭宗庙及孔庙的一种仪式，在正祭前一天宰牲口，将部分毛血贮放净器中，当正祭时，赞礼官唱“瘗毛血”，由执事者捧毛血瘗于坎。瘗即埋葬。

❼奠帛礼：把帛（祭品）放在神位前。

❽搢（jìn）笏：把笏插在腰带上。

❾克承、载缵：都是能够继承的意思。

❿御极：登极。

⓫庙谟：朝廷的政策。

⓬宾天：帝王的死。

⓭坛壝（wěi）：筑土作祭台叫坛，坛周围低的土墙叫壝。

⓮歆此蘋蘩之献：歆即享受。蘋是水上的浮萍。蘩是白蒿。《诗经》有《采蘩》《采蘋》篇，叙述士大夫和诸侯的妻子能诚心以奉祭祀。这句意为享受这诚意供奉的祭品。

⓯尚飨：古时祭文结尾常用的两个字，临祭时希望鬼神享受的意思。

⓰诣瘗位：至瘗毛血的地方。

⓱望瘗：明代祭宗庙及孔庙的礼仪，当最后唱“望瘗”时，捧祝官与进帛官捧祝、帛至瘗毛血的地方焚化。

⓲翠华：皇帝车驾上的旗子，这里指代崇祯帝。

⓳岁腊：我国古时在岁终祭先祖，称为岁腊。

⓴魑魅：传说山里林中害人的鬼怪。

㉑“咏归去”二句：《论语·先进》记孔子弟子曾皙的话说：“暮春的时候，穿着春服，和五六个成年人，六七个童子，一起在沂水沐浴，在舞雩（坛名，在沂山上）乘凉，一路唱歌回来。”这里意指马、阮等出来祭祀好像游春。

㉒“系臂纱”三句：晋武帝采选美女，凡有姿色的都用红纱系着她的臂膊。椒房，指代皇后。作伐即作媒。三句意即先要采选有姿色的女子来家，然后让她给弘光帝做皇后。

㉓通政司：明朝接受内外奏章、四方陈诉的官府。

㉔内阁揭帖：由内阁送来的报告。

㉕抠衣：提起袍子的前襟。

㉖左袒：汉高祖死后，吕后掌握政权，分封诸吕为王，削弱刘氏的势力。后

来太尉周勃为了挽回刘氏的政权，在吕后死后入军门行令："拥护刘氏的左袒，拥护吕氏的右袒。"结果军队都左袒。后来因此称赞助某一方面的态度为左袒。

㉗冯老爷：锦衣卫都督冯可宗。

㉘半倚刘家半阮家：刘家指驻扎江北的刘良佐、刘泽清两镇，阮家指阮大铖。

㉙"三面和棋休打算"二句：三面和棋指对北方的军事防御，西南一子指对左良玉用兵。

第三十三出

会狱

乙酉三月

【梅花引】〔生敝衣愁容上〕宫槐古树阅沧田，挂寒烟，倚颓垣。末后春风，才绿到幽院①。两个知心常步影，说新恨，向谁借酒钱。

小生侯方域，被逮狱中，已经半月。只因证据无人，暂羁候审，幸亏故人联床，颇不寂寞。你看月色过墙，照的槐影迷离，不免虚庭一步。

【忒忒令】碧沉沉月明满天，凄惨惨哭声一片，墙角新鬼带血来分辩。我与他死同仇，生同冤，黑狱里，半夜作白眼②。

独立多时，忽然毛发直竖，好怕人也。待俺唤醒陈、吴两兄，大家闲话。〔唤介〕定兄醒来。〔又唤介〕次兄睡熟了么？〔末、小生揉眼出介〕

【尹令】〔末〕这时月高斗转，为何独行空院，闲将露痕踏遍。〔小生〕愁怀且捐③，万语千言望谁怜。

〔见介〕侯兄怎的还不安歇？〔生〕我想大家在这黑狱之中，三春莺花④，半点不见；只有明月一轮，还来相照，岂可舍之而睡。〔末〕是，

【批注】

前折写奸党把持朝政，此折写英才尽会狱中，南朝政治可知矣。

是，同去步月一回。〔行介〕

【品令】〔生〕冤声满狱，银铛夜徽缠[5]。三人步月，身轻若飞仙。闲消自遣，莫说文章贱。从来豪杰，都向此中磨炼。似在棘围锁院，分帘校赋篇。[6]

〔丑扮柳敬亭杻锁[7]上〕戎马不知何处避，贤豪半向此中来。我柳敬亭，被拿入狱，破题儿第一夜，便觉难过。〔叹介〕嗳！方才睡下，又要出恭；这个裙带儿没人解，好苦也。〔作蹲地听介〕那边有人说话，像是侯相公声音，待我看来。〔起看，惊介〕竟是侯相公。〔唤介〕你是侯相公么？〔生惊认介〕原来是柳敬亭。〔末、小生〕柳敬亭为何也到此中？〔丑认介〕陈相公、吴相公怎么都在里边？〔举手介〕阿弥陀佛！这也算"佛殿奇逢[8]"了。〔生〕难得，难得！大家坐地谈谈。〔同坐介〕

【豆叶黄】〔合〕便他乡遇故，不算奇缘。这墙隔着万重深山，撞见旧时亲眷。浑忘身累，笑看月圆。却也似武陵桃洞，却也似武陵桃洞；有避乱秦人，同话渔船。

〔生〕且问敬老，你犯了何罪？杻锁连身，如此苦楚。〔丑〕老汉不曾犯罪。只因相公被逮入狱，苏昆生远赴宁南，恳求解救。那左帅果然大怒，连夜修本参着马、阮，又发了檄文一道，托俺传来，随后要发兵进讨。马、阮害怕，自然放出相公去的。

【玉交枝】宁南兵变，料无人能将檄传；探汤蹈火咱情愿，也只为文士遭谴。白头志高穷更坚，浑身枷锁吾何怨；助将军除暴解冤，助将军除暴解冤。

〔生〕竟不知敬亭吃亏，乃小生所累。昆生远去求救，益发难得。可感！可感！〔末〕虽如此说，只怕左兵一来，我辈倒不能苟全性命。〔小生〕正是，宁南不学无术，如何收救。〔皆长吁介〕〔净扮狱官执手牌，杂扮校尉四人点灯提绳急上〕〔净〕四壁冤魂满，三更狱吏尊。刑部要人，明早处决，快去绑来。〔杂〕该绑那个？〔净〕牌上有名。〔看介〕逆党二名，周镳、雷缜祚。〔杂执灯照生、末、小生、丑面介〕不是，不是！〔净喝介〕你们无干的，各自躲开。〔净领杂急下〕〔末悄问介〕绑那个？〔小生〕听说要绑周镳、雷缜祚。〔生〕吓死俺也。〔丑〕我们等着瞧瞧。〔净执牌前行，杂背绑二人，赤身披发，急拉下〕〔生看呆介〕〔末〕果然是周仲驭、雷介公他二位。〔小生〕这是我们的榜样了。

【江儿水】〔生〕演着明夷卦[9]，事尽翻，正人惨害天倾陷。片纸飞来无人见，三更缚去加刑典，教俺心惊胆颤。〔合〕黑地昏天，这样收场难免。

〔生问丑介〕我且问你，外边还有甚么新闻？〔丑〕我来的仓卒，不曾打听，只见校尉纷纷拿人。〔末、小生问介〕还拿那个？〔丑〕听说要

【批注】

敬老真正英雄，侯生则处处胆怯。

拿巡按黄澍、督抚袁继咸、大锦衣张薇；还有几个公子秀才。想不起了！〔生〕你想一想？〔丑想介〕人多着哩。只记得几个相熟的，有冒襄、方以智、刘城、沈寿民、沈士柱、杨廷枢[10]。〔末〕有这许多。〔小生〕俺这里边，将来成一个大文会了。〔生〕倒也有趣。

【川拨棹】 囹圄里，竟是瀛洲翰苑[11]。画一幅文会图悬，画一幅文会图悬，避红尘一群谪仙。〔合〕赏春月，同听鹃，感秋风，同咏蝉[12]。

〔丑〕三位相公，宿在那一号里？〔生〕都在"荒"字号里。〔末〕敬老羁在那里？〔丑〕就在这后面"藏"字号里。〔小生〕前后相近，倒好早晚谈谈。〔生〕我们还是软监，敬老竟似重囚了。〔丑〕阿弥陀佛！免了上柙床[13]，就算好的狠哩。〔作势介〕

【意不尽】 高拱手碍不了礼数周全，曲肱儿枕头稳便。只愁今夜里，少一个长爪麻姑搔背[14]眠。

〔丑〕相逢真似岛中仙，〔末〕隔绝风涛路八千。

〔小生〕地僻偏宜人啸傲，〔生〕天空不碍月团圆。

【原评】

"前昆生之落水，今敬亭之系狱，皆为侯生也，而皆与侯生遇。所谓奇缘奇事，传奇者传此耳，而周、雷冤案即于此折补结。折中曲调妍妙，愈忙愈闲，愈苦愈趣，非见道之深不能尔。"

注释

❶幽院：监狱。

❷白眼：传说晋朝阮籍能作青白眼，凡遇到不满的人就对他白眼，而遇到喜欢的人就青眼相看。

❸且捐：意即暂且抛开。

❹三春莺花：南朝梁丘迟《与陈伯之书》：“暮春三月，江南草长，杂花生树，群莺乱飞。”这里即用三月莺花表示江南美好的春色。

❺锒铛夜徽缠：锒铛即铁链。徽缠是绑囚犯的索，这里作动词用，意即捆绑。

❻“似在棘围锁院”二句：封建时代科举考试为了防止作弊，在试院周围插着荆棘，内外门户都要加锁。又，科举试场分内帘、外帘，内帘官是校阅试卷的，外帘官是提调监试的。两句意为他们像被封锁在试场里考校文章。

❼杻锁：戴枷锁。

❽佛殿奇逢：《西厢记》中张生在普救寺佛殿上遇着莺莺的一场，通俗称作“佛殿奇逢”。

❾明夷卦：离下坤上的卦。在八卦里，离代表日，坤代表地，离下坤上，表示日入地中，光明受到损伤，所以叫作“明夷”（夷，损伤意）。一般是昏君在上、贤者不得志的征兆。

❿冒襄、方以智、刘城、沈寿民、沈士柱、杨廷枢：冒襄、方以智即冒辟疆、方密之，与侯方域、陈贞慧合称四公子。刘城等四人与吴次尾合称复社五秀才。

⓫瀛洲翰苑：瀛洲是传说中的仙山。唐太宗作文学馆，收聘贤才，人们美称那些被收聘的人为登瀛洲。翰苑指翰林院。

⓬咏蝉：唐骆宾王有在狱《咏蝉》诗及序，表现自己的清白无辜。

⓭柙床：重犯所睡的囚床，扣着犯人的手足，使之不能活动。

⓮长爪麻姑搔背：传说仙人麻姑，在牟州东南姑余山修道。东汉时仙人王方平降蔡经家，召麻姑至。蔡经见她容貌美丽，手和鸟爪一样。他心想：如果有这样的手爪搔背，该多舒服啊。这里是柳敬亭的打趣话，形容他在狱中手足不能活动。

第三十四出

截矶

乙酉四月

〔净扮苏昆生上〕南北割成三足鼎，江湖挑动两支兵。自家苏昆生，为救侯公子，激的左兵东来，约了巡按黄澍、巡抚何腾蛟，同日起马。今日船泊九江，早已知会督抚袁继咸，齐集湖口[①]，共商入京之计。谁知马、阮闻信，调了黄得功在坂矶截杀。你看狼烟四起，势头不善；少爷左梦庚前去迎敌，俺且随营打探。正是：地覆天翻日，龙争虎斗时。〔下〕〔场上设弩台、架炮，铁锁阑江〕

【批注】

忠崇祯之左良玉与拥弘光之黄得功混战，竟置清兵南下于不顾，必无不败之理。

【三台令】〔末扮黄得功戎装双鞭，领军卒上〕北征南战无休，邻国萧墙尽仇。架炮指江州[②]，打舳舻[③]卷甲倒走。

咱家黄得功，表字虎山，一腔忠愤，盖世威名，要与俺弘光皇帝，收复这万里山河。可恨两刘无肘臂之功，一左为腹心之患。今奉江防兵部尚书阮老爷兵牌，调俺驻扎坂矶，堵截左寇，这也不是当要的。〔唤介〕家将田雄何在？〔副净〕有。〔末〕速传大小三军，听俺号令。〔军卒排

立呐喊介〕

【山坡羊】〔末〕硬邦邦敢要君的渠首[4]，乱纷纷不服王的群寇；软弱弱没气色的至尊，闹喧喧争门户的同朝友。只剩咱一营江上守，正防着战马北来骤，忽报楼船入浦口。貔貅，飞旌旗控上游，戈矛，传烽烟截下流。

〔黄卒登台介〕〔杂扮左兵白旗、白衣，呐喊驾船上〕〔黄卒截射介〕〔左兵败回介〕〔黄卒赶下〕〔小生扮左良玉戎装白盔素甲坐船上〕

【前腔】替奸臣复私仇的桀纣[5]，媚昏君上排场的花丑[6]；投北朝学叩马的夷齐[7]，吠唐尧听使唤的三家狗[8]。拚着俺万年名遗臭，对先帝一片心堪剖，忙把储君冤苦救。不羞，做英雄到尽头；难收，烈轰轰东去舟。

俺左良玉领兵东下，只为剪除奸臣，救取太子。叵耐儿子左梦庚，借此题目，便要攻打城池，妄思进取。俺已严责再三，只怕乱兵引诱，将来做出事来；且待渡过坂矶，慢慢劝他。〔净急上〕报元帅，不好了！黄得功截杀坂矶，前部先锋俱已败回了。〔小生惊介〕有这等事。黄得功也是一条忠义好汉，怎的受马、阮指拨，只知拥戴新主，竟不念先帝六尺之孤[9]，岂不可恨！〔唤介〕左右，快看巡按黄老爷、巡抚何老爷船泊那边，请来计议。〔杂应下〕〔末扮黄澍上〕将帅随谈麈，风云指义旗。下官黄澍方才泊船，恰好元帅来请。〔作上船介〕〔小生见介〕仲霖果然到来，巡抚何公如何不见？〔末〕行到半途，又回去了。〔小生〕为何回去？〔末〕他原是马士英同乡。〔小生〕随他罢了。这也怪他不得。〔问介〕目下黄得功截住坂矶，三军不能前进。如何是好？〔末〕这倒可虑，且待袁公到船，再作商量。〔外扮袁继咸从人上〕孽子含冤[10]天惨淡，孤臣举义日光明。来此是左帅大船，左右通报。〔杂禀介〕督抚袁老爷到船了！〔小生〕快请！〔外上船见介〕适从武昌回署，整顿兵马，愿从鞭弭[11]。〔末〕目下不能前进了。〔外〕为何？〔小生〕黄得功领兵截杀，先锋俱已败回。〔外〕事已至此，欲罢不能；快快遣人游说便了。〔小生〕敬亭已去，无人可遣。奈何？〔净〕晚生与他颇有一面，情愿效力。〔末〕昆生义气，不亚敬亭，今日正好借重。〔小生问介〕你如何说他？

【五更转】〔净〕俺只说鹬蚌持，渔人候，傍观将利收。英雄举动，要看前和后。故主恩深，好爵自受。欺他子，害他妃，全忘旧。杀人只落血双手，何必前来，同室争斗。

〔外〕说得有理。〔小生〕还要把俺心事，说个明白。叫他晓得奸臣当杀，太子当救，完了两桩大事，于朝廷一尘不惊，于百姓秋毫无犯。为何不知大义，妄行截杀？〔末〕正是，那黄得功一介武夫，还知报效；俺们倒肯犯上作乱不成？叫他细想。〔净〕是，是，俺就如此说去。

【批注】

前出《会狱》写敬亭胆识在复社文人之上；此折《截矶》又写昆生义气在袁黄诸将之上。如此着力塑造民间艺人形象，为古典戏曲中所少见。

〔杂扮报卒急上〕报元帅，九江城内，一片火起。袁老爷本标人马，自破城池了。〔外惊介〕怎么俺的本标人马自破城池？这了不得！〔小生怒介〕岂有此理！不用猜疑，这是我儿左梦庚做出此事，陷我为反叛之臣。罢了，罢了！有何面目，再向江东[12]。〔拔剑欲自刎介〕〔末抱住介〕〔小生握外手，注目介〕临侯，临侯，我负你了！〔作呕血倒椅上介〕〔净唤介〕元帅苏醒，元帅苏醒！〔外〕竟叫不应，这怎么处？〔末〕想是中恶，快取辰砂[13]灌下。〔净取碗灌介〕牙关闭紧，灌不进了。〔众哭介〕

【前腔】大将星，落如斗[14]，旗杆摧舵楼[15]。杀场百战精神抖，凛凛堂堂，一身甲胄。平白的牖下亡，全身首。魂归故宫煤山头，同说艰辛，君啼臣吼。

〔杂抬小生下〕〔外〕元帅已死，本镇人马霎时溃散；那左梦庚据住九江，叫俺进退无门。倘若黄兵抢来，如何逃躲？〔末〕我们原系被逮之官，今又失陷城池，拿到京中，再无解救。不如转回武昌，同着巡抚何腾蛟，另做事业去罢。〔外〕有理。〔外、末急下〕〔净呆介〕你看他们竟自散去，单剩我苏昆生一人，守着元帅尸首，好不可怜。不免点起香烛，哭奠一番。〔设案点香烛，哭拜介〕

【哭相思】气死英雄人尽走，撇下了空船柩。俺是个招魂江边友，没处买一杯酒。

【原评】

“摹写左、黄二帅各人心事，各

且待他儿子奔丧回船，收殓停当，俺才好辞之而去，如今只得耐性儿守着。正是：

英雄不得过江州，魂恋春波起暮愁。

满眼青山无地葬，斜风细雨打船头。

人身分，各人见解，丝毫不同，而皆无伤人情，不碍天理，是何等笔墨，真可为造化在手矣。”

注释

❶湖口：今江西湖口，明、清时属九江府。

❷江州：指今江西九江。

❸舳（zhú）舻：舳，船尾；舻，船头。本指首尾衔接的船只。此处指大批战船。

❹渠首：盗贼的首领。

❺桀纣：桀与纣分别是夏朝和商朝最后的统治者，都是有名的暴君。这里指弘光帝。

❻花丑：花面，在我国古典戏剧中，习惯用花面扮演奸臣。这里指马士英、阮大铖等。

❼夷齐：伯夷、叔齐。在周武王征讨纣时，他们拦在武王马头，劝武王停兵。这个典故用得不很贴切，只借叩马这点讽刺当时投降清兵的一些朝臣。

❽吠唐尧听使唤的三家狗：桀犬吠尧，比喻愚忠。尧本是有仁德的君主，桀的狗为了主人却向尧而吠。这里三家狗指黄、刘三镇。

❾先帝六尺之孤：这里指崇祯皇帝的太子。

❿孽子含冤：指崇祯太子狱。

⓫鞭弭：鞭，马鞭；弭，弓的一种。

⓬有何面目，再向江东：项羽在垓下兵败后，有人劝他回江东去，他说：“有何面目再见江东父老！”这里借用此典故表示没有面目再向江东进兵。

⓭辰砂：我国辰州出的一种丹砂，相传可以清除邪恶。

⓮大将星，落如斗：过去迷信，以为圣贤豪杰上应天星，因此死时有星陨落。

⓯旗杆摧舵楼：意即舵楼上的旗杆折断了。古时迷信，以为这是主将死亡的预兆。

第三十五出

誓师

乙酉四月

【贺圣朝】〔外扮史可法，白毡大帽，便服上〕两年吹角列营，每日调马催征。军逃客散鬓星星，恨压广陵城。

下官史可法，日日经略中原①，究竟一筹莫展。那黄、刘三镇，皆听马、阮指使，移镇上江，堵截左兵，丢下黄河一带，千里空营。忽接塘报，本月二十一日北兵已入淮境，本标食粮之人，不足三千，那能抵当得住。这淮、扬一失，眼见京师难保，岂不完了明朝一座江山也。可恼，可恼！俺且私步城头，察看情形，再作商量。〔丑扮家丁，提小灯随行上城介〕

【二犯江儿水】〔外〕悄上城头危径，更深人睡醒。栖乌频叫，击柝②连声，女墙③边，侧耳听。〔听介〕〔内作怨介〕北兵已到淮安，没个瞎鬼儿问他一声；只舍俺这几个残兵，死守这座扬州城，如何守得住。元帅好没分晓也！〔外点头自语介〕你那里晓得，万里倚长城，扬州父子兵。〔又听介〕〔内作恨介〕罢了，罢了！元帅不

【原评】

"一怨二恨三怒，声息宛然，闻之者灰心丧气矣。"

【批注】

写三个军士个个想逃想投，三令五申，毫无反应，经史可法一场痛哭，就个个决心死守死战。

疼我们，早早投了北朝，各人快活去，为何尽着等死。〔外惊介〕呵呀！竟想投降了，这怎么处！他降字儿横胸，守字儿难成；这扬州剩了一分景。〔又听介〕〔内作怒介〕我们降不降，还是第二着，自家杀抢杀抢，跑他娘的。只顾守到几时呀！〔外〕咳！竟不料情形如此。听说猛惊，热心冰冷。疾忙归，夜点兵，不待明。

〔忙下〕〔内掌号放炮，作传操介〕〔杂扮小卒四人上〕今乃四月二十四日，不是下操的日期；为何半夜三更，梅花岭④放炮？快去看来！〔急走介〕〔末扮中军，持令箭提灯上〕隔江云阵列，连夜羽书飞。〔呼介〕元帅有令：大小三军，速赴梅花岭，听候点卯。〔众排列介〕〔外戎装，旗引登坛介〕月升鸱尾城吹角，星散旄头帐点兵。⑤中军何在？〔末跪介〕有！〔外〕目下北信紧急，淮城失守，这扬州乃江北要地，倘有疏虞，京师难保。快传五营四哨，点齐人马，各照汛地昼夜严防。敢有倡言惑众者，军法从事。〔末〕得令！〔传令向内介〕元帅有令，三军听者。各照汛地昼夜严防，敢有倡言惑众者，军法从事。〔内不应〕〔外〕怎么寂然无声？〔吩咐中军介〕再传军令，叫他高声答应。〔末又高声传介〕〔内不应〕〔外〕仍然不应，着击鼓传令。〔末击鼓又传，又不应介〕〔外〕分明都有离叛之心了。〔顿足介〕不料天意人心，到如此田地。〔哭介〕

【批注】

这就离开现实情势，对英雄人物作极度夸张，不能使观场者信服。

【前腔】皇天列圣，高高呼不省。阑珊残局，剩俺支撑，奈人心俱瓦崩。俺史可法好苦命也！〔哭介〕协力少良朋，同心无弟兄。只靠你们三千子弟，谁料今日呵，都想逃生，漫不关情；这江山倒像设着筵席请。〔拍胸介〕史可法，史可法！平生枉读诗书，空谈忠孝，到今日其实没法了。〔哭介〕哭声祖宗，哭声百姓。〔大哭介〕〔末劝介〕元帅保重，军国事大，徒哭无益也。〔前扶介〕你看泪点淋漓，把战袍都湿透了。〔惊介〕咦！怎么一阵血腥，快掌灯来。〔杂点灯照介〕呵呀！浑身血点，是那里来的？〔外拭目介〕都是俺眼中流出来。哭的俺一腔血，作泪零。

〔末叫介〕大小三军，上前看来：咱们元帅哭出血泪来了。〔净、副净、丑扮众将上，看介〕果然都是血泪。〔俱跪介〕〔净〕尝言“养军千日，用军一时”。俺们不替朝廷出力，竟是一伙禽兽了。〔副净〕俺们贪生怕死，叫元帅如此难为，那皇天也不祐的。〔丑〕百岁无常，谁能免的一死，只要死到一个是处。罢，罢，罢！今日舍着狗命，要替元帅守住这座扬州城。〔末〕好，好！谁敢再有二心，俺便拿送辕门，听元帅千刀万剐。〔外大笑介〕果然如此，本帅便要拜谢了。〔拜介〕〔众扶住介〕不敢，不敢！〔外〕众位请起，听俺号令。〔众起介〕〔外吩咐介〕你们三千人马，一千迎敌，一千内守，一千外巡。〔众〕

【原评】

“写史公忠义激发，神气宛然，写扬兵慷慨踊跃，声响毕肖，一时飞山倒海，流电奔雷，雄畅之文也。”

【批注】

实际比韩退之写张巡守睢阳，陆次云写阎典史守江阴，都逊色得多。史可法是激励部下抗清的，作者对这点有顾虑，就无法写好这场戏。

是！〔外〕上阵不利，守城。〔众〕是！〔外〕守城不利，巷战。〔众〕是！〔外〕巷战不利，短接。〔众〕是！〔外〕短接不利，自尽。〔众〕是！〔外〕你们知道，从来降将无伸膝之日，逃兵无回颈之时。〔指介〕那不良之念，再莫横胸；无耻之言，再休挂口；才是俺史阁部结识的好汉哩。〔众〕是！〔外〕既然应允，本帅也不消再嘱。〔指介〕大家欢呼三声，各回汛地去罢。〔众呐喊三声下〕〔外鼓掌三笑〕妙，妙！守住这座扬州城，便是北门锁钥[6]了。

不怕烟尘四面生，江头尚有亚夫营。

模糊老眼深更泪，赚出淮南十万兵。

注释

❶经略中原：意指计划恢复中原。

❷柝：夜间巡更击的木柝。

❸女墙：城上的短墙。

❹梅花岭：在扬州城广储门外。

❺“月升鸱尾城吹角”二句：描写半夜点兵的情景。鸱尾是屋脊上的装饰。角是军队中的号角。星散指星的散布。旄头即昴宿，是二十八宿之一，主战事。月升鸱尾，星散旄头，都是夜深的景象。

❻北门锁钥：意指北面的坚固防御。

第三十六出

逃难

乙酉五月

【香柳娘】〔小生扮弘光帝，便服骑马。杂扮二监、二宫女挑灯引上〕听三更漏催，听三更漏催，马蹄轻快，风吹蜡泪宫门外。咱家弘光皇帝，只因左兵东犯，移镇堵截；谁知河北人马，乘虚渡淮。目下围住扬州，史可法连夜告急，人心皇皇，都无守志。那马士英、阮大铖躲的有影无踪，看来这中兴宝位也坐不稳了。千计万计，走为上计；方才骑马出宫，即发兵符一道，赚开城门，但能走出南京，便有藏身之所了。趁天街[1]寂静，趁天街寂静，飞下凤凰台[2]，难撇鸳鸯债。〔唤介〕嫔妃们走动着，不要失散了。似明驼出塞，似明驼出塞，琵琶在怀，珍珠偷洒。

〔急下〕〔净扮马士英骑马急上〕

【前腔】报长江锁开，报长江锁开，石头将坏，高官贱卖没人买。下官马士英，五更进朝，才知圣上潜逃；俺为臣的，也只得偷溜了。快微服早度，快微服早度，走出鸡鹅街，堤防仇人害。〔倒指介〕那一队娇娆，十车细软，便是俺的薄薄

【批注】

逃难者从君到民凡六起，表现各自不同，或离城，或出营，或自楚来，或入山去，纷纷攘攘，交臂接足，却能分疆别界，接线连丝，文章十分精细。通过七支【香柳娘】曲反复咏叹，写尽亡国乱离之状。

宦囊；不要叫仇家抢夺了去。〔唤介〕快些走动。〔老旦、小旦扮姬妾骑马，杂扮夫役推车数辆上〕来了，来了。〔净〕好，好！要随身紧带，要随身紧带，殉棺货财，贴皮恩爱[3]。

〔绕场行介〕〔杂扮乱民数人持棒上，喝介〕你是奸臣马士英，弄的民穷财尽；今日驮着妇女，装着财帛，要往那里跑？早早留下！〔打净倒地，剥衣，抢妇女财帛下〕〔副净扮阮大铖，骑马上〕

【前腔】恋防江美差[4]，恋防江美差，杀来谁代，兵符掷向空江濑。今日可用着俺的跑了；但不知贵阳相公，还是跑，还是降？〔作遇净绊马足介〕呵呀！你是贵阳老师相，为何卧倒在地。〔净哼介〕跑不得了，家眷行囊，俱被乱民抢去，还把学生打倒在地。〔副净〕正是。晚生的家眷行囊，都在后面，不要也被抢去。受千人笑骂，受千人笑骂，积得些金帛，娶了些娇艾[5]。待俺回去迎来。〔杂扮乱民持棒，拥妇女抬行囊上〕这是阮大铖家的家私，方才抢来，大家分开罢！〔副净喝介〕好大胆的奴才，怎敢抢截我阮老爷的家私。〔杂〕你就是阮大铖么？来的正好。〔一棒打倒，剥衣介〕饶他狗命，且到鸡鹅巷、裤子裆，烧他房子去。〔俱下〕〔净〕腰都打坏，爬不起来了。〔副净〕晚生的臂膊捶伤，也奉陪在此。〔合〕叹十分狼狈，叹十分狼狈，村拳共捱，鸡肋[6]同坏。

【批注】

彼此抢夺娇娆细软，正是南朝病根，看这些丑态描绘，堪称现实主义的杰作。

〔末扮杨文骢冠带骑马，从人挑行李上〕下官杨文骢，新任苏松巡抚。今日五月初十出行吉日，束装起马，一应书画古玩，暂寄媚香楼，托了蓝田叔随后带来。俺这一肩行李，倒也爽快。〔杂禀介〕请老爷趱行⑦一步。〔末〕为何？〔杂〕街上纷纷传说，北信紧急，皇帝、宰相，今夜都走了。〔末〕有这等事，快快出城！〔急走介〕〔马惊不前介〕这也奇了，为何马惊不走？〔唤介〕左右看来！〔杂看介〕地下两个死人。〔副净、净呻吟介〕哎哟，哎哟！救人，救人！〔末〕还不曾死，看是何人。〔杂细认介〕好像马、阮二位老爷。〔末喝介〕胡说，那有此事！〔勒马看，惊介〕呵呀！竟是他二位。〔下马拉介〕了不得，怎么到这般田地。〔净〕被些乱民抢劫一空，仅留性命。〔副净〕我来救取，不料也遭此难。〔末〕护送的家丁都在何处？〔净〕想也乘机拐骗，四散逃走了。〔末唤介〕左右快来扶起，取出衣服，与二位老爷穿好。〔杂与副净、净穿衣介〕〔末〕幸有闲马一匹，二位叠骑，连忙出城罢。〔杂扶净、副净上马，搂腰行介〕请了，无衣共冻真师友，有马同骑好弟兄。〔下〕〔杂〕老爷不可与他同行，怕遇着仇人，累及我们。〔末〕是，是。〔望介〕你看一伙乱民，远远赶来，我们早些躲过。〔作避路旁介〕〔小旦扮寇白门，丑扮郑妥娘，披发走上〕

【前腔】正清歌满台，正清歌满台，水裙风

【批注】

公忠者雕以正貌，奸邪者刻以丑形，是本剧写人物的一大特色。又往往选一典型事件加以摹写，得点睛之妙。如二奸搂腰叠骑，丑态尽出。

带，三更未歇轻盈态。〔见末介〕你是杨老爷，为何在此？〔末认介〕原来是寇白门、郑妥娘。你姊妹二人怎的出来了？〔小旦〕正在歌台舞殿，忽然酒罢灯昏，内监宫妃纷纷乱跑；我们不出来还等什么哩。〔末〕为何不见李香君？〔丑〕俺三个一同出来的；他脚小走不动，雇了个轿子，抬他先走了。〔末问介〕果然朝廷出去了么？〔小旦〕沈公宪、张燕筑都在后边，他们晓得真信。〔外扮沈公宪，破衣抱鼓板，净扮张燕筑，科头[8]提纱帽须髯跑上〕笑临春结绮，笑临春结绮，擒虎马嘶来，排着管弦待。[9]〔见末介〕久违杨老爷了。〔末问介〕为何这般慌张？〔外〕老爷还不知么？北兵杀过江来，皇帝夜间偷走了。〔末〕你们要向那里去？〔净〕各人回家瞧瞧，趁早逃生。〔丑〕俺们是不怕的；回到院中，预备接客。〔末〕此等时候，还想接客。〔丑〕老爷不晓得？兵马营里，才好挣钱哩。这笙歌另卖，这笙歌另卖，隋宫柳衰，吴宫花败。

〔外、净、小旦、丑俱下〕〔末〕他们亲眼看见圣上出宫，这光景不妥了。快到媚香楼收拾行李，趁早还乡罢。〔行介〕

【批注】

写完树倒猢狲散，又转到媚香楼，以交代香君命运。

【前腔】看逃亡满街，看逃亡满街，失迷君宰，百忙难出江关外。〔作到介〕这是李家院门。〔下马急敲门介〕开门，开门！〔小生扮蓝瑛急上〕又是那个叫门？〔开门见介〕杨老爷为何转来？〔末〕北信紧急，君臣逃散，那苏松巡抚也做不成了。整琴书襆被，整琴书襆被，换布袜青鞋，一只扁舟载。〔小生〕原来如此。方才香君回家，也说朝廷偷走。〔唤介〕香君快来。〔旦上见介〕杨老爷万福！〔末〕多日不见，今朝匆匆一叙，就要远别了。〔旦〕要向那里去？〔末〕竟回敝乡贵阳去也。〔旦掩泪介〕侯郎狱中未出，老爷又要还乡；撇奴孤身，谁人照看。〔末〕如此大乱，父子亦不相顾的。这情形紧迫，这情形紧迫，各人自裁，谁能携带。

〔净扮苏昆生急上〕将军不惜命，皇帝已无家。我苏昆生自湖广回京，谁知遇此大乱，且到院中打听侯公子信息，再作商量。

【前腔】俺匆忙转来，俺匆忙转来，故人何在，旌旗满眼乾坤改。来此已是，不免竟入。〔见介〕好呀！杨老爷在此，香君也出来了。侯相公怎的不见？〔末〕侯兄不曾出狱来。〔旦〕师父从何处来的？〔净〕俺为救侯郎，远赴武昌，不料宁南暴卒。俺连夜回京，忽闻乱信，急忙寻到狱门，只见封锁俱开。众囚徒四散，众囚徒四散，三面网全开⑩，谁将秀才害。〔旦哭介〕师父快快替俺寻来。〔末指介〕望烟尘一派，望烟尘一派，抛妻弃孩，团圆难再。

〔末向旦介〕好，好，好！有你师父作伴，下官便要出京了。〔唤介〕蓝田老收拾行李，同俺一路去罢。〔小生〕小弟家在杭州，怎能陪你远去。〔末〕既是这等，待俺换上行衣，就此作别便了。〔换衣作别介〕万里如魂返，三年似梦游。〔作骑马，杂挑行李随下〕〔旦哭介〕杨老爷竟自去了，只有师父知俺心事。前日累你千山万水，寻到侯郎；不想奴家进宫，侯郎入狱，两不见面。今日奴家离宫，侯郎出狱，又不见面；还求师父可怜，领着奴家各处找寻则个。〔净〕侯郎不到院中，自然出城去了。那里找寻？〔旦〕定要找寻的。

【批注】

侯、李两不见面，方有戏，但要写出必不能见的前因后果，仍煞费心机。

【前腔】〔旦〕便天涯海崖，便天涯海崖，十洲方外，铁鞋踏破三千界。[11]只要寻着侯郎，俺才住脚也。〔小生〕西北一带俱是兵马，料他不能渡江；若要找寻，除非东南山路。〔旦〕就去何妨。望荒山野道，望荒山野道，仙境似天台，三生旧缘在[12]。〔净〕你既一心要寻侯郎，我老汉也要避乱，索性领你前往，只不知路向那走？〔小生指介〕那城东栖霞山中，人迹罕到；大锦衣张瑶星先生，弃职修仙，俺正要拜访为师。何不作伴同行，或者姻缘凑巧，亦未可知。〔净〕妙，妙！大家收拾包裹，一齐出城便了。〔各背包裹行介〕〔旦〕舍烟花旧寨，舍烟花旧寨，情根爱胎，何时消败。

〔净〕前面是城门了，怕有人盘诘。〔小生〕快快趁空走出去罢。〔旦〕奴家脚痛，也说不得了。

【批注】

混乱中每个人物交代得清清楚楚，难得。

〔旦〕行路难时泪满腮，〔净〕飘蓬断梗出城来。

〔小生〕桃源洞里无征战，〔旦〕可有莲华并蒂开。

注释

❶天街：京城里的街道。

❷凤凰台：地名，在南京城南。

❸贴皮恩爱：指妻妾。

❹防江美差：当时阮大铖以兵部尚书巡视江防。

❺娇艾：年轻貌美的女子。

❻鸡肋：意指孱弱的身躯。

❼趱行：急走。

❽科头：不戴冠帽的空头。

❾“笑临春结绮”四句：临春、结绮都是陈后主筑来歌舞行乐的宫殿名。擒虎指韩擒虎，是隋朝征陈时的将领。这四句意为弘光帝只贪图歌舞玩乐，难道敌兵攻来时可以排着管弦来对待吗？

❿三面网全开：典出商汤的故事。传说商汤出野外，见人张开四面网捕鸟，商汤叫他打开了三面。这里指监狱被打开了。

⓫“便天涯海崖”四句：天涯海崖指遥远的地方。十洲相传是祖、瀛、玄、炎等十洲，是神仙居住的地方。方外即世外，道家语。铁鞋踏破，形容到处找寻。三千界即三千世界，是佛家用语，这里借用，意指遍世界。这段话的主要意思是不论怎样遥远，都要去找寻侯方域。

⓬三生旧缘在：佛家说人有过去、现在、将来三生。此句意为前生在这里有过因缘的。

第三十七出

劫宝

乙酉五月

【西地锦】〔末扮黄得功戎装，副净扮田雄随上〕目断长江奔放，英雄万里愁长；何时欢饮中军帐，把弓矢付儿郎。

俺黄得功坂矶一战，吓的左良玉胆丧身亡。剩他儿子左梦庚，据住九江，乌合未散，俺且驻扎芜湖，防其北犯。〔杂扮报卒上〕报，报，报！北兵连夜渡淮，围住扬州，南京震恐，万姓奔逃了。〔末〕那凤、淮两镇[1]，现在江北，怎不迎敌？〔杂〕闻得两位刘将军，也到上江堵截左兵，凤、淮一带，千里空营。〔末惊介〕这怎么处！〔唤介〕田雄，你是俺心腹之将；快领人马，去保南京。

【降黄龙】司马[2]威权，夜发兵符，调镇移防。谁知他拆东补西，露肘捉襟，明弃淮扬金汤[3]。九曲天险，只用莲舟荡漾。[4]起烟尘，金陵气暗，怎救宫墙。〔下〕〔小生扮弘光帝骑马，丑扮太监韩赞周随上〕

【前腔】〔小生〕堪伤，寂寞鱼龙[5]，潜泣

【批注】

江北三镇将心不相同，力不相协，遂酿成悲剧。这些人物是从复杂的现实矛盾中选取的，而不是从概念出发设计的，因而真实丰富。

江头，乞食村庄。寡人逃出南京，昼夜奔走，宫监嫔妃，渐渐失散，只有太监韩赞周，跟俺前来。这炎天赤日，瘦马独行，何处纳凉。昨日寻着魏国公徐宏基，他佯为不识，逐俺出府。今日又早来到芜湖。〔指介〕那前面军营，乃黄得功驻防之所，不知他肯容留寡人否。奔忙，寄人廊庑，只望他容留收养。〔作下马介〕此是黄得功辕门。〔唤介〕韩赞周，快快传他知道。〔丑叫门介〕门上有人么？〔杂扮军卒上〕是那里来的？〔丑〕南京来的。〔拉一边悄说介〕万岁爷驾到了，传你将军速出迎接。〔杂〕啐！万岁爷怎能到的这里？不要走来吓俺罢。〔小生〕你唤出黄得功来，便知真假。江浦边，迎銮护驾，旧将中郎。[6]

〔杂咬指介〕人物不同，口气又大，是不是，替他传一声。〔忙入传介〕〔末慌上〕那有这事，待俺认来。〔见介〕〔小生〕黄将军一向好么？〔末认，忙跪介〕万岁，万万岁！请入帐中，容臣朝见。〔丑扶小生升帐坐〕〔末拜介〕

【滚遍】 戎衣拜吾皇，戎衣拜吾皇，又把天颜仰。为甚私巡，萧条鞍马蒙尘[7]状；失水神龙[8]，风云飘荡。这都是臣等之罪。负国恩，一班相，一班将。

〔小生〕事到今日，后悔无及，只望你保护朕躬。〔末拍地哭奏介〕皇上深居宫中，臣好戮力效命。今日下殿而走，大权已失；叫臣进不能战，退无可守，十分事业，已去九分矣。〔小生〕不必着急，寡人只要苟全性命，那皇帝一席，也不愿再做了。〔末〕呵呀！天下者祖宗之天下，圣上如何弃的。〔小生〕弃与不弃，只在将军了。〔末〕微臣鞠躬尽瘁，死而后已。〔小生掩泪介〕不料将军倒是一个忠臣。〔末跪奏介〕圣上鞍马劳顿，早到后帐安歇。军国大事，明日请旨罢。〔丑引小生入介〕〔末〕了不得，了不得！明朝三百年国运，争此一时，十五省皇图，归此片土。这是天大的干系，叫俺如何担承！〔吩咐介〕大小三军，马休解辔，人休解甲，摇铃击梆，在意小心着。〔众应介〕〔末唤介〕田雄，我与你是宿卫之官，就在这行宫门外，同卧支更罢。〔末枕副净股，执双鞭卧介〕〔杂摇铃击梆，报更介〕〔副净悄语介〕元帅，俺看这位皇帝不像享福之器，况北兵过江，人人投顺，元帅也要看风行船才好。〔末〕说那里话，常言"孝当竭力，忠则尽命"⑨，为人臣子，岂可怀揣二心。〔内传鼓介〕〔末惊介〕为何传鼓？〔俱起坐介〕〔杂上报介〕报元帅，有一队人马，从东北下来；说是两镇刘老爷，要会元帅商议军情。〔末起介〕好，好，好！三镇会齐，可以保驾无虞了，待俺看来。〔望介〕〔净扮刘良佐，丑扮刘泽清，骑马领众上〕〔叫介〕黄大哥在那里？〔末喜介〕果然是他二人。〔应介〕愚兄在此拱候多时了。〔净、丑下马介〕〔净〕哥哥得了宝贝，竟瞒着两个兄

【批注】

田雄有此语，后面劫宝方不突兀。

【批注】

观众以为保驾而来，不料却来夺驾，作者最善转折，由此可见。

弟么。〔末〕什么宝贝？〔丑〕弘光呀。〔末摇手介〕不要高声，圣上安歇了。〔净悄问介〕今日还不献宝，等到几时哩。〔末〕什么宝？〔丑〕把弘光送与北朝，赏咱们个大大王爵，岂不是献宝么。〔末喝介〕哇！你们两个要来干这勾当，我黄闯子怎么容得。〔持双鞭打介〕〔净、丑招架介〕〔末喊介〕好反贼，好反贼！

【前腔】望风便生降，望风便生降，好似波斯[10]样。职贡朝天，思将奇货擎双掌；倒戈劫君，争功邀赏。顿丧心，全反面，真贼党。

〔净〕不要破口，好好弟兄，为何厮闹。〔末〕啐！你这狗才，连君父不识，我和你认什么弟兄。〔又战介〕〔副净在后指介〕好个笨牛，到这时候还不见机。〔拉弓搭箭介〕俺田雄替你解围罢。〔放箭射末腿，末倒地介〕〔净、丑大笑介〕〔副净入内，急背出小生介〕〔小生叫介〕韩赞周快快跟来。〔内不应介〕〔小生〕这奴才竟舍我而去。〔手打副净脸介〕你背俺到何处去？〔副净〕到北京去。〔小生狠咬副净肩介〕〔副净忍痛介〕哎呀！咬杀我也。〔丢小生于地，向净、丑拱介〕皇帝一枚奉送。〔净、丑拱介〕领谢，领谢！〔齐拉小生袖急走介〕〔末抱住小生腿叫介〕田雄，田雄！快来夺驾。〔副净佯拉，放手介〕〔净、丑竞拉小生下〕〔末作爬不起介〕怎么起不来的？〔副净〕元帅中箭了。〔末〕那个射俺的？〔副净〕是我们放箭射贼，误伤了元帅。

〔末〕瞎眼的狗才。我且问你，为何背出圣驾来？〔副净〕俺要护驾逃走的，不料被他们抢去。〔末〕你与我快快赶上。〔副净笑介〕不劳元帅吩咐。俺是一名长解子⑪，收拾包裹，自然护送到京的。〔背包裹雨伞急赶下〕〔末怒介〕呵呸！这伙没良心的反贼，俺也不及杀你了。〔哭介〕苍天，苍天！怎知明朝天下，送在俺黄得功之手。

【尾声】平生骁勇无人当，拉不住黄袍⑫北上，笑断江东父老肠。

罢，罢，罢！除却一死，无可报国。〔拔剑大叫介〕大小三军，都来看断头将军呀。〔一剑刎死介〕

【原评】

"此折独无下场诗。将军已死，谁发咽鸣之歌耶。""明朝亡国争此一时，所倚者四镇也。高已自取杀戮，二刘今为叛贼，黄则养贼在家，贩帝而去，春秋之责，黄能免乎？"

注释

❶凤、淮两镇：今安徽凤阳和江苏淮安两地，当时由刘良佐和刘泽清二将镇守。

❷司马：指阮大铖，当时他任兵部尚书。

❸金汤：金城汤池。金，形容坚固不可破；汤，比喻沸热不能近。这里形容淮安、扬州二城形势的险固。

❹"九曲天险"二句：九曲天险指黄河，据说黄河河水九曲，长九千里。这二句意为南明君臣不重河防，导致北兵轻易渡河南下。

❺寂寞鱼龙：杜甫《秋兴》诗："鱼龙寂寞秋江冷，故国平居有所思。"这里的"寂寞鱼龙"是弘光帝引以自比的。

❻"江浦边"三句：銮驾是帝皇的车驾。中郎将是比将军低一点的将官。这三句说黄得功是曾在江浦边迎接车驾的旧将官。

❼蒙尘：指皇帝出奔。

❽失水神龙：比喻失势的皇帝。

❾“孝当竭力”二句：原见《千字文》，意为孝顺父母应该尽自己的力量，为国尽忠可以牺牲性命。

❿波斯：我国自隋唐以来，一般称识宝的外国商人作波斯。

⓫长解子：解送长途犯人的差役。

⓬黄袍：指天子。

第三十八出

沉江

乙酉五月

【锦缠道】〔外扮史可法，毡笠急上〕〔回头望介〕望烽烟，杀气重，扬州沸喧；生灵尽席卷①，这屠戮皆因我愚忠不转。兵和将，力竭气喘，只落了一堆尸软。俺史可法率三千子弟，死守扬州，那知力尽粮绝，外援不至。北兵今夜攻破北城，俺已满拚自尽。忽然想起明朝三百年社稷，只靠俺一身撑持，岂可效无益之死，舍孤立之君。故此缒下南城，直奔仪真②，幸遇一只报船，渡过江来。〔指介〕那城阙隐隐，便是南京了；可恨老腿酸软，不能走动，如何是好。〔惊介〕呀！何处走来这匹白骡，待俺骑上，沿江跑去便了。〔骑骡，折柳作鞭介〕跨上白骡鞯，空江野路，哭声动九原。日近长安远③，加鞭，云里指宫殿。

〔副末扮老赞礼背包裹跑上〕残年还避乱，落日更思家。〔外撞倒副末介〕〔副末〕呵哟哟！几乎滚下江去。〔看外介〕你这位老将爷好没眼色！〔外下骡扶起介〕得罪，得罪！俺且问你，

【批注】

作者在民间传说基础上，虚构此一出戏，集中写史可法忠于明朝的一片丹心。

【批注】

老赞礼是一历史见证人，苏、柳不在时，即由他出场。

从那里来的？〔副末〕南京来的。〔外〕南京光景如何？〔副末〕你还不知么，皇帝老子逃去两三日了。目下北兵过江，满城大乱，城门都关的。〔外惊介〕呵呀，这等去也无益矣！〔大哭介〕皇天后土，二祖列宗，怎的半壁江山也不能保住呀。〔副末惊介〕听他哭声，倒像是史阁部。〔问介〕你是史老爷么？〔外〕下官便是。你如何认得？〔副末〕小人是太常寺一个老赞礼，曾在太平门外伺候过老爷的。〔外认介〕是呀！那日恸哭先帝，便是老兄了。〔副末〕不敢。请问老爷，为何这般狼狈！〔外〕今夜扬州失陷，才从城头缒下来的。〔副末〕要向那里去？〔外〕原要南京保驾，不想圣上也走了。〔顿足哭介〕

【普天乐】撇下俺断篷船，丢下俺无家犬；叫天呼地千百遍，归无路，进又难前。〔登高望介〕那滚滚雪浪拍天，流不尽湘累[4]怨。〔指介〕有了，有了！那便是俺葬身之地。胜黄土，一丈江鱼腹宽展。〔看身介〕俺史可法亡国罪臣，那容的冠裳而去。〔摘帽，脱袍、靴介〕摘脱下袍靴冠冕。〔副末〕我看老爷竟像要寻死的模样。〔拉住介〕老爷三思，不可短见呀！〔外〕你看茫茫世界，留着俺史可法何处安放。累死英雄，到此日看江山换主，无可留恋。

〔跳入江翻滚下介〕〔副末呆望良久，抱靴、帽、袍服哭叫介〕史老爷呀，史老爷呀！好一个尽节忠臣，若不遇着小人，谁知你投江而死呀！

【批注】

由于不敢写史可法的英勇抗清，人物的舞台形象不够丰富。但曲辞悲壮动人，写出史不能不死的悲剧性格。

〔大哭介〕〔丑扮柳敬亭，携生忙上〕偷生辞狱吏，避乱走天涯。〔末扮陈贞慧，小生扮吴应箕，携手忙上〕日日争门户，今年傍那家。〔生呼介〕定兄，次兄，日色将晚，快些走动。〔末、小生〕来了。〔丑〕我们出狱，不觉数日，东藏西躲，终无栖身之地。前面是龙潭⑤江岸，大家商量，分路逃生罢！〔末〕是，是。〔见副末介〕你这位老兄，为何在此恸哭？〔副末〕俺也是走路的，适才撞见史阁部老爷投江而死，由不的伤心哭他几声。〔生〕史阁部怎得到此？〔副末〕今夜扬州城陷，逃到此间，闻的皇帝已走，跺了跺脚，跳下江去了。〔生〕那有此事？〔副末指介〕这不是脱下的衣服、靴、帽么！〔丑看介〕你看衣裳里面，浑身朱印。〔生〕待俺认来。〔读介〕"钦命总督江北等处兵马内阁大学士兼兵部尚书印。"〔生惊哭介〕果然是史老先生。〔末〕设上衣冠，大家哭拜一番。〔副末设衣冠介〕〔众拜哭介〕

【古轮台】〔合〕走江边，满腔愤恨向谁言。老泪风吹面，孤城一片，望救目穿。使尽残兵血战，跳出重围，故国苦恋，谁知歌罢剩空筵。长江一线，吴头楚尾路三千，尽归别姓。雨翻云变，寒涛东卷，万事付空烟。精魂显，大招声逐海天远。⑥

〔生拍衣冠大哭介〕〔丑〕阁部尽节，成了一代忠臣。相公不必过哀，大家分手罢！〔生指介〕

【批注】

将四人出狱接此处，既归结陈、吴，又点明侯、李入山之路，关目安排十分细致。

你看一望烟尘，叫小生从那里归去？〔末〕我两人绕道前来，只为送兄过江；今既不能北上，何不随俺南行。〔生〕这纷纷乱世，怎能终始相依。倒是各人自便罢！〔小生〕侯兄主意若何？〔生〕我和敬亭商议，要寻一深山古寺，暂避数日，再图归计。〔副末〕我老汉正要向栖霞山去，那边地方幽僻，尽可避兵，何不同往？〔生〕这等极妙了。〔末、小生〕侯兄既有栖身之所，我们就此作别罢！〔拜别介〕伤心当此日，会面是何年。〔末、小生掩泪下〕〔生问副末介〕你到栖霞山中，有何公干？〔副末〕不瞒相公说，俺是太常寺一个老赞礼，只因太平门外哭奠先帝之日，那些文武百官，虚应故事；我老汉动了一番气恼，当时约些村中父老，捐施钱粮，趁着这七月十五日，要替崇祯皇帝建一个水陆道场。不料南京大乱，好事难行，因此携着钱粮，要到栖霞山上，虔请高僧，了此心愿。〔丑〕好事，好事！〔生〕就求携带同行便了！〔副末〕待我收拾起这衣服、靴、帽着。〔丑〕这衣服、靴、帽，你要送到何处去？〔副末〕我想扬州梅花岭，是他老人家点兵之所，待大兵退后，俺去招魂埋葬，便有史阁部千秋佳城⑦了。〔生〕如此义举，更为难得。〔副末背袍、靴等，生、丑随行介〕

【余文】山云变，江岸迁，一霎时忠魂不见，寒食何人知墓田。

〔副末〕千古南朝作话传，〔丑〕伤心血泪洒

【批注】

招魂一曲，悲壮感人。悲剧曲辞，不难于悲凉，而难于悲壮，如此曲，真悲而能壮矣。

山川。

〔生〕仰天读罢招魂赋，〔副末〕扬子江头乱暝烟。

注释

❶生灵尽席卷：意即生民被杀尽。

❷仪真：今仪征，在扬州与南京之间，靠长江北岸。

❸日近长安远：晋明帝幼年时，他父亲问他："太阳和长安，离我们这儿哪个近?"他说："太阳近，因为我们抬头可以看到太阳，却看不见长安。"长安，一般泛指京城，这里指南京。

❹湘累：屈原投湘水自杀，古典文学中每称他作湘累。累指没有罪而冤死的人。

❺龙潭：在南京城东。

❻"精魂显"二句：《大招》是《楚辞》的一篇。这二句意为史可法虽然死了，但他的精神影响是无限广大的。

❼千秋佳城：指坟墓。

第三十九出

栖真①

乙酉六月

【醉扶归】〔净扮苏昆生同旦上〕〔旦〕一丝幽恨嵌心缝，山高水远会相逢；拿住情根死不松，赚他也做游仙梦。看这万叠云白罩青松，原是俺天台洞。

〔唤介〕师父，我们幸亏蓝田叔，领到栖霞山来。无意之中，敲门寻宿，偏撞着卞玉京做了这葆真庵主，留俺暂住，这也是天缘奇遇。只是侯郎不见，妾身无归，还求师父上心寻觅。〔净〕不要性急。你看烟尘满地，何处寻觅；且待庵主出来，商量个常住之法。〔老旦扮卞玉京道妆上〕

【皂罗袍】何处瑶天笙弄，听云鹤缥缈，玉珮丁冬。花月姻缘半生空，几乎又把桃花种②。〔见介〕草庵淡薄，屈尊二位了。〔旦〕多谢收留，感激不尽。〔净〕正有一言奉告，江北兵荒马乱，急切不敢前行；我老汉的吹歌，山中又无用处，连日搅扰，甚觉不安。〔老旦〕说那里话。旧人重到，蓬山路通；前缘不断，巫峡恨浓，连床且话襄王梦。

【批注】

一段补叙，省却了许多过场戏。

〔净〕我苏昆生有个活计在此。〔换鞋、笠，取斧、担、绳索介〕趁这天晴，俺要到岭头涧底，取些松柴，供早晚炊饭之用。不强如坐吃山空么?〔老旦〕这倒不敢动劳。〔净〕大家度日，怎好偷闲。〔挑担介〕脚下山云冷，肩头野草香。〔下〕〔老旦闭门介〕〔旦〕奴家闲坐无聊，何不寻些旧衣残裳，付俺缝补，以消长夏。〔老旦〕正有一事借重。这中元节，村中男女，许到白云庵与皇后周娘娘[3]悬挂宝幡[4]；就求妙手，替他承造，也是十分功德哩。〔旦〕这样好事，情愿助力。〔老旦取出幡料介〕〔旦〕待奴薰香洗手，虔诚缝制起来。〔作洗手缝幡介〕

【好姐姐】念奴前身业重[5]，绑十指筝弦箫孔[6]；慵线懒针，几曾解女红。〔老旦〕香姐心灵手巧，一捻针线，就是不同的。〔旦〕奴家那晓针线，凭着一点虔心罢了。仙幡捧，忏悔尽教指头肿，绣出鸳鸯别样工。

〔共绣介〕〔副末扮老赞礼，丑扮柳敬亭，背行李领生上〕

【皂罗袍】〔生〕避了干戈横纵，听飕飕一路，涧水松风。云锁栖霞两三峰，江深五月寒风送。〔副末〕这是栖霞山了。你们寻所道院，趁早安歇罢。〔生看介〕这是一座葆真庵，何不敲门一问。石墙萝户[7]，忙寻炼翁[8]，鹿柴[9]鹤径，急呼道童，仙家那晓浮生恸。

〔副末敲门介〕〔老旦起问介〕那个敲门?

〔副末〕俺是南京来的，要借贵庵暂安行李。〔老旦〕这里是女道住持，从不留客的。

【好姐姐】你看石墙四耸，昼掩了重门无缝；修真女冠⑩，怕遭俗客哄。〔丑〕我们不比游方僧道，暂住何妨。〔老旦〕真经讽⑪，谨把祖师清规奉，处女闺阁一样同。

〔旦〕说的有理，比不得在青楼之日了。〔老旦〕这是俺修行本等，不必睬他；且去香厨用斋罢。〔同下〕〔副末又敲门介〕〔生〕他既谨守清规，我们也不必苦缠了。〔副末〕前面庵观尚多，待我再去访问。〔行介〕〔副净扮丁继之道装，提药篮上〕

【皂罗袍】采药深山古洞，任芒鞋竹杖，踏遍芳丛。落照苍凉树玲珑，林中笋蕨充清供。〔副末喜介〕那边一位道人来了，待我上前问他。〔拱介〕老仙长，我们上山来做好事的，要借道院暂安行李，敢求方便一二！〔副净认介〕这位相公，好像河南侯公子。〔丑〕不是侯公子是那个？〔副净又认介〕老兄你可是柳敬亭么？〔丑〕便是。〔生认介〕呵呀！丁继老，你为何出了家也。〔副净〕侯相公，你不知么。俺善才迟暮⑫，羞入旧宫；龟年⑬疏懒，难随妙工；辞家竟把仙箓⑭诵。

〔生〕原来因此出家。〔丑〕请问住持何山？〔副净〕前面不远，有一座采真观，便是俺修炼之所。不嫌荒僻，就请暂住何如？〔生〕甚好。

【批注】

侯、李几次都有可能团聚，作者偏把它岔开，为全剧结局留地步。

〔副末〕二位遇着故人，已有栖身之地。俺要上白云庵，商量醮事去了。〔生〕多谢携带。〔副末〕彼此。〔别介〕人间消业海，天上礼仙坛。〔下〕〔副净携生、丑行介〕跨过白泉，又登紫阁；雪洞风来，云堂雨落。〔生惊介〕前面一道溪水，隔断南山，如何过去？〔副净〕不妨。靠岸有只渔船，俺且坐船闲话，等个渔翁到来，央他撑去；不上半里，便是采真观了。〔同上船坐介〕〔丑〕我老柳少时在泰州北湾，专以捕鱼为业；这渔船是弄惯了的，待我撑去罢。〔生〕妙，妙。〔丑撑船介〕〔生问副净介〕自从梳栊香君，借重光陪，不觉别来便是三载。〔副净〕正是。且问香君入宫之后，可有消息么？〔生〕那得消息来。〔取扇指介〕这柄桃花扇，还是我们订盟之物，小生时刻在手。

【好姐姐】把他桃花扇拥，又想起青楼旧梦；天老地荒，此情无尽穷。分飞猛[15]，杳杳万山隔鸾凤，美满良缘半月同。

〔丑〕前日皇帝私走，嫔妃逃散，料想香君也出宫门；且待南京平定，再去寻访罢。〔生〕只怕兵马赶散，未必重逢了。〔掩泪介〕〔副净指介〕那一带竹篱，便是俺的采真观，就请拢船上岸罢。〔丑挽船，同上岸介〕〔副净唤介〕道僮，有远客到门，快搬行李。〔内应介〕〔副净〕请进。〔让入介〕

〔生〕门里丹台[16]更不同，〔副净〕寂寥松下

【原评】

“此折侯郎与香君觌面千山，用险笔也。后折侯郎与香君转头万里，用幻笔也。险则攀跻无从，幻则捉摸难定，所谓智譬则巧也。”

养衰翁。

〔丑〕一湾溪水舟千转，〔生〕跳入蓬壶[17]似梦中。

注 释

1栖真：真在这里指道观。栖真，意即寄居道观。

2几乎又把桃花种：意为差不多又惹上了儿女风情。

3皇后周娘娘：崇祯皇帝的周皇后。李自成等农民起义军攻陷北京时，她自杀而死。

4宝幡：佛寺里挂的幢幡。

5业重：罪孽深重。

6绑十指筝弦箫孔：意为十指只会弹弄弦管。

7萝户：指蔓延着松萝的门户。

8炼翁：炼丹道士。

9鹿柴：柴本作砦，鹿柴就是篱落。

10修真女冠：修真即修仙，女冠即女道士。

11真经讽：真经指道士念的经典。讽即诵念。

12善才迟暮：唐元和中，曹保的儿子善才精通琵琶，后人即用善才来称呼琵琶师。迟暮即晚年。

13龟年：唐玄宗时著名的乐工李龟年。

14仙箓：道家的秘文。

15分飞猛：突然被拆散的意思。

16丹台：指炼丹台。

17蓬壶：仙山名。传说海中有三山，其中一座叫蓬莱山，因形似壶，也叫蓬壶。

第四十出

入道

乙酉七月

【南点绛唇】〔外扮张薇瓢冠衲衣[①]，持拂上〕世态纷纭，半生尘里朱颜老；拂衣不早，看罢傀儡闹[②]。恸哭穷途，又发哄堂笑。都休了，玉壶琼岛，万古愁人少。

贫道张瑶星，挂冠[③]归山，便住这白云庵里。修仙有分，涉世无缘。且喜书客蔡益所随俺出家，又载来五车经史。那山人蓝田叔也来皈依，替我画了四壁蓬瀛。这荒山之上，既可读书，又可卧游，从此飞升尸解[④]，亦不算懵懂神仙矣。只有崇祯先帝，深恩未报，还是平生一件缺事。今乃乙酉年七月十五日，广延道众，大建经坛，要与先帝修斋追荐；恰好南京一个老赞礼，约些村中父老，也来搭醮。不免唤出弟子，趁早铺设。〔唤介〕徒弟何在？〔丑扮蔡益所，小生扮蓝田叔道装上〕尘中辞俗客，云里会仙官。〔见介〕弟子蔡益所、蓝田叔，稽首了。〔拜介〕〔外〕尔等率领道众，照依黄箓科仪[⑤]，早铺坛场；待俺沐浴更衣，虔心拜请。正是：清斋朝帝

【批注】

此为最后总结，场面最大，关目好看，曲亦南北合套，且多合唱，人人皆有交代，善恶终见结果，依次写来，不乱不漏。

座，直道在人心。〔下〕〔丑、小生铺设三坛，供香花茶果，立幡挂榜介〕

【北醉花阴】高筑仙坛海日晓，诸天群灵俱到，列星众宿来朝。幡影飘飖，七月中元建醮。

〔丑〕经坛斋供，俱已铺设整齐了。〔小生指介〕你看山下父老，捧酒顶香，纷纷来也。〔副末扮老赞礼，领村民男女，顶香捧酒，挑纸钱、锭锞⑥、绣幡上〕

【南画眉序】携村醪，紫降黄檀⑦绣帕包。〔指介〕望虚无玉殿，帝座非遥；问谁是皇子王孙，撇下俺村翁乡老。〔掩泪介〕万山深处中元节，擎着纸钱来吊。

〔见介〕众位道长，我们社友俱已齐集了，就请法师老爷出来巡坛罢。〔丑、小生向内介〕铺设已毕，请法师更衣巡坛，行洒扫之仪。〔内三鼓介〕〔杂扮四道士奏仙乐，丑、小生换法衣捧香炉，外金道冠、法衣，擎净盏，执松枝，巡坛洒扫介〕

【北喜迁莺】〔合〕净手洒松梢，清凉露千滴万点抛；三转九回坛边绕，浮尘热恼全浇。香烧，云盖飘⑧，玉座层层百尺高。响云璈⑨，建极宝殿，改作团瓢⑩。

〔外下〕〔丑、小生向内介〕洒扫已毕，请法师更衣拜坛，行朝请大礼。〔丑、小生设牌位：正坛设故明思宗烈皇帝之位；左坛设故明甲申殉难文臣之位；右坛设故明甲申殉难武臣之位〕

〔内奏细乐介〕〔外九梁朝冠[11]、鹤补朝服[12]、金带、朝鞋、牙笏上〕〔跪祝介〕伏以星斗增辉，快睹蓬莱之现；风雷布令，遥瞻阊阖[13]之开。恭请故明思宗烈皇帝九天法驾，及甲申殉难文臣，东阁大学士范景文，户部尚书倪元璐，刑部侍郎孟兆祥，协理京营兵部侍郎王家彦，左都御史李邦华，右副都御史施邦耀，大理寺卿凌义渠，太常寺少卿吴麟征，太仆寺丞申佳胤，詹事府庶子周凤翔，谕德马世奇，中允刘理顺，翰林院检讨汪伟，兵科都给事中吴甘来，巡视京营御史王章，河南道御史陈良谟，提学御史陈纯德，兵部郎中成德，吏部员外郎许直，兵部主事金铉；武臣新乐侯刘文炳，襄城伯李国祯，驸马都尉巩永固，协理京营内监王承恩等。伏愿彩仗随车，素旗拥驾；君臣穆穆，指青鸟以来临；文武皇皇，乘白云而至止。共听灵籁[14]，同饮仙浆。〔内奏乐，外三献酒，四拜介〕〔副末、村民随拜介〕

【南画眉序】〔外〕列仙曹，叩请烈皇下碧霄；舍煤山古树，解却宫绦。且享这椒酒松香，莫恨那流贼闯盗。古来谁保千年业，精灵永留山庙。

〔外下〕〔丑、小生左右献酒，拜介〕〔副末、村民随拜介〕

【北出队子】〔丑、小生〕虔诚祝祷，甲申殉节群僚。绝粒刎颈恨难消，坠井投缳志不挠，此日君臣同醉饱。

〔丑、小生〕奠酒化财，送神归天。〔众烧纸牌钱锞，奠酒举哀介〕〔副末〕今日才哭了个尽情。〔众〕我们愿心已了，大家吃斋去。〔暂下〕〔丑、小生向内介〕朝请已毕，请法师更衣登坛，做施食功德。〔设焰口[15]、结高坛介〕〔内作细乐介〕〔外更华阳巾[16]、鹤氅，执拂子上，拜坛毕，登坛介〕〔丑、小生侍立介〕〔外拍案介〕窃惟浩浩沙场，举目见空中之楼阁；茫茫苦海，回头登岸上之瀛洲。念尔无数国殇[17]，有名敌忾，或战畿辅[18]，或战中州，或战湖南，或战陕右；死于水，死于火，死于刃，死于镞，死于跌扑踏践，死于疠疫饥寒。咸望滚榛莽之髑髅，飞风烟之磷火，远投法座，遥赴宝山。[19]吸一滴之甘泉，津含万劫；吞盈掬之玉粒，腹果千春。[20]〔撒米、浇浆、焚纸，鬼抢介〕

【南滴溜子】沙场里，沙场里，尸横蔓草；殷血[21]腥，殷血腥，白骨渐槁。可怜风旋雨啸，望故乡无人拜扫；饿魄馋魂，来饱这遭。

〔丑、小生〕施食已毕，请法师普放神光，洞照三界[22]，将君臣位业，指示群迷。〔外〕这甲申殉难君臣，久已超升天界了。〔丑、小生〕还有今年北去君臣，未知如何结果？恳求指示。〔外〕你们两廊道众，斋心肃立；待我焚香打坐，闭目静观。〔丑、小生执香，低头侍立介〕〔外闭目良久介〕〔醒向众介〕那北去弘光皇帝，及刘良佐、刘泽清、田雄等，阳数未终，皆无显验。

【批注】

此愿是《闲话》折中许下的。

〔丑、小生前禀介〕还有史阁部、左宁南、黄靖南，这三位死难之臣，未知如何报应？〔外〕待我看来。〔闭目介〕〔杂白须、幞头[23]、朱袍，黄纱蒙面，幢幡细乐引上〕吾乃督师内阁大学士兵部尚书史可法。今奉上帝之命，册为太清宫紫虚真人，走马到任去也。〔骑马下〕〔杂金盔甲、红纱蒙面，旗帜鼓吹引上〕俺乃宁南侯左良玉。今奉上帝之命，封为飞天使者，走马到任去也。〔骑马下〕〔杂银盔甲、黑纱蒙面，旗帜鼓吹引上〕俺乃靖南侯黄得功。今奉上帝之命，封为游天使者，走马到任去也。〔骑马下〕〔外开目介〕善哉，善哉！方才梦见阁部史道邻先生，册为太清宫紫虚真人；宁南侯左昆山，靖南侯黄虎山，封为飞天、游天二使者。一个个走马到任，好荣耀也。

【北刮地风】 则见他云中天马骄，才认得一路英豪。咭叮当奏着钧天乐，又摆些羽葆干旄[24]。将军刀，丞相袍，挂符牌都是九天名号[25]。好尊荣，好逍遥，只有皇天不昧功劳。

〔丑、小生拱手介〕南无天尊[26]，南无天尊！果然善有善报，天理昭彰。〔前禀介〕还有奸臣马士英、阮大铖，这两个如何报应？〔外〕待俺看来。〔闭目介〕〔净散发披衣跑上〕我马士英做了一生歹事，那知结果这台州山中[27]。〔杂扮霹雳雷神，赶净绕场介〕〔净抱头跪介〕饶命，饶命！〔杂劈死净，剥衣去介〕〔副净冠带上〕好了，好了！我阮大铖走过这仙霞岭，便算第一功了。〔登高介〕〔杂扮山神、夜叉，刺副净下，跌死介〕〔外开目介〕苦哉，苦哉！方才梦见马士英被雷击死台州山中，阮大铖跌死仙霞岭上[28]。一个个皮开脑裂，好苦恼也。

【南滴滴金】明明业镜[29]忽来照，天网恢恢飞不了。抱头颅由你千山跑，快雷车偏会找，钢叉又到。问年来吃人多少脑，这顶浆两包，不够犬饕[30]。

〔丑、小生拱手介〕南无天尊，南无天尊！果然恶有恶报，天理昭彰。〔前禀介〕这两廊道众，不曾听得明白，还求法师高声宣扬一番。〔外举拂高唱介〕〔副末、众村民执香上，立听介〕

【批注】

善恶有报乃中国古剧传统结束法。

【北四门子】〔外〕众愚民暗室亏心少，到头来几曾饶，微功德也有吉祥报，大巡环睁眼瞧。[31]前一番，后一遭，正人邪党，南朝接北朝。福有因，祸怎逃，只争些来迟到早。

〔副末、众叩头下〕〔老旦扮卞玉京，领旦上〕天上人间，为善最乐。方才同些女道，在周皇后坛前挂了宝幡，再到讲堂参见法师。〔旦〕奴家也好闲游么？〔老旦指介〕你看两廊道俗[32]，不计其数，瞧瞧何妨。〔老旦拜坛介〕弟子卞玉京稽首了。〔起同旦一边立介〕〔副净扮丁继之上〕人身难得，大道难闻。〔拜坛介〕弟子丁继之稽首了。〔起唤介〕侯相公，这是讲堂，过来随喜。〔生急上〕来了！久厌尘中多苦趣，才知世外有仙缘。〔同立一边介〕〔外拍案介〕你们两廊善众，要把尘心抛尽，才求得向上机缘；若带一点俗情，免不了轮回千遍。〔生遮扇看旦，惊介〕那边站的是俺香君，如何来到此处？〔急上前拉介〕〔旦惊见介〕你是侯郎，想杀奴也！

【南鲍老催】想当日猛然舍抛，银河渺渺谁架桥，墙高更比天际高。书难捎，梦空劳，情无了，出来路儿越迢遥。〔生指扇介〕看这扇上桃花，叫小生如何报你。看鲜血满扇开红桃，正说法天花落[33]。

〔生、旦同取扇看介〕〔副净拉生，老旦拉旦介〕法师在坛，不可只顾诉情了。〔生、旦不理介〕〔外怒拍案介〕咗！何物儿女，敢到此处调情。〔忙下坛，向生、旦手中裂扇掷地介〕我这边清净道场，那容得狡童游女，戏谑混杂。〔丑认介〕阿呀！这是河南侯朝宗相公，法师原认得的。〔外〕这女子是那个？〔小生〕弟子认得他，是旧院李香君，原是侯兄聘妾。〔外〕一向都在何处来？〔副净〕侯相公住在弟子采真观中。〔老旦〕李香君住在弟子葆真庵中。〔生向外揖介〕这是张瑶星先生，前日多承超豁。〔外〕你是侯世兄，幸喜出狱了。俺原为你出家，你可知道么？〔生〕小生那里晓得。〔丑〕贫道蔡益所，也是为你出家。这些缘由，待俺从容告你罢。〔小生〕贫道是蓝田叔，特领香君来此寻你，

【批注】

桃花扇如此结果。

不想果然遇着。〔生〕丁、卞二师收留之恩，蔡、田二师接引之情，俺与香君世世图报。〔旦〕还有那苏昆生，也随奴到此。〔生〕柳敬亭也陪我前来。〔旦〕这柳、苏两位，不避患难，终始相依，更为可感。〔生〕待咱夫妻还乡，都要报答的。〔外〕你们絮絮叨叨，说的俱是那里话。当此地覆天翻，还恋情根欲种，岂不可笑！〔生〕此言差矣！从来男女室家，人之大伦，离合悲欢，情有所钟，先生如何管得？〔外怒介〕呵呸！两个痴虫，你看国在那里，家在那里，君在那里，父在那里，偏是这点花月情根，割他不断么？

【原评】

"又说出柳、苏，一毫不遗，一丝不乱。"

【北水仙子】堪叹你儿女娇，不管那桑海变。艳语淫词太絮叨，将锦片前程，牵衣握手神前告。怎知道姻缘簿久已勾销；翅楞楞鸳鸯梦醒好开交，碎纷纷团圆宝镜不坚牢。羞答答当场弄丑惹的旁人笑，明荡荡大路劝你早奔逃。

【批注】

突出主题，当头棒喝。离开国家民族命运，岂有个人幸福？侯、李因有爱国思想才能醍醐灌顶，如梦忽醒，相逢遗恨，断然撒手。

〔生揖介〕几句话，说的小生冷汗淋漓，如梦忽醒。〔外〕你可晓得么？〔生〕弟子晓得了。〔外〕既然晓得，就此拜丁继之为师罢。〔生拜副净介〕〔旦〕弟子也晓得了。〔外〕既然也晓得，就此拜卞玉京为师罢。〔旦拜老旦介〕〔外吩咐副净、老旦介〕与他换了道扮。〔生、旦换衣介〕〔副净、老旦〕请法师升座，待弟子引见。〔外升座介〕〔副净领生，老旦领旦，拜外介〕

【南双声子】芟情苗[34]，芟情苗，看玉叶金枝凋；割爱胞，割爱胞，听凤子龙孙号。水沤漂，水沤漂；石火敲，石火敲[35]；剩浮生一半，才受师教。

〔外指介〕男有男境，上应离[36]方；快向南山之南，修真学道去。〔生〕是，大道才知是，浓情悔认真。〔副净领生从左下〕〔外指介〕女有女界，下合坎[37]道；快向北山之北，修真学道去。〔旦〕是，回头皆幻景，对面是何人。〔老旦领旦从右下〕〔外下座大笑三声介〕

【北尾声】你看他两分襟，不把临去秋波掉。亏了俺桃花扇扯碎一条条，再不许痴虫儿自吐柔丝缚万遭[38]。

白骨青灰长艾萧，桃花扇底送南朝。

不因重做兴亡梦，儿女浓情何处消。

【原评】

“离合之情，兴亡之感，融洽一处，细细归结，最散、最整、最幻、最实、最曲迂、最直截，此灵山一会是人天大道场，而观者必使生旦同堂拜舞乃为团圆，何其小家子样也?”

注释

❶瓢冠衲衣：瓢冠，瓜瓢形的道帽。衲衣指道衣。

❷“拂衣不早”二句：拂衣，意为辞官归山。傀儡本是木偶戏，这里借指政治上各种纷争。

❸挂冠：汉朝逢萌目睹当时政治形势混乱，解冠挂在东城门，带家属浮海去。后人因此用挂冠来表示自动弃官。

❹飞升尸解：指成仙。传说修道的人死了会尸解。

❺黄箓科仪：黄箓，道家用的写在金简上的秘文。科仪指佛教或道教的各种仪式。

❻锭锞：祭神时烧的金银纸锭。

❼紫降黄檀：指两种香料。檀香有黄檀、白檀、紫檀等品种。紫降疑即紫檀

的降香，传说焚烧后可以降神。

❽云盖飘：形容香烟浓聚像云盖。

❾响云璈：云璈即云锣，铜制的小锣。

❿建极宝殿，改作团瓢：意即皇帝的宝殿改作团瓢。团瓢，简陋的小屋。

⓫九梁朝冠：梁是朝冠上的横梁，梁数的多少因官品的高下而定。九梁朝冠是官居极品才能戴的。

⓬鹤补朝服：补是官服前胸及后背用金线绣成的图案，用以区别官品高下。明朝的制度，一品文官绣仙鹤。

⓭阊阖：天门。

⓮灵籁：籁，箫管。灵籁，指迎神的乐曲。

⓯焰口：本是佛教传说里饿鬼的名字，后来称和尚作法为饿鬼施食为设焰口。

⓰华阳巾：梁道士陶弘景自号华阳隐居，后人因此每称道士的头巾为华阳巾。

⓱国殇：指死于国事的将士。

⓲畿辅：京师附近。

⓳“咸望滚榛莽之髑髅”四句：意为那些在榛莽里滚的髑髅，在风烟里飞的磷火（以前人把磷火当作鬼火），都希望它们能远投法座，遥赴宝山。

⓴“吸一滴之甘泉”四句：意即吸一滴甘泉，万劫不渴；吞一撮米粒，千年不饿。

㉑殷（yān）血：赤黑色的血。

㉒三界：佛家称众生住处是欲界，欲界之上是色界，色界之上是无色界，合称三界。

㉓幞头：古代品官戴的巾帻，形状像现在京戏里宰相戴的方纱帽。

㉔羽葆干旄（máo）：羽葆，仪仗中的华盖，用鸟的羽毛装饰。干旄，古时仪仗中用的旌旗。

㉕九天名号：指天官名号，如紫虚真人、飞天使者之类。

㉖南无天尊：南无是从印度梵文翻译过来的，读作 nāmó，有敬仰皈依之意。天尊即佛。

㉗结果这台州山中：据《明史·马士英传》，当时传说他逃到台州山寺做和

尚，被清兵搜杀。

㉘阮大铖跌死仙霞岭上：阮大铖投降清兵后，从清军进攻仙霞关，僵仆石上而死。附见《明史·马士英传》。

㉙业镜：佛家语。传说是冥界写取众生善恶业的镜子。

㉚饕（tāo）：贪吃。

㉛“众愚民暗室亏心少”四句：意为众愚民在暗室中少有亏心，到头来不曾被饶过；微小的功德也有吉祥的报应，这是要从大巡环看的。大巡环，疑指“六道轮回”的迷信说法。

㉜道俗：道士、俗家。

㉝说法天花落：传说佛祖讲经，说到好处，天花乱坠。

㉞芟（shān）情苗：意即斩断情根。芟，刈草。

㉟“水沤漂”四句：意为人生如在水中漂浮的泡沫，又如敲石发出的火花，是不经久的。

㊱离：八卦之一，属南。

㊲坎：八卦之一，属北。

㊳再不许痴虫儿自吐柔丝缚万遭：意为再不许这些痴心男女在儿女柔情里作茧自缚。

续四十出

余韵

戊子九月

〔西江月〕〔净扮樵子挑担上〕放目苍崖万丈，拂头红树千枝；云深猛虎出无时，也避人间弓矢。建业城啼夜鬼，维扬井贮秋尸①；樵夫剩得命如丝，满肚南朝野史。在下苏昆生，自从乙酉年同香君到山，一住三载，俺就不曾回家，往来牛首②、栖霞，采樵度日。谁想柳敬亭与俺同志，买只小船，也在此捕鱼为业。且喜山深树老，江阔人稀；每日相逢，便把斧头敲着船头，浩浩落落，尽俺歌唱，好不快活。今日柴担早歇，专等他来促膝闲话，怎的还不见到。〔歇担盹睡介〕〔丑扮渔翁摇船上〕年年垂钓鬓如银，爱此江山胜富春。歌舞丛中征战里，渔翁都是过来人。俺柳敬亭送侯朝宗修道之后，就在这龙潭江畔，捕鱼三载，把些兴亡旧事，付之风月闲谈。今值秋雨新晴，江光似练，正好寻苏昆生饮酒谈心。〔指介〕你看，他早已醉倒在地，待我上岸，唤他醒来。〔作上岸介〕〔呼介〕苏昆生。〔净醒介〕大哥果然来了。〔丑拱介〕贤弟偏杯③

【批注】

前出故事已完，意趣未尽，续此"余韵"，为增加悲剧气氛，将兴亡旧事付之风月闲谈，正是痛定思痛、铭骨镂心之意。

呀！〔净〕柴不曾卖，那得酒来。〔丑〕愚兄也没卖鱼，都是空囊，怎么处？〔净〕有了，有了！你输水，我输柴，大家煮茗清谈罢。〔副末扮老赞礼，提弦携壶上〕江山江山，一忙一闲，谁赢谁输，两鬓皆斑。〔见介〕原来是柳、苏两位老哥。〔净、丑拱介〕老相公怎得到此？〔副末〕老夫住在燕子矶边，今乃戊子年九月十七日，是福德星君[4]降生之辰；我同些山中社友，到福德神祠祭赛已毕，路过此间。〔净〕为何挟着弦子，提着酒壶。〔副末〕见笑，见笑！老夫编了几句神弦歌[5]，名曰"问苍天"。今日弹唱乐神，社散之时，分得这瓶福酒。恰好遇着二位，就同饮三杯罢。〔丑〕怎好取扰。〔副末〕这叫做"有福同享"。〔净、丑〕好，好！〔同坐饮介〕〔净〕何不把神弦歌领略一回？〔副末〕使得！老夫的心事，正要请教二位哩。〔弹弦唱巫腔〕〔净、丑拍手衬介〕

【批注】
老赞礼为作者化身，他是开场之人，仍用他收场。

〔问苍天〕新历数，顺治朝，岁在戊子；九月秋，十七日，嘉会良时。击神鼓，扬灵旗，乡邻赛社；老逸民，剃白发，也到丛祠。椒作栋，桂为楣，唐修晋建；碧和金，丹间粉，画壁精奇[6]。貌赫赫，气扬扬，福德名位；山之珍，海之宝，总掌无遗。超祖祢[7]，迈君师，千人上寿；焚郁兰，奠清醑[8]，夺户争墀[9]。草笠底，有一人，掀须长叹：贫者贫，富者富，造命奚为？我与尔，较生辰，同月同日；囊无钱，灶断火，不

【批注】
此曲拿自己和福德君相比，实借题发挥，宣泄作者对丑恶现实的愤懑。

啻乞儿。六十岁，花甲周，桑榆暮矣[10]；乱离人，太平犬，未有亨期。称玉斝[11]，坐琼筵，尔餐我看；谁为灵，谁为蠢，贵贱失宜。臣稽首，叫九阍，开聋启聩；宣命司，检禄籍，何故差池[12]。金阙远，紫宸[13]高，苍天梦梦；迎神来，送神去，舆马风驰。歌舞罢，鸡豚收，须臾社散；倚枯槐，对斜日，独自凝思。浊享富，清享名，或分两例；内才多，外财少，应不同规。热似火，福德君，庸人父母；冷如冰，文昌帝[14]，秀士宗师。神有短，圣有亏，谁能足愿；地难填，天难补，造化如斯。释尽了，胸中愁，欣欣微笑；江自流，云自卷，我又何疑。

〔唱完放弦介〕出丑之极。〔净〕妙绝！逼真《离骚》《九歌》了。〔丑〕失敬，失敬！不知老相公竟是财神一转哩。〔副末让介〕请干此酒。〔净咂舌介〕这寡酒好难吃也。〔丑〕愚兄倒有些下酒之物。〔净〕是什么东西？〔丑〕请猜一猜。〔净〕你的东西，不过是些鱼鳖虾蟹。〔丑摇头介〕猜不着，猜不着。〔净〕还有什么异味？〔丑指口介〕是我的舌头。〔副末〕你的舌头，你自下酒，如何让客。〔丑笑介〕你不晓得，古人以《汉书》下酒；这舌头会说《汉书》，岂非下酒之物。〔净取酒斟介〕我替老哥斟酒，老哥就把《汉书》说来。〔副末〕妙，妙！只恐菜多酒少了。〔丑〕既然《汉书》太长，有我新编的一首弹词，叫做“秣陵秋”，唱来下酒罢。〔副末〕

就是俺南京的近事么？〔丑〕便是！〔净〕这都是俺们耳闻眼见的，你若说差了，我要罚的。〔丑〕包管你不差。〔丑弹弦介〕六代兴亡，几点清弹千古慨；半生湖海，一声高唱万山惊。〔照盲女弹词唱介〕

〔秣陵秋〕陈隋烟月恨茫茫，井带胭脂[15]土带香；骀荡[16]柳绵沾客鬓，叮咛莺舌恼人肠。中兴朝市[17]繁华续，遗孽儿孙[18]气焰张；只劝楼台追后主，不愁弓矢下残唐[19]。蛾眉越女才承选，燕子吴歈[20]早擅场；力士签名搜笛步，龟年协律奉椒房[21]。西昆词赋新温李[22]，乌巷冠裳旧谢王；院院宫妆金翠镜，朝朝楚梦雨云床。五侯阃外空狼燧，二水洲边自雀舫[23]；指马谁攻秦相诈[24]，入林都畏阮生狂[25]。春灯已错从头认，社党重钩无缝藏[26]；借手杀仇长乐老，胁肩媚贵半闲堂[27]。龙钟阁部啼梅岭[28]，跋扈将军噪武昌[29]；九曲河流晴唤渡[30]，千寻江岸夜移防[31]。琼花劫到[32]雕栏损，玉树歌终[33]画殿凉；沧海迷家龙寂寞，风尘失伴凤彷徨。青衣衔璧何年返[34]，碧血溅沙此地亡[35]；南内汤池仍蔓草，东陵辇路又斜阳[36]。全开锁钥淮扬泗，难整乾坤左史黄。建帝飘零烈帝惨[37]，英宗困顿武宗荒[38]；那知还有福王一[39]，临去秋波泪数行。

〔净〕妙，妙！果然一些不差。〔副末〕虽是几句弹词，竟似吴梅村[40]一首长歌。〔净〕老哥学问大进，该敬一杯。〔斟酒介〕〔丑〕倒叫我吃寡

【原评】

“首折说鼓词，通俗之语，此折唱弹词，典雅之语，以见柳老学问高深。”

【批注】

一首《秣陵秋》，概括了一部南明兴亡史。

酒了。〔净〕愚弟也有些须下酒之物。〔丑〕你的东西，一定是山肴野蔌了。〔净〕不是，不是。昨日南京卖柴，特地带来的。〔丑〕取来共享罢。〔净指口介〕也是舌头。〔副末〕怎的也是舌头？〔净〕不瞒二位说，我三年没到南京，忽然高兴，进城卖柴。路过孝陵，见那宝城享殿，成了刍牧之场。〔丑〕呵呀呀！那皇城如何？〔净〕那皇城墙倒宫塌，满地蒿莱了。〔副末掩泪介〕不料光景至此。〔净〕俺又一直走到秦淮，立了半晌，竟没一个人影儿。〔丑〕那长桥旧院，是咱们熟游之地，你也该去瞧瞧。〔净〕怎的没瞧，长桥已无片板，旧院剩了一堆瓦砾。〔丑捶胸介〕咳！恸死俺也。〔净〕那时疾忙回首，一路伤心；编成一套北曲，名为“哀江南”。待我唱来！〔敲板唱弋阳腔介〕俺樵夫呵！

〔哀江南〕〔北新水令〕山松野草带花挑，猛抬头秣陵重到。残军留废垒，瘦马卧空壕；村郭萧条，城对着夕阳道。

【批注】

残军废垒，瘦马空壕，孤村夕照，一派凄凉。

〔驻马听〕野火频烧，护墓长楸多半焦。山羊群跑，守陵阿监[41]几时逃。鸽翎蝠粪满堂抛，枯枝败叶当阶罩；谁祭扫，牧儿打碎龙碑帽。

【批注】

吊孝陵。

〔沉醉东风〕横白玉八根柱倒，堕红泥半堵墙高，碎琉璃瓦片多，烂翡翠窗棂少，舞丹墀燕雀常朝，直入宫门一路蒿，住几个乞儿饿殍。

【批注】

吊故宫。

〔折桂令〕问秦淮旧日窗寮，破纸迎风，坏槛当潮，目断魂消。当年粉黛，何处笙箫。罢灯

【批注】

吊秦淮。

船端阳不闹，收酒旗重九无聊[42]。白鸟飘飘，绿水滔滔，嫩黄花有些蝶飞，新红叶无个人瞧。

〔沽美酒〕你记得跨青溪半里桥，旧红板没一条。秋水长天人过少，冷清清的落照，剩一树柳弯腰。

【批注】
吊长桥。

〔太平令〕行到那旧院门，何用轻敲，也不怕小犬哰哰。无非是枯井颓巢，不过些砖苔砌草。手种的花条柳梢，尽意儿采樵；这黑灰是谁家厨灶？

【批注】
吊旧院。

〔离亭宴带歇指煞〕俺曾见金陵玉殿莺啼晓，秦淮水榭花开早，谁知道容易冰消。眼看他起朱楼，眼看他宴宾客，眼看他楼塌了。这青苔碧瓦堆，俺曾睡风流觉，将五十年兴亡看饱。那乌衣巷不姓王，莫愁湖鬼夜哭，凤凰台栖枭鸟。残山梦最真，旧境丢难掉，不信这舆图换稿[43]。诌一套"哀江南"，放悲声唱到老。

【批注】
《哀江南》一曲，作者依徐旭旦《旧院有感》套曲改，集中反映了作者怀念故国的情感。

〔副末掩泪介〕妙是绝妙，惹出我多少眼泪。〔丑〕这酒也不忍入唇了，大家谈谈罢。〔副净时服[44]，扮皂隶暗上〕朝陪天子辇，暮把县官门[45]；皂隶原无种，通侯岂有根。自家魏国公嫡亲公子徐青君的便是，生来富贵，享尽繁华。不料国破家亡，剩了区区一口。没奈何在上元县[46]当了一名皂隶，将就度日。今奉本官签票，访拿山林隐逸，只得下乡走走。〔望介〕那江岸之上，有几个老儿闲坐，不免上前讨火，就便访问。正是：开国元勋留狗尾[47]，换朝逸老缩龟头。〔前行见介〕老哥们有火借一个？〔丑〕请坐！〔副净坐介〕〔副末问介〕看你打扮，像一位公差大哥。〔副净〕便是！〔净问介〕要火吃烟么？小弟带有高烟，取出奉敬罢。〔敲火取烟奉副净介〕〔副净吃烟介〕好高烟，好高烟！〔作晕醉卧倒介〕〔净扶介〕〔副净〕不要拉我，让我歇一歇，就好了。〔闭目卧介〕〔丑问副末介〕记得三年之前，老相公捧着史阁部衣冠，要葬在梅花岭下，后来怎样？〔副末〕后来约了许多忠义之士，齐集梅花岭，招魂埋葬，倒也算千秋盛事，但不曾立得碑碣。〔净〕好事，好事！只可惜黄将军刎颈报主，抛尸路旁，竟无人埋葬。〔副末〕如今好了，也是我老汉同些村中父老，检骨殡殓，起了一座大大的坟茔，好不体面。〔丑〕你这两件功德，却也不小哩。〔净〕二位不知，那左宁南气死战船时，亲朋尽散，却是我老苏殡殓了他。〔副末〕难得，难得！闻他儿子左梦庚袭了前程，昨日扶柩回去了。〔丑掩泪介〕左宁南是我老柳知己。我曾托蓝田叔画他一幅影像，又求钱牧斋题赞了几句；逢时遇节，展开祭拜，也尽俺一点报答之意。〔副净醒，作悄语介〕听他说话，像几个山林隐逸。〔起身问介〕三位是山林隐逸么？〔众起拱介〕不敢，不敢，为何问及山林隐逸？〔副净〕三位不知么，现今礼部上本，搜寻山林隐逸。抚按大老爷张挂告示，布政司行文已经月余，并不见一人报名。府县着忙，差俺们各处访拿，三位一定是了，快快跟我回话去。〔副末〕老哥差矣！山林隐逸乃文人名士，不肯出山的。老夫原是假斯文的一个老赞礼，那里去得。〔丑、净〕我两个是说书唱曲的朋友，而今做了渔翁樵子，益发不中了。〔副净〕你们不晓得，那些文人名士，都是识时务的俊杰，从三年前俱已出山了。目下正要访拿你辈哩。〔副末〕啐！征求隐逸，乃朝廷盛典，公祖父母俱当以礼相聘，怎么要拿起来。定是你这衙役们奉行不善。〔副净〕不干我事，有本县签票在此，取出你看。〔取看签票欲拿介〕〔净〕果有这事哩。〔丑〕我们竟走开如何？〔副末〕有理，避祸今何晚，入山昔未深。〔各分走下〕〔副净赶不上介〕你看他登崖涉涧，竟各逃走无踪。

【清江引】大泽深山随处找，预备官家要。抽出绿头签[48]，取开红圈票[49]，把几个白衣山人吓走了。

〔立听介〕远远闻得吟诗之声，不在水边，定在林下，待我信步找去便了。〔急下〕〔内吟诗曰〕

渔樵同话旧繁华，短梦寥寥记不差。
曾恨红笺衔燕子，偏怜素扇染桃花。
笙歌西第留何客？烟雨南朝换几家？
传得伤心临去语，年年寒食哭天涯。

【原评】

“水外有水，山外有山。《桃花扇》曲完矣，桃花扇意不尽也。思其意者，一日以至千万年不能仿佛其妙。曲云曲云，笙歌云乎哉，科白云乎哉。”

注释

❶维扬井贮秋尸：维扬指扬州。井贮秋尸，指清兵南下时屠杀扬州民众。

❷牛首：山名，在南京城南。

❸偏杯：意指偏人吃酒。偏，偏背意。

❹福德星君：指财神。

❺神弦歌：娱神的歌曲。

❻“椒作栋”六句：椒作栋，桂为楣，形容庙宇的芳香。唐修晋建，晋代建筑，唐代重修，说明它历史悠久。下三句形容装潢富丽，壁画精致。

❼祢（nǐ）：父庙。

❽醑：美酒。

❾夺户争墀：形容祭赛者热闹拥挤。

❿桑榆暮矣：本指日暮。日落时，其影在桑榆之间。这里指人的晚年。

⓫称玉斝（jiǎ）：举玉杯。

⓬“宣命司”三句：意为要上帝宣召司命的神，检查他的禄籍。禄籍，是迷信传说里认为注定人们福禄的簿册。

⓭金阙、紫宸：都是指“天帝”的宫殿。

⓮文昌帝：传说中主管文士功名禄位的神。

⓯井带胭脂：这是有关陈后主亡国的故事。胭脂井又名辱井，指陈朝景阳宫内的景阳井。隋灭陈时，陈后主和张、孔两妃子一起躲在井内而被捕，后人因称这井为胭脂井。

⓰骀荡：形容轻盈飘散的状态。

⓱中兴朝市：指南明王朝。中兴，含讽刺意。

⓲遗孽儿孙：指马士英、阮大铖等。

⓳“只劝楼台追后主”二句：后主指陈后主，残唐指五代时的南唐。这里说马士英、阮大铖只会劝诱弘光帝追踪陈后主建造楼台、贪图享乐，没有顾虑北兵南下。

⓴燕子吴歈：燕子指《燕子笺》传奇，吴歈指昆曲。《燕子笺》是用昆曲演唱的。

㉑“力士签名搜笛步”二句：这两句是说阮大铖等人按着名单去旧院征选歌

妓、清客来教演《燕子笺》，准备演给弘光帝看。力士指高力士，是唐明皇的内监，这里泛指皇帝的内监。笛步是南京的地名，教坊所在地，这里指代旧院。龟年指李龟年，这里指代教唱的清客。

㉒西昆词赋新温李：西昆词赋指宋朝杨亿、刘筠、钱惟演等人所作的诗文，这些诗文都是模仿晚唐诗人李商隐、温庭筠的。他们曾把彼此唱和的诗编成一个集子，称为《西昆酬唱集》。

㉓“五侯阃外空狼燧”二句：五侯指武将，一说五侯指南明左良玉等五位将领。阃外指城郭以外的地方，一般指武将统辖的区域。狼燧指狼烟。二水洲边，指南京的白鹭洲边。雀舫指朱雀舫，是一种游船。这二句意为南明君臣不顾阃外守将的告急，仍在白鹭洲的画舫宴乐。

㉔指马谁攻秦相诈：指马暗用秦相赵高指鹿为马的故事来形容马士英的奸诈。

㉕入林都畏阮生狂：意为人们由于畏惧阮大铖的猖狂而避入山林。

㉖“春灯已错从头认”二句：形容阮大铖反复无常。他写了《春灯谜》里的《十错认》来表示自己悔过，后来得势，又到处拘捕东林、复社人士。钩，牵连之意。

㉗“借手杀仇长乐老”二句：长乐老指五代时宰相冯道，半闲堂是南宋奸相贾似道在西湖葛岭修建的院宅名。这里都用来比拟马士英、阮大铖的阴险以及阮大铖等对马士英的谄媚。

㉘龙钟阁部啼梅岭：指史可法在梅花岭誓师。龙钟，形容老态，也可形容悲泣。

㉙跋扈将军噪武昌：指左良玉传檄东下。

㉚九曲河流晴唤渡：意为在黄河方面不设防、不警戒，任由北兵南渡。

㉛千寻江岸夜移防：意指马士英、阮大铖把黄、刘三镇的兵移防江岸，堵截左良玉的兵东下。

㉜琼花劫到：扬州有琼花观。琼花劫到，指扬州被清兵攻破，惨遭屠城。

㉝玉树歌终：玉树歌指陈后主《玉树后庭花》曲。玉树歌终，借指荒淫的南明王朝灭亡。

㉞青衣衔璧何年返：指弘光帝被掳。晋怀帝被匈奴刘聪掳去，刘聪命他穿着青衣斟酒，表示对他的侮辱。古时国君在被敌人打败投降时，往往背绑两手，

口里衔着一块玉璧去见敌人。

㉟碧血溅沙此地亡：指黄得功因弘光帝被掳北去而自刎。

㊱“南内汤池仍蔓草”二句：南内即南宫，指南京明故宫。汤池指宫内温泉。东陵指在南京城东的孝陵。辇路指天子车驾经过的道路。

㊲建帝飘零烈帝惨：建帝指明建文皇帝，明成祖攻破南京后，相传他在外面流亡，做云游和尚。烈帝指明崇祯皇帝。

㊳英宗困顿武宗荒：明英宗正统十四年（1449），在瓦剌南下时，英宗亲自带兵征讨，兵败被俘。武宗宠用刘瑾，是明代有名的荒淫皇帝。

㊴福王一：意为福王在位只一年。

㊵吴梅村：吴伟业，字骏公，号梅村。他在二十岁时便做了翰林院编修，是复社的领袖人物之一，也是明末清初的著名诗人。

㊶阿监：指内监。

㊷收酒旗重九无聊：意为在重阳佳节也找不到卖酒的地方。

㊸舆图换稿：意为地图变色，江山换主。

㊹时服：着清朝服装。

㊺“朝陪天子辇”二句：上句写徐青君在明朝的得意，下句写他入清后的落魄。

㊻上元县：清朝分南京为江宁、上元二县，同属江苏省治。

㊼开国元勋留狗尾：徐青君是明朝元勋徐达的后代，现在当了清朝的皂隶，因此他在剧中以狗尾自嘲。

㊽绿头签：当时官府捕人的签，用绿色漆签头。

㊾红圈票：当时官府捕人的文据，在要逮捕的人的姓名上加红圈。

后 记

孔尚任（1648—1718），字聘之，又字季重，号东塘、岸堂、云亭山人，山东曲阜人，孔子第六十四代孙。他早年避乱石门山中，从族兄孔方训那里听到李香君血溅诗扇的故事以及南明王朝兴亡旧事，就曾想利用这些素材来写戏。1684 年，康熙皇帝南巡江南，回京时经过曲阜，孔尚任被召到御前讲经，得到康熙皇帝的褒奖，被破格任命为国子监博士，累迁户部主事、工部员外郎之职。在这期间，他曾奉命到江南参与治水，和那里的明朝遗老诗酒唱和，游览了南京、扬州一带名胜古迹，搜集了不少有关南明的史料。这些不仅促使他思想感情发生变化，也为他写一部记录南明兴亡的历史戏积累了素材。康熙三十八年（1699），他的《桃花扇》传奇写成了，上演后影响很大。剧中的人物、场面等重新勾起了明朝一些故臣遗老的亡国之痛。这当然引起康熙皇帝及其左右的不满。不出半年，孔尚任就因一件疑案罢职回家。除了《桃花扇》，孔尚任还和顾彩合写了《小忽雷》传奇，也是一部揭露权奸误国的戏。他的诗文有《湖海集》《岸堂文集》《长留集》等，近人辑为《孔尚任诗文集》。

《桃花扇》初刻于康熙四十七年（1708），此后，有兰雪堂本、西园本、暖红室本、梁启超注本。本书采用了保存在兰雪堂本上的若干评语。中华人民共和国成立以后，人民文学出版社出版了王季思、苏寰中、杨德平合注的校注本，这里采用的就是这个本子。为统一体例，本书删去了原注。个别文字、标点有改动。

《桃花扇》是描写南明兴亡的历史悲剧。作者是忠实于史实的，作者在《桃花扇凡例》中说："朝政得失，文人聚散，皆确考时地，全无假借；至于儿女钟情，宾客解嘲，虽稍有点染，亦非乌有子虚之比。"孔尚任搜集史料、构思创作前后达十余年，并且三易其稿，可见其创作态度之严谨。作者又并不为史实所囿，而是在占有大量史料的基础上，加以认真的组织、安排、集中、穿插，以适合于当时舞台演出的要求，使人们从这些栩栩如生的舞台艺术形象中接受记忆犹新的历史教训，达到他在《桃花扇小引》中所揭示的"不独令观者感慨涕零，亦可惩创人心，为末世之一救"的目的。

"桃花扇底送南朝。"从故事内容看，《桃花扇》是通过李香君、侯方域这一对情侣的悲欢离合，反映南明一代的兴亡。然而作者的创作意图比之剧本所直接表达的思想要深远得多，这就是作者所自白的，要通过这部戏，回答明朝三百年基业隳于何人、败于何事的问题。

经历两百多年统治的明王朝，问题成堆，危机四伏，政治上、经济上都面临崩溃的局面。当时王朝的当权派，从魏忠贤的阉党到南明的马士英、阮大铖，都只知争权夺利、结党营私，少数文武官员如史可法、左良玉等，在野文士如侯方域、陈定生等，由于他们本身存在弱点，不可能采取有效的策略，内除阉党，外抗清兵，挽回危局，这样，他们对马、阮的斗争，对清兵的抵抗，就只能以悲剧告终。

通过一部戏反映南明的兴亡，回答明朝三百年历史何以终结所提出的问题，这在前此的戏剧创作里是没有出现过的。特别值得我们重视的是，作者倾其全力写秦淮歌妓李香君，演出了《却奁》

《守楼》《骂筵》等一出出光彩照人的好戏。她的见识、品格都在复社名士侯方域之上。给李香君、侯方域作陪衬的民间艺人苏昆生、柳敬亭，他们的义气、胆识也非南明王朝的文武官员可比。很明显，这是作者民主思想倾向的表现，也是明中叶后带有资本主义色彩的新兴市民阶层的成长在戏曲创作中的反映。

我国戏曲创作从金、元杂剧发展到明、清传奇，在剧本创作与舞台表演方面，都积累了丰富经验，并已逐步总结出相当完整的理论。这使孔尚任有可能借鉴前人丰富的创作成就，利用前人的理论成果，经过长期的创作实践，写出一部与洪昇《长生殿》南北齐名的历史悲剧。从他的《桃花扇凡例》和各出戏的眉批、总批看，他对剧本的结构、情节、人物、曲白分工都进行过精心的艺术构思，甚至这句话为什么这样说、这个字为什么这样用，有时也明白指出，这对我们今天研究古典戏曲创作的理论又是一笔宝贵的遗产。我们在批点本里也因此而大部分地保留了相关批注。

《桃花扇》写反面人物马士英、阮大铖也是比较成功的。可贵的是，作者既掌握了他们共同的反动本质，又刻画出他们不同的性格特征，没有把反面人物的描写简单化、脸谱化。

对于《桃花扇》的悲剧结局，历来有不同的处理。顾彩改编的《南桃花扇》，“令生旦当场团圞，以快观者之目”，对此，孔尚任并不赞成。近世将《桃花扇》改为话剧或地方戏曲者颇多，其中以欧阳予倩改编的话剧影响较大。在抗日战争的背景下，作者为了发扬民族气节，批判汉奸行为，根据侯朝宗顺治八年（1651）曾应科举中过乡试副榜的史实，将他处理成身着清朝礼服到庵中寻香君，被香君斥去作结。中华人民共和国成立后，梅阡、孙敬将《桃花扇》改成电影，就是采用了这个结尾。由于时代背景和创作意图的不同，对《桃花扇》的结局作不同的处理是可以理解的，却不能因此就否定孔尚任的《桃花扇》结局。这是因为孔尚任所写的《桃花扇》，着重是写权奸误国，寄托作者怀念明王朝的感情。对于反权奸的复社文人侯方域，只能在肯定的前提下，适当表现其性格中妥协软弱的一面。因此，我们认为，《桃花扇》的结局，既符合剧中人物性格的发展，又表达了作者的家国情怀，收到了较好的悲剧艺术效果。